有一种力量，叫文学；
有一种美好，叫回忆；
有一种感动，叫青春；
有一种生命，在鲁院！

鲁迅文学院「百草园」书系

有一种爱亘古绵长

YOU YIZHONG AI
GENGU MIANCHANG

朱东锷 ◎ 著

警察写散文，是侠骨与柔情融合的体现。
从警三十载，作者一手拿枪保卫一方水土，
一手握笔用我手写我心，妙笔生花。

江西高校出版社
JIANGXI UNIVERSITIES AND COLLEGES PRESS

图书在版编目（CIP）数据

有一种爱亘古绵长 / 朱东锷著. -- 南昌：江西高校出版社，2021.1
（鲁迅文学院"百草园"书系）
ISBN 978-7-5762-0765-1

Ⅰ.①有… Ⅱ.①朱… Ⅲ.①中篇小说—小说集—中国—当代②短篇小说—小说集—中国—当代 Ⅳ.①I247.7

中国版本图书馆CIP数据核字(2021)第003728号

出版发行	江西高校出版社
社　　址	江西省南昌市洪都北大道96号
总编室电话	（0791）88504319
销售电话	（0791）87919722
网　　址	www.juacp.com
印　　刷	北京一鑫印务有限责任公司
经　　销	全国新华书店
开　　本	700mm×1000mm　1/16
印　　张	16.5
字　　数	233千字
版　　次	2021年1月第1版 2021年1月第1次印刷
书　　号	ISBN 978-7-5762-0765-1
定　　价	45.00元

赣版权登字-07-2021-5

版权所有　侵权必究

目录
Contents

大海捞针 …………………………………… 1

万家灯火 …………………………………… 8

岁月的河流平安的歌 ……………………… 11

蕙质兰心 …………………………………… 14

大师的情怀 ………………………………… 17

大快活 ……………………………………… 20

天　眼 ……………………………………… 22

感悟疯子 …………………………………… 25

白云悠悠 …………………………………… 28

警　魂 ……………………………………… 31

明月几时有 ………………………………… 34

珠江悠悠 …………………………………… 37

再见2013！ ………………………………… 40

寒　噤 ……………………………………… 43

撑起一片蓝天 ……………………………… 45

凭栏远眺 …………………………………… 49

鲁院的荣光 ………………………………… 53

感受恐慌 …………………………………… 56

别样人生 …………………………………… 59

再见2014！ ………………………………… 62

"猎狐 2014" 传奇	65
慢慢走啊，欣赏	68
股市路漫漫	71
流淌着的酒	74
有一种爱亘古绵长	76
不让孩子做噩梦	78
为孩子筑起一道心灵的堤坝	80
母爱之花	83
母爱无边	86
母亲是佛	89
盛开在心中的荷花	92
人淡如菊	94
蝶之恋	97
守护善良	100
瑰 宝	103
百年传奇	106
那一片白桦林	110
温暖的记忆	114
故乡记忆	117
春节映象	121
难以忘怀的荧屏记忆	124
星光下的银幕世界	127
足球情怀	130
石头记	133
火花情愫	137
如烟往事	140
悠悠岁月发丝长	143
心 路	146
我在天安门看升旗	150

春暖花开……………………………………… 153
云山含笑……………………………………… 156
向日葵………………………………………… 159
双面树遐思…………………………………… 162
生死树………………………………………… 164
树的情愫……………………………………… 167
牵牛花………………………………………… 169
春天来了……………………………………… 172
紫檀树的遐思………………………………… 174
树之魂………………………………………… 177
鸡蛋花树……………………………………… 180
朴树情怀……………………………………… 183
禾雀花………………………………………… 186
荔枝情浓……………………………………… 188
香樟情缘……………………………………… 191
徜徉在春天里………………………………… 194
亭廊大天地…………………………………… 197
岭南奇舍……………………………………… 200
白云松涛……………………………………… 203
梦萦水乡……………………………………… 206
烟雨罗浮山…………………………………… 210
玫瑰梦………………………………………… 213
洛洞行………………………………………… 216
故乡的古围屋………………………………… 219
无尘净土……………………………………… 222
北京印象……………………………………… 225
做水一样的警察……………………………… 229
凛凛警威医者心……………………………… 231
警察，以平安论英雄………………………… 233

维护一方平安切不可忽视"蝴蝶效应" …… 235
"破窗理论"道出"从我做起"
   是改善社会的起点……………………… 238
让守法成为一种习惯……………………… 240
思考生命…………………………………… 243
感恩的心…………………………………… 249

大海捞针

一

自 1990 年 7 月 14 日成为刑警队伍中的一员，我无时无刻不让家人担心。即便是在 18 年后的今天，我已经成了刑警队大队长，他们依然会牵肠挂肚！但这次，让他们担心的是我脖子里面无端生出的一个肿块，医院多次检查，可结果依然是确定不了，我被折腾得都快散架了，入院通知书还揣在我的裤兜里。当了一辈子医生的母亲急忙从老家赶来，紧张地问长问短，张罗着开药方。

时针指向了 2008 年 3 月 2 日 23 时 50 分。因为答应医生明天去做穿刺手术，我早早地上床休息。蒙眬中，骤然响起的手机铃声让我猛地惊醒。值班同事来电：157 医院后山的围墙边发现尸体！我又将奔赴另一个战场了，顾不上身后母亲一声又一声的嘱咐……

死者是一名身穿校服的小女孩，年约 13 岁。

查找尸源的工作很顺利，很快联系到了报失踪女孩的家属。经女孩的爷爷和父母对衣物、照片辨认，基本确定现场发现的小女孩就是他们失踪的孩子，只等进一步的 DNA 确定了。那悲恸的哭声把现场每个人的心都揉碎了。

这是一个从福建来广东打工的家庭，孩子是他们的独生女，今年才13岁，乖巧懂事。2月20日下午，她放学回家后做好饭菜，见还有时间，说要到南方医院附近的平价书市买书，背起书包就出去了。这一去就再没有回来……女孩失踪后，学校就有了各种传言。有同班同学反映，当天傍晚5点多钟，在同泰路边见到该女生被三名男子劫持，上了一辆像五菱之光的面包车。劫匪中，有一人染了一缕黄发。另一个女同学反映，21日下午，她们三个同学在跳绳时，见到一个戴墨镜、染黄头发的男子双手横抱该女生，匆忙走进了同胜横街。

该女生的家里也没有清静过。孙女失踪的第三天，爷爷的手机上就收到了一条短信："你的女儿已被带到福建，准备卖到台湾，我可以帮你找回女儿，但需要你先汇2000元活动经费。"家人们虽没搭理，但忧心忡忡。第七天，一个电话直接打了进来，说小女孩在他们手上，要他们拿10万元赎人。爷爷坚持要与孙女通话，电话中果然传来了小女孩用潮汕话喊爷爷的哭声，只一下便断了。爷爷立即神志慌乱了，孙女在家时就是说的潮汕话啊，看来不假。爷爷与对方讨价还价后，马上筹集了3万元钱汇给了对方。没想到两天后，等来的却是晴天霹雳，阴阳相隔！

市局牵头成立了专案组，市局刑警支队、天河分局、白云分局、白云山分局都参与了。专案组组织召开的案情分析会议确定案件交由白云山分局侦办，也就是我负责的刑警一大队。军令如山，我感受到了肩头的沉重。

我们首先理顺了一下从受害者家属及学校了解到的情况，制订了一系列的工作安排，兵分两路：一边围绕受害人行走的路线，同学提供的拉人上车的地点、经过的路线开展调查，查看、调取沿途的视频录像，把疑似车牌的车主带回调查、排查，对同胜横街及附近的房子逐房逐人地毯式地清查。结果我们警方白天连着黑夜地奔波劳碌了一个星期，才确认了这些线索是那几个学生为了得到老师的表扬而编造的谎言。这边的线索是断了！

另一边是根据家属提供的电话和账号进行调查。我们前往浙江进行调查。到当地银行查询时我们才知道，嫌疑人已因同样手法的诈骗被警方抓获，3万元赃款已追缴。嫌疑人根本没到过广州，只是从网上看到了小女孩失踪的报道后，通过学校找到受害者家属的电话进行诈骗的，通话中小女孩的哭喊只是嫌疑人伪造的一种录音。我们只能把3万元钱返还给受害者家属，算是一点安慰。受害者家属拿出1万元，希望我们能继续追查。我们拒绝了那1万元，但郑重告诉他们，必会将犯罪分子绳之以法。

可是，案件所有的线索都断了，侦查工作一筹莫展。更难堪的是，网上出现了一些不实报道，谣言像长了翅膀似的到处传播，什么"如花生命不如鸟雀"，什么"失踪小孩被挖眼掏心"……周边学校的师生、家长人心惶惶，放学后学生必须由老师护送，家长接送，我们总感觉有无数的目光在背后盯着我们，如芒刺在背，寝食不安。在接到医院的电话时，我才想起我脖子上的问题还没解决！那张入院通知书已经被揉得不成样子！

二

市局将此案列为必破的督办案件，市局、分局领导亲自督导……就在我们再次勘查现场，围绕现场开展侦查时，传来了一个振奋人心的消息。现场提取的DNA数据，比对上了2007年5月28日同和强奸幼女案嫌疑人的DNA数据。

2007年5月至7月，白云区同和镇辖区白云公司一荒屋内，连续发生两起恶性强奸幼女案，嫌疑人作案手法相似，均以送资料给校长或采集标本为名，将事主带到荒屋内实施强奸，后经串并为同一系列案件。该系列案的受害者均为11岁左右的在校小学生，受性侵犯时极为恐惧，能提供的线索极少，仅有一名事主协助警方做了嫌疑人画像。嫌疑人年龄20多岁，男性，偏瘦，身高1.70米，讲普通话。警方以此下发协查通报。两个月过去了，仍未见成效。

2007年10月下旬，在同和白云山制药厂后山的树林里，又发生了一起伤害案件，受害者为10岁的在校小学生，手法仍是以给学校送标本为名，骗事主到白云山树林里，持刀威逼并殴打事主，后因受害者机智勇敢地装死才躲过一劫。

市局立即召开串并案件分析会议，市、区四个单位重新组成联合专案组，并下达了两个月的限期破案令。专案组连续数周在同和案发地周边的居民楼、中小学校、大中专院校和出租屋开展地毯式调查、摸排，组织被害人复核材料、辨认，但均毫无进展。

与此同时，专案组对近几年来全市百余宗的强奸幼女案和猥亵儿童案进行串并，发现2006年4月11日发生在黄石街陈田村的一宗猥亵儿童案的作案手法与上述诸案极其相似。不过，案发地点区域不同。该嫌犯的作案手法也是以给学校送资料为名，骗被害人跟其走，但却是在自己出租屋中实施犯罪，与同和强奸系列案有所不同。专案组反复分析研究，找出了共同的特点，那就是嫌疑人有洁癖，应为同一人。同和案件发生在荒郊，有价值的线索少。这宗案件在屋里，线索多，应该从此案寻求突破。但是该案发生的时间距今已久，且当时案发现场已被嫌疑人破坏，保存的资料只有10张照片的复印件，分别是一份成绩单，一张写有"孔某某"及身份证号码的出租屋登记表，一个手机号码，一张中山大学研究生课程表，8张现场照片。

专案组根据这些线索，全面开展调查，首先抓获了出租屋登记表中的孔某某，经DNA数据比对排除，是嫌疑人冒用了他的身份，然后根据出租屋登记表记录的手机号码出差江苏盐城，找到机主调查，证实号码是嫌疑人登记时随意编写的。对成绩单上42个姓名的调查也是大海捞针似的，只有姓名，没有性别、年龄和地址，而全国同名同姓的人遍布天南地北。围绕研究生课程表，专案组前后20多次到中山大学调查，仍是一筹莫展。

三

案犯"出现"了！

2008年7月11日16时许，同和白云山制药厂后山树林里，又发生了一宗强奸案，手法仍是以采集标本为由，将被害人带到树林里持刀威逼、强奸，DNA数据比对仍为同一人。这是公开的挑衅，专案组连续三天不眠不休才终于获取了一张嫌疑人的录像照片。

但如果想仅凭一张无名无姓的照片找一个人仍然是大海捞针。专案组根据嫌疑人出现的时间，行走的路线，分析嫌疑人以前应该在同和一带工作和生活过，对这里的环境熟悉，但现在并不住在这里，每次作案应该是乘车而来。围绕到达或途经同和的12条公交车线路，从东到西，从南到北，专案组跑遍了每条线路每个站点，整整奔忙了半个月，查看提取视频录像，排查羊城通公交卡，希望可以发现嫌疑人的居住地或活动的地方。

专案组前往心理医院与心理咨询师一起分析、研究嫌疑人的犯罪心理，认为嫌疑人心理变态，人格扭曲，冒充大学生的可能性较大。专案组调整了措施，调查取证和守候伏击同时进行。

2008年8月7日，专案组协调黄石派出所召开了专案会议，召集2006年4月11日参与侦查猥亵儿童案的全部民警，让大家仔细回忆，从接处警到侦查阶段，一步一步，重新翻阅值班日志、工作日记和档案，耐心细致地查找，结果发现一张房东收房租的收据复印件背面写着"历史地理综合科""陈X怀""陈田南8巷12号"。专案组分析书写者书写这些内容应有其原因，应深入调查析疑。专案组依地址查询，无可疑人员；查询互联网，《历史地理综合科》是一本参加成人高考的复习书，分析此人可能在广州市参加过成人高考，有可能接触过嫌疑人，和嫌疑人有某种关系；查询姓名为陈X怀的人，全国只有广东中山有这一人。

2008年8月14日，专案组侦查人员在中山民众镇公安分局刑警队同志的陪同下，来到陈X怀家中。但陈X怀不在家，通过多方联系，上午11时陈X怀终于来到驻地派出所，侦查人员耐心地询问其个人相关情况，出示现场照片，播放录像，让其认真辨认。看着录像和照片，陈X怀露出惊异的神情，迟疑了一会儿，说认识这个人！2005年8月至9月，他和嫌疑人在海珠区某物业管理公司工作，两人一起在海珠区合租过房屋。

专案组在该物业管理公司找到了嫌疑人的第一张照片和姓名（假名），并根据其照片在全市范围内查找，循线追踪。嫌疑人每隔几个月变换一份工作，就使用一个假的身份，身份证、退伍证、健康证、毕业证等一整套的证件，除了照片外，全部都是假的。

但是嫌疑人每次应聘登记留下的都是同一个电话号码。经调查，该号码使用了两年，经常与一个叫黄X端的广外女学生保持联系，持手机的嫌疑人就在黄石街陈田村居住和活动。

狐狸的尾巴终于露了出来。

四

2008年8月22日，经过连续4天的守候，在广东外语外贸大学的新雅圆餐厅，专案组终于抓获了这名作案多端的犯罪嫌疑人向某（男，33岁，湖南沅陵县人）。当时，他正在与他的下一个目标、一个女大学生吃饭。看着手上锃亮的手铐，他垂头丧气地说："我知道迟早会有这么一天。"

嫌疑人向某被抓获的消息像电波一样瞬间传遍了全局，局领导立马赶到留置室，开始了紧张的审讯工作安排。虽然已经是下午2点多钟，但面对桌上的盒饭，饥肠辘辘的我们谁也没有动一下筷子，生怕浪费了一分一秒。大家仍在谈论着抓捕现场的情况，回味着胜利的喜悦。笑容在每个人的心里、脸上绽放，喜悦的情绪在蔓延。

为了这一刻，我们付出了太多，太多，我们也期待了很久，很久！

五

我脖子上的肿块依然没有确诊的消息，可这已经不重要了，我感受不到丝毫的疼痛。2009年1月15日，我被调离刑警队，奔赴新的工作岗位了。

临行前，从刑警兄弟们默默注视我的眼神中，我读出了那份不舍，那份期许。我的兄弟们，你们的苦与累，你们的奉献和忠诚，你们的光荣和自豪，无时无刻不激励着我，让我热血沸腾、心潮澎湃。

　　这边我终于接到了医院的检查报告，身体无大碍，终于可以放下心头的大石了。我第一时间拨通了老家电话，母亲在得知这一消息后才终于放心，依旧是千叮万嘱。放下电话，我陷入了沉思。

万家灯火

"先生们、女士们，航班很快就要抵达广州白云国际机场……"

此时，广州市公安局白云山分局局长阳光看了看前后左右的战友，一张张写满疲惫的脸上依然洋溢着喜悦。从飞机的舷窗，已经可以看见羊城的万家灯火！再过不用多久，战友们就可以在妻儿翘盼的目光中迈进久别的家门了。是啊，这一趟趟的跋山涉水、驱云拨雾，不眠不休地走千家串万户，去规劝、追捕一个个网上在逃的嫌疑人，不就是为了这万家灯火的温馨祥和吗？阳光仿佛看到了一扇扇窗户里，明亮而温暖的灯光下一张张的笑脸。

那扇亮着灯光的窗户是他的家。出差前几天，他已察觉到妻子的精神状态不对，却无暇顾及。那天，她旧病复发突然晕倒在地，被送进了医院的重症监护室。接到电话时，他和战友们正准备赶赴深圳，因为他们追捕的一个网上在逃嫌疑人在深圳出现！一边是亲情伦常，一边是责任道义，怎么办？他没有过多的犹豫，合上电话，咬咬牙，毅然率队出征。一天、两天……他们终于把嫌疑人抓获了。这时，他才觉得眼睛里有热热的东西在滚动，是喜悦？是愧疚？妻子在重症监护室待了三天，他却在外奔波三天！

那扇亮着灯光的窗户是她的家。一向很少出差的她这次一去就是好几个月，走遍了西北地区。在外的艰辛苦楚自不必说，但最让她放心不下的是那个小小的家。那天，接到医生的电话，说丈夫需要做手术，需要家属签名同意，却找不到家属签名。那一刻，她的心被揪扯得很痛很痛，牵挂、愧疚……百感交集！

　　这仅仅是这个群体中的两个缩影。其实，家家都有一本难念的经，但在使命和责任面前，他们义无反顾地舍弃了小家和小我。在亲人最需要他们的肩膀依靠的时候，他们却挺起了脊梁，把离别亲人的情感汇聚成强大的智慧洪流，把勇敢的链条拧成无坚不摧的力量，用无穷的心血、挥洒的汗水，换来了硕大的成果、收获的喜悦！

　　十年前，雷某生纠合三名同伙在广州市白云山风景区一偏僻小路持刀抢劫六名游客财物后一直潜逃。今年中秋，坚守在广西的追逃小组传回情况：雷某生潜逃时使用的是其弟的身份证，现已逃往肇庆市，而且雷某生已知追逃小组接触其家属，可能很快将逃离肇庆地区。中秋保卫战刚结束，战友们马不停蹄地赶赴肇庆，在当地警方的配合下，很快摸清了嫌疑人在该市金利镇工业区。金利镇是一个工业大镇，有为数众多的公司和工厂企业，单凭追逃小组的几名战友，要想在这么大的工业区找到嫌疑人，无疑是大海捞针！一夜无眠，追逃小组终于获悉了嫌疑人藏匿在金利镇纯一陶瓷厂或者附近两间工厂。到底从哪间工厂开始着手侦查呢？经过外围侦查，他们发现纯一陶瓷厂占地几十万平方米，有多个大门，工人分批轮流上班，大门有保安看守，附近还有很多其他工厂企业。战友们综合各种信息，集思广益，决定从纯一陶瓷厂开始入手调查。当晚7时许，战友们确定嫌疑人正在该厂车间上班。如何开展抓捕？等深夜开展抓捕，安全系数高，但消息容易走漏；如果即时进行抓捕，车间中有很多生产工具，如果嫌疑人逃跑或者反抗，会给抓捕带来很大困难，也容易造成战友受伤。权衡利弊后，战友们决定立即开展行动，并制定了细致、安全可靠的抓捕方案。随后，战友们乔装进入车间。车间里声音嘈杂，灰尘滚滚，所有工人都戴着口罩，根本看不清其特征。按照预先约好的暗示方式，战友们向戴着口罩的嫌疑人包抄。如惊弓之鸟的雷某生看到几个陌生人向他包围过去，马上丢下手中的工具逃跑，战友们立即猛扑过去，死死将其按住……

　　"国家安危，公安系于一半。"维护国家长治久安，保障人民安居乐业，是人民警察的天职。从5月底吹响全国"清网行动"战役的号角，到新年的脚步缓缓走来，战友们，历经了多少个日夜，跋山涉水，风雨兼程，穿越了多少座城市，他们已记不清。他们铭记忠诚，忘却自我，风雨砥砺，在艰难困苦中谱写出了一曲曲壮歌和忠诚大爱。逝去的是日子，擦去的是岁月，留下的是激情！

从率领追逃小组南征北战率先在广州市公安局实现清网率百分之百，到市公安局再分配指标指定成立决战突击队再踏征程，前后四次的万里征途，让大家都异常疲惫。局长阳光看着疲惫的战友，心在隐隐地发疼。

飞机在跑道上徐徐滑行，机场内外灯火通明，亮如白昼。前来迎接的战友的欢笑声打断了阳光的回忆。看着羊城万家灯火流光溢彩的美丽景色，想着属于自己的那扇闪着灯光的窗户越来越近，阳光不禁思绪万千。这时，收音机里传来了他最喜欢的那首歌：

"悠悠岁月，欲说当年好困惑。亦真亦幻难取舍，悲欢离合都曾经有过。这样执着，究竟为什么？漫漫人生路，上下求索，心中渴望真诚的生活。谁能告诉我，是对还是错？问询南来北往的客，恩怨忘却，留下真情从头说，相伴人间万家灯火。故事不多，宛如平常一段歌，过去未来共斟酌……"

岁月的河流平安的歌

"党啊，党啊，亲爱的党啊，你就像妈妈一样……"，从儿时至今，这首歌一直萦绕在耳畔。

党，在儿时的我心中，就是电影《烈火中永生》里的江姐、许云峰和小萝卜头，是《英雄儿女》中的王成，是《党的女儿》中的李玉梅……

党，在成年后的我心中，就是南湖上飘摇的红船、南昌城的枪声、井冈山的硝烟、反"围剿"的斗争、震撼世界的长征、遵义的决定性时刻、十四年抗战、三大经典战役……无数革命先烈的鲜血染红了祖国壮丽的山河，镰刀和铁锤交织的鲜红党旗迎风飘扬。

抗美援朝、"大跃进"、三年困难、十年动乱、改革开放……一代又一代的共产党人摸索着探寻着社会主义建设的道路，镰刀和铁锤铿锵，党旗在风雨中屹立，愈加鲜艳。

我在母亲的阵痛中诞生，在祖国母亲的艰难岁月中成长。在党的滋润和哺育下，经过19年的学习和磨砺，再经过警营的风雨锤炼和洗礼，我豪情满怀，护卫着羊城的天空，护卫着鲜艳的红旗。经过3年警营生活的考验，我圆了成为党的儿女的梦。不知不觉，举起拳头，在鲜艳的党旗下庄严宣誓的日子已经过去了18个春秋，今天，在第19个春秋即将来临之际，党的90华诞的脚步款款走来。

90年风云变幻的岁月如河，90年的岁月我经历和见证了将近一半的日子，当中，更有22年风雨无悔护卫平安的如歌岁月。

22 年前的 7 月，我满怀激情地来到了广州市公安局白云山分局报到。这是一个临时的办公地点——一个院子，两排平房，简陋破落。许多人都说："这哪像个公安局，倒像个自行车棚。"夏天的时候，尽管在木棉瓦面上不停地洒水，坐在办公室里还是不如站在外面凉快，晚上蚊虫肆虐，难以成眠；回潮季节，砖墙、三夹板做的天花板渗满水，就像刚洗完的衣服水淋淋的。案凶抓回来，办公室、值班室、大厅、食堂、大院都成了临时审讯室。记不清有多少次，在夜里，在风中，在车棚顶的灯光下，我们审讯着，记录着……当时分局没有食堂，吃饭只能到几里外的市公安局九处搭食，我们总是骑着自行车用电饭煲把饭菜打回来围坐着一起吃。在这里，我们苦累并快乐着。整个分局只有 70 多人，但相互间坦诚、真诚、互助互爱，和睦如一家人。大家心往一处想，劲往一处使。哪里有案情，只要铃声一响，所有部门所有的人，有车的坐车，坐不上的骑自行车，火速赶赴现场，围追堵截……这种精神直至现在仍像一盏灯一样指引着我。弹指一挥间，19 年的刑警生涯和 3 年的派出所工作经历瞬息而过。我走遍了祖国的千山万水、千家万户。为了一宗枪支案，我和战友奔波在西部、沿海的大小城市；为了追捕一个杀人疑犯，我们在零下 20 多度的皑皑冰雪中跋涉；为了查证一条线索，我们在深山老林里辗转……抓了多少嫌疑人，破了多少案件，已经记不清楚，也无须去计算。调查取证、跟踪守候、审讯追赃，多少个无眠之夜，多少的煎熬，只有明月见证，只有星星知道！

还记得参加工作的第一个除夕，为了调查一宗案件，回来时已经万家灯火，单位食堂的师傅走了，我们几个人走到街上，想找个地方吃饭，但附近的食肆饭店都停止营业了。耳听家家户户觥筹交错，欢声笑语，爆竹声声，我们空着肚子在街上踟蹰徘徊。那一年，经过艰苦努力，我们终于摸清了一个犯罪团伙的情况。在一个浮云掩月的夜晚，我们一举捣毁了这个 47 人的特大抢劫团伙。

年年岁岁，刀尖上的跳舞，血与火的缠绵。中秋、重阳、春节、交易会、黄金周……一个个重要时刻都需要我们警卫，我们把越欠越深的亲情埋藏心底，无怨无悔。九运会、奥运火炬传递、奥运会、亚运会……一次次的专项行动和检查，我们与星月同现，殚精竭虑。抗洪抢险、抗击非典、冰雪灾害、地震、疫情、骚乱……一个个突然而至的灾难，一场场战役，考验着我们的极限，我们的忠诚。

  春去春又来，入警时配发的红领章上衣、橄榄绿带红边的裤子，已经变成了现在的银白色警徽、藏蓝色外套。当时的毛头少年，如今白发已依稀可见。唯独不变的是那份繁忙，那份忠诚和执着！参加工作时，白云山虽已是风景区，但还是比较荒芜的，每年有几百宗刑事警情。因为我们的忠诚和坚守，现在风景区每年的刑事警情已经降至20来宗，治安已经向着理想的方向迈进，我们的工作更多转向了防范和服务。而白云山也从一般的风景区晋升为第一批全国4A级风景区、国家级风景旅游区、全国文明旅游风景区，现在又成为全国5A级风景区，是广州的一块响亮的招牌、一张靓丽的名片。白云山成为人们运动健身、休闲娱乐、怡情养性的一片乐土，处处洋溢着欢乐与祥和。云山珠水，我们继承和光大着《羊城暗哨》《跟踪追击》《国庆十点钟》中的那些羊城真实英雄的精神，留下了属于自己的故事和历史。"两枪一斧"杀人团伙的覆灭、"世纪贼王"的毁灭、公交车爆炸案以及祈福新村七命案的破获，流花地区从原来的"黑三角"到现在的平安驿站……广州的治安形势越来越好，群众的安全感和满意度达到了前所未有的高度。

  从1921年嘉庆南湖小船上的13人到现在的8000多万人，心忧天下的中国共产党人领导着中国人民走着有自己特色的道路，奔向小康，奔向理想的桃源。党旗映辉煌，豪情装心间。我想：只要我们秉承"立党为公，执政为民"的理念，只要每一个共产党员牢记誓言和宗旨，发挥先进性，中华民族一定能够走向复兴，创造辉煌！

蕙质兰心

维稳排查、安全检查、保卫警卫……越是临近年关，工作越是千头万绪。省人大和省政协的会议就在白云国际会议中心召开，不少代表会后走进与会场一路之隔的白云山风景区散步，这样，加强社会面巡逻，防控防止不法侵害的发生，显得非常重要。"两会"的安保工作就成为白云山派出所工作的一个常态部分。这天，我沿着十多公里的盘山公路巡查了两遍后回到办公室处理文件。这时，手机响了，是省人大常委张宇航打来的，他问我是否在派出所，他已经到了派出所门前，凤凰卫视节目主持人吴小莉也来了。吴小莉？电视上，小莉美丽、优雅、知性的形象早已深入人心。我赶紧出门迎接，张常委一行人正站在山顶广场的水晶圣诞树下。张常委先介绍："吴小莉，是不是与电视上的一样？"握手之间，看着小莉甜美的笑容，我想到了人面桃花，真实的小莉比荧屏上更精致和妩媚。张常委又向我介绍了著名书法家刘佑局等人，敬礼寒暄后，我们走进办公室。

办公室比较窄小。张常委和刘老师坐在对门的单人沙发上，小莉和另一个代表坐在长沙发上。等我冲洗完茶具，放好茶叶，从办公桌后拉出椅子隔着茶几坐在小莉对面时，才觉出不妥，放电水壶的小方桌在长短沙发之间的墙角边，要取壶冲茶，就要在沙发与茶几之间走动。我正责怪着自己，小莉却像主人似的，自然地拿起水壶。我忙伸手去接，小莉不给："别，小心烫着。"说着，把水壶轻轻地放在茶几上，把壶耳转向我。我们一边喝着茶，一边谈论着新近的见闻、书法与艺术，谈笑间，大家提出要与小莉照相，我说："就以派出所旁边的'白云山欢迎你'的花草灯饰和水晶圣诞树为背景吧？"我们来到广场上，小莉看着闪烁的水晶树说："光线太暗，还是在大堂'为人民服务'牌匾前照得更好。"我用相机对着水晶树测试了一下，不得不佩服小莉的专业。小莉很自然地站在牌匾下，把紫色的羽绒外套脱下，身着一件红黑花纹相间的拉链长衫，系着一条艳红带黑色图案白边的丝绸围巾，黛眉杏眼，笑靥如花，如空谷幽兰，高贵清香。

夜色渐浓，我们一行人沿着公路向主峰摩星岭迈开了脚步。"人大代表、政协委员视察，小莉夜访白云山，好新闻，明天可以见报了。"我打趣。小莉马上接道："不，我还是愿意在你的散文里，留一份美丽的回忆。"路上，张常委说起由他牵头发动的爱心团队已经资助了全国各地3000多名失学儿童，小莉也资助了6名儿童。小莉开心地说："想不到我们还是团友呢！"这时，下山的一对年轻情侣认出了小莉，女孩回头向小莉致意，小莉含笑回应。我说："我们都挺喜欢看您的节目，一到中午，总是一边吃饭一边看您主持的《问答神州》。"小莉笑着说："拿我下饭啊！"走上一个小斜坡，大家开始有点气喘，浑身发热了。应大家的要求，张常委动情地唱起了西藏歌曲《卓玛》，刘老师高声和唱着，小莉一边鼓掌一边笑着说："好动听的男声二重唱啊。"走着唱着，昏黄迷蒙的灯光下，山路两旁被雨水冲刷后的花草树木更见青翠。期间，我向大家介绍途中的景观和典故。不觉间来到了摩星岭的许愿树下，在迷离的灯光下，在摩星岭石刻与天径登山口，大家轮番与小莉留影。陡峭的山路，几百级的石梯，我们一边攀登一边笑谈，张常委讲述走进西藏，走进全国唯一没有通公路的墨脱的感受。小莉仔细地聆听着，微笑着，交流着，不觉间就登上了峰巅。峰巅上没有别的游人，这正好可以让我们自由自在地凭栏远眺，俯瞰广州美丽的万家灯火，指点和辨别着城市的方向与建筑，用照片定格美好。

下山后，挥手送别小莉一行人，我在山顶广场上伫立了很久。小莉出过一本自传《足音》，遗憾的是她这次没有带来，不能送一本给我。现在，小莉的第二本自传也已经签了出书合约。小莉从毕业采访可口可乐总裁开始，就在新闻领域驰骋，一路走来，从记者到主持人和主播，再到凤凰卫视资讯台副台长兼新闻主播、北京奥运会火炬手，辉煌不断。2007年开始以香港居民身份当选广东省政协委员，为民生为社会建设建言献策。她凭借多年新闻工作经验，以敏锐的触角、灵巧的头脑，对两岸三地社会情态的深切认识，关注重大新闻和社会焦点，关注历史，关注时事和民生，深入追踪解密，多角度剖析事件真相。然而，生活中的小莉却是这样的淡泊、随和、率真、亲和、自信、妩媚、可爱、高洁、清雅，由此，我不禁想到了"幽兰香风远，蕙草流芳根"的花中君子兰花——气清、色清、神清、韵清，秀外慧中，蕙质兰心，美丽芬芳。

大师的情怀

一位将要退休的老警察，在归家的列车上邂逅了一个怀抱婴儿的女子，旅途变得温暖、和谐。晚上，一则电视新闻引起了老警察的关注，又是一起女子拐骗婴儿的案子，老警察想起了列车上的女子和婴儿，直觉告诉他，女子就是嫌疑人。老警察向领导请缨，跋山涉水，风餐露宿，终将女子抓获归案。审讯中，女子拒不交代。老警察将一张张被拐骗儿童的照片贴在女子能看见的地方，不断播放失去孩子的父母绝望的呼喊和哭声，女子崩溃了，但仍然不肯交代，她告诉老警察："我要是交代了，我就无法筹到赎金去解救被拐骗的妹妹。"老警察和战友们根据女子提供的线索，几经艰辛把另一伙人贩子抓获，解救出了女子的妹妹。当女子见到安然无恙的妹妹时，一五一十地交待了自己的罪行。尽管老警察想方设法想帮助她减轻对她的惩罚，但无奈她拐卖的儿童太多了，最终还是被判处了死刑。临刑前，女子在人群中看到了前来为她送行的老警察，苍白的脸上露出了笑容，她对老警察说："你是我在世上见到的最后一个好人……"

在广州市公安局礼堂"文化艺术修养"专题讲座上，著名作家、北京语言大学教授梁晓声娓娓讲述着自己创作的剧本、自己的警察情结，讲坛下，黑压压的一群人如痴如醉地聆听着。

讲座结束，我作为广州市公安文联的成员，有幸与市公安局领导高小燕副书记一起陪同梁教授用餐，近距离地聆听，近距离地交流。梁教授年过花甲，浓眉大眼，身材偏瘦，精明睿智。他声音洪亮，话语平实，滔滔不绝，不见一丝倦意。要知道，在讲坛上，梁教授围绕提升文化艺术修养的主题，从自己的军人情结、警察情结开始讲，讲上山下乡的生活、读书与写作、与电影电视的情缘……用亲身经历，口若悬河地讲了整整三个小时，精彩地展现了一个文化大师的艺术风范。而为了这一课，梁教授一早就来到了市公安局礼堂做准备。梁教授充沛的精力让我感佩，心底的敬意油然而生，其实，这种敬意埋藏心里已经30多年了。我最早读梁教授的作品，是中学时读《今夜有暴风雪》，此后，《这是一片神奇的土地》《一个红卫兵的自白》陪我度过了不少美好的时光。这两年，在出版社寄送的《中国散文年选》《中国精短美文精选》的样书中，又看到了梁教授的《老水车旁的风景》《咪妮与巴特》等美文，自己的文章与梁教授的文章被选编进同一本文集，我既兴奋又诚惶诚恐！饭前，我拿着自己新出版的拙著《白云无尽时》请梁教授斧正批评，梁教授却让我签上名字后再送给他。

言谈中，高书记与他回忆起当知青的往事，谈一路走来的公安精神，引起了大家的共鸣。话题很快又转到了当今社会的种种现状，梁教授讲述着一件件自己在北京的街市以市民的身份、以政协委员的身份去过问管束的不平事——当以市民的身份去劝说马路上乱停乱放的车辆时，招来的是怒目和多管闲事的讥讽，于是只能挂上政协委员的牌子；为土地和楼价问题写信给当时的北京市市长王岐山；看到执掌一方的公仆为民劳心劳力，呕心沥血，造福民众，而写信向中共中央组织部李源潮部长反映……思想观念的转变、道德的滑坡、诚信的缺失、精神的荒芜，这是大家共同的叹息和忧虑。

美好的时光总是消逝得特别快，梁教授马上要赶去深圳。虽然早已过了退休年龄，梁教授仍然呕心沥血地传道授业，仍然不倦地奔波讲学布道。敬礼挥别可亲可敬的梁教授后，我陷入了短暂的失神，内心随之而来的是感激和感恩。中学年代读《今夜有暴风雪》时，我怎么也想不到有一天自己会与作者像老朋友一样坐在一起，谈古论今，海阔天空。相识、聆听的时间虽短暂，但梁教授的平实坚定、明心见性、虚怀若谷、担当精神和大家风范是我的榜样。那一刻的谆谆教诲、殷殷寄予，那一刻的笑容与鼓励，那一种风范，价值无限，它们将变成我的一份财富，丰富和美丽着我今后的人生！

大快活

"大快活"不是美食店，而是一位老太太。

清晨，白云山蒲谷路口。蜿蜒的山路上游客络绎不绝，"大快活"从山谷走出来，到了坡口，就解下背囊，坐在石基上歇息，刚开始，我也没有太留意。

"改革开放顶呱呱，老人上山落座笑哈哈，生活安稳有钱拿，享乐晚年人人夸。"

诵诗的老奶奶头发花白，身躯娇小，身着灰色暗花的衣服，黑布鞋。我趋前两步问老人："这诗都是您写的吗？"老人点点头，随口又唱："社会有小康，身体要健康，运动是个钢，永远保安康。"我问："您经常来登山？""退休工人闲悠悠，白云山上叹风流……"老人唱完了，才回答我："我已经登白云山18年，风雨不改！"还没等我再问，老人就说出了登白云山的缘由："天初明，人声静，为了锻炼赶起程，登山就想延寿命。"话音刚落，老人又开始高声唱："白云山脚人潮涌，加强锻炼向上冲，身体健康不落空，老少平安乐融融。"旁边的游客听着老人的歌唱，开心地笑着。我问老人："您这些诗有没有记下来？"老人自豪地说："我都印了8000份了！"接着从背包里拿出一卷用橡皮筋扎着的诗词，三张一份派发给大家。拿着老人送的诗词，我问："您以前是做什么工作的？""广柴老厂人人夸，新老干部做到家，幸福不忘当日苦，温暖送到老人家。""怎么称呼您？""她是广州柴油机厂的退休工人，你叫她'大快活'就行了，我们都这样叫她。"老人还没开口，身边就有游客抢着说。

"大快活"背起背包稳步下山，边走边唱："退了休，享自由。气更定，神更闲。天天开口笑，健康命长留!"一位游客告诉我："'大快活'反应快，有急才，你别看她唱得好，其实她并不认识字!"我有点愕然。目送"大快活"渐渐远去的身影，我心底的敬意油然而生，为"大快活"的恒心，为"大快活"的自然洒脱、豁达快乐，敬佩她给身边的人带来快乐，带来笑容。

天　眼

　　早晨，天空湛蓝，阳光和煦。赵明开着出租车在三元里大道行驶了一个来回，却没有搭载到一个乘客，纳闷的赵明调头拐进了广园西路，行驶了一半的路程，依然还是没人坐车。"今天怎么啦？"赵明正暗自嘀咕，电话铃突然响起，是开另一辆出租车的老陈。赵明把车停在路边和老陈通话。老陈那边也是空车跑了很久，干脆就打电话约赵明去喝茶，赵明犹豫了一下，还是答应了老陈。赵明刚挂上电话，副驾驶室的车门被猛然打开，一个年轻人坐了进来，还没坐稳就对赵明说："到犀牛角。"赵明迟疑了一下，对年轻人说："先生，不好意思，我有点事，你能不能搭乘另一辆的士？"

　　"怎么？你想拒载？"

　　"不是，不是，我是有事。"

　　"快点开车。"

　　"那你稍等一分钟，我打个电话。"随即赵明拨通老陈的电话，告知有乘客要到犀牛角。放下电话，赵明边发动汽车，边打量了一下客人：20来岁，瘦高的身材，西装头，黑色夹克，双腿上放着一个绿色的挂包。那是一个真皮的女式挂包。

　　一个大男人，却拿个女式挂包，看样子还是个挺不错的挂包，而他身上的穿着与这个挂包却不相衬。赵明一边开车，一边不动声色地注视着年轻人的举动。年轻人拉了几下，才拉开拉链把挂包打开，先是拿出一个粉红色的长方形钱夹，从钱夹的开口可以看到一叠厚厚的钞票。接着，年轻人从挂包里拿出一部新潮时尚的手机，把玩了一下，就把手机和钱夹放回挂包。年轻人情不自禁地咧开嘴，笑了。打开挂包时的笨拙，见到钱夹和手机时的喜悦，让赵明怀疑这个挂包不是这个人的。这时，年轻人又从挂包里拿出手机来把玩，赵明更断定这个挂包来路不明。

"怎么办？得想办法报警才行。哎呀！我是怎么了？开这么快的车干什么？前面就是犀牛角了！"赵明一边埋怨自己，一边在心里问。

"司机，前面停车。"

"哦，到了吗？不用开进村子吗？"

"不用。"

"怎么办？赵明啊赵明，快想办法呀。"赵明在心里嘀咕着，眼看可疑人就要下车跑了，他的额头上急出了一层细密的汗珠，眼睛紧张地在周围寻找着。

"咦，有了，那里不是有个视频监控吗？平常社区民警大郭不是教过我们，见到可疑情况，想方设法留下证据和线索，尽可能地把可疑人的影像记录下来，如果我把车开到那里，监控不就可以把这个人拍录下来了吗？"

于是，赵明把车开到监控摄像头附近停下，对年轻人说："就在这里下吧。"

年轻人付钱下车后，匆匆地走进街巷。赵明正要开车尾随跟踪报警，一个女孩打开车门，一边坐进车里，一边说："到火车站。"

"姑娘，我还有事。"

"快开车，我赶火车。"

赵明无奈，只得加油改变方向。到火车站后，赵明又载了两趟乘客。一天下来，疲累的赵明把年轻人的事给忘了。

第二天，赵明也没想起这事。

第三天，正在开车的赵明收到一条短信。开始，赵明以为又是那些售楼的信息，还在抱怨，我一个打工的哪有那么多的钱买楼！可打开信息一看，是公司发的信息："三天前，某地发生一宗抢劫案，事主被抢了一个绿色的挂包。嫌疑人20来岁,身材瘦高,西装头,穿黑色夹克。如有搭载过类似特征人员的司机速与社区大郭警官联系。"

"咦,不就是前天吗?年轻人?绿色挂包?这不就是那天我怀疑的那个人?我怎么把这事给忘了呢?"赵明马上拨通了大郭警官的电话。

原来,那天事主被抢后到公安局报案,办案民警到出租车公司调查和布置,公司马上发布信息给全市所有的司乘人员。赵明向大郭警官反映了那天的所见所遇,随后带着大郭警官和办案民警到了那天嫌疑人下车的地点,描述当时的过程。办案民警提取了视频监控中嫌疑人的录像。根据录像,民警很快就在犀牛角村抓获三名抢劫嫌疑人,打掉一个抢劫团伙。

事后,公安局和出租车公司对赵明进行了奖励。

感悟疯子

小时候我见到长发蓬松、衣衫褴褛、浑身污秽邋遢的疯子，心里总是有点发怵，总要远远避开。想不到，长大后做警察，却经常接报处理一些疯子引发的警情，经常见到各种各样的疯子，有男有女有青年有老人，常让我感叹不已。

夜色越来越深，白云山山顶广场上的游人越来越少。这时，下午前往广州市拘留所提审嫌疑人的战友回来了，我们正交流着情况，指挥室又打来电话：白云山蹦极的工作人员几分钟前在悬崖附近听到两声男子的喊叫，到悬崖查看后怀疑有一名男子掉到蹦极平台的悬崖下面，情况不明。又是一起牵涉到群众生命安危的警情！

我立刻指令正在辖区巡逻的021组第一时间赶到现场，接着带领派出所里的战友火速出发。悬崖的地势十分陡峭，落差将近50米，巡逻组的战友一时无法确定掉崖男子的具体位置及伤亡情况。树木在灯光的映照下影影绰绰，我迅速看了看周围的环境，马上安排战友有序地开展现场询问报警人、封锁现场、维护现场秩序、联系工作人员打开崖底的照明设施、安排蹦极工作人员启动升降系统等工作。战友带上强光电筒，绑好安全带慢慢下坠，自上而下搜寻。我又安排白云山风景区管理局保安员将安全绳绑牢在平台石柱上。系好安全绳后，保安从平台旁边的山坡慢慢往下搜寻。随即，我通知119、120派人员到场协助。很快，蹦极的工作人员隐约发现一名男子伏在崖底下水池的水泥基旁，但是距离较远，具体伤势及情况不清。群众的安危就在眼前！时间就是生命！120的医护人员到了，但只能在平台上焦急地探听观望着，而119的消防人员还在路上。没有专业的救护装备，怎么办？这时，每一分每一秒对解救落崖男子都非常重要！还有别的方法别的路下去吗？这一片山头，幽谷壑崖自己走过许多遍。悬崖旁边的凉亭一侧不就可以下去吗？但马上就有一个声音回应："不行，连日大雨，山石泥土湿滑松软，太危险。"多耽误一刻就多一分危险！怎么办？不能等了。我翻过栏杆，牵扯着树枝藤蔓，侧着身子，小心翼翼地从悬崖旁边凉亭一侧较为平缓的山坡，向着男子的方向爬行，战友们紧随着，穿密林、钻荆棘、翻峭岩、攀野藤……我们手脚并用，攀爬着，滑动着，有惊无险地下到了悬崖下的水池附近。隔着枝蔓草丛，一名一丝不挂的男子跪伏在崖底下水池的水泥基上不停地伏拜磕头，自言自语。水池正对着蹦极的下方，三面依山，一面临崖，浑浊的池水正沿水池边溢出。水池前面3米多又是一道悬崖，右边就是水池，左面是我们所在的山坡，男子要是有什么闪失，我们可是鞭长莫及。我们向男子喊话、询问，但男子不理不睬。我们一边密切地观察周围的状况，一边不停地开导男子，稳定男子的情绪。终于，男子听从我们的劝说，慢慢地爬下水池，开始慢慢地穿衣服。我带着战友和保安员迅速到了男子身边。男子躺在山坡的枯枝腐叶上喘着粗气，额头上的伤口还流着血，腰上一片被刮擦的血痕。我边检查，边询问该男子的情况及掉崖的原因，男子自称是四川泸州人，30岁，想自杀。我一边通知平台上面的战友做好接应，一边组织指挥大家小心地牵拉着男子，攀爬着向上撤离。这时，消防员也赶到了，上下合力将男子成功地牵拉上平台。在医院，经过反复询问和观察，医生对掉崖男子做出有疑似精神病发作的初步诊断。

处理完后续的工作已近凌晨3时，我躺在床上，身体疲倦，思维却活跃。疯，是指神经错乱，精神失常，就是常说的精神病，这是一门复杂的学科，最浅白的理解就是不正常。一个人将最宝贵的生命都视如草芥，无疑是个疯子。男子的头发虽然有点长，但并不像小时候所常见的疯子。年纪轻轻的，怎么就疯了呢？是家族遗传，是生活压力，还是受到了什么刺激？初生的婴儿，有先天不足的，有各种缺陷的，有连体的，只是迄今为止，还未听闻有人一出生就是疯子的。疯子都是由正常的人在成长过程中，因生活环境和各种因素诱发造成的。功利、浮躁的社会，理想和信念的动摇与滑坡，种种的"造假门"，无形的"潜规则"，个人的极端暴力行为……层出不穷的焦点问题和拍案惊奇，从某种意义上看，都是疯子的行为，都是我们建设幸福社会、和谐生活的潜在威胁。我不知道社会的价值取向与疯子的产生之间有多少关系，社会物欲横流，疯子是不是就会越来越多，我只知道，一个人，多些知足常乐，少些贪、嗔、痴，必定会多一分快乐和幸福，社会也会多一分和谐与幸福！

白云悠悠

  连续两个晚上通宵参加重阳安全保卫工作的我,清晨在派出所补觉,却被游人的喧笑声和小鸟的啁啾声吵醒,之后便走出山顶广场信步下山。经过广场中央的长江石,再往前走就是一条盘山公路,公路的左边是亚洲最大的天然鸟笼——鸣春谷、天南第一峰,右面的山坡往上就是白云晚望、千尺嶝。就在几个小时前,这些地方还是人山人海,摩肩接踵,我们还在这些地方来来回回地巡逻,指挥、疏导人流,劝导席地而坐的游人,指引路向,处理纠纷……这些画面、这些场景似乎已经过去很久很久。每次,连续的忙碌过后,看着渐渐灰蒙的曙色,我都会有一种苍凉寥廓的感觉,醒来的时候,又有一种时空交错的茫然,才经历过的事情仿佛已经很遥远,多年前的事情反而近在眼前。

  天空蔚蓝,浮云若絮,阳光和煦。山路两旁,紫荆花和美丽异木棉满树都是紫色的花朵,灿烂地怒放着,或随着枝叶在清风中摇曳,或独醉枝头。路面干爽整洁,已不见一丝狼藉,不见一丝雨后的痕迹。美景当前,但我并没有驻足观赏,身体还没从连续的安全保卫透支中恢复,精神还有些恍惚,景物在眼中有些失色、眩迷,时间也仿佛放慢了,慢镜头一般地回放着。不知不觉间,我竟已在这山中工作、生活了20多年,在这条路上走过了20多个春夏秋冬!

  走过鹤舒台,耳畔隐约传来了能仁古寺悠扬的钟声,追逐着钟声,耳际又传来了潺潺的流水声。盘山公路上的游人三五成群,而我想一个人安静地走一走。走过路边两棵粗壮高耸、树冠如伞的黄梁木树,我闪进了一条山谷间的小路。小路一面依着山坡,一面临着溪涧,流水声就在脚边。小路边长满了杜英、竹柏、苗竹、水石榕、青果榕、落羽杉,还有一些不知名的藤状植物,这些植物的枝叶下面,又是一丛丛、一层层、一排排的山芋、剑兰、菖蒲、红背桂……转了两个弯,只见清澈的溪水闪着亮光,在一堆褐色的岩石上欢跳、跌宕,岩石下方不远的山涧中,一位鹤发童颜、白须飘飘、身穿蓝袍、腰挂葫芦的长者正躬身采撷着菖蒲。见我下来,老人站直了身子。咦,这不就是郑仙郑安期的化身吗?在前不久的郑仙诞文化节中,我还在抬着郑仙塑像的游行队伍中维持着秩序。采药老人手抚长须,颔首笑着。我正想请教老人关于郑仙传说的真伪,却又闻得一声鹤唳,一只白鹤从天而降,郑仙跨上白鹤,挥挥手,驾鹤飞去。

　　我沿着石阶在幽谷中继续前行,两旁的树木更加茂密葱茏,山涧逐渐宽阔,溪水逐渐平缓,淙淙的流水声中忽然响起了阵阵的嬉笑声。仔细一看,原来是一群小孩在小溪里嬉戏。我已经走出了蒲谷,身上也已经汗津津的,一阵山风掠过,清凉舒爽。掬捧溪水洗了洗脸,我迈步朝山门走去。

　　天地悠悠,白云悠悠。郑仙到这里时,这里肯定还没有水泥和沥青。那时候,这里还是茂密翁郁的树林吧?这条路是不是就是他走出来的?这条路上反反复复、重重叠叠了多少的脚印,承载了多少的喜怒哀乐与爱恨情仇?走在路上,他都在想着什么呢?那时候,也像今天这样需要保卫吗?登山临水,采撷菖蒲时,郑仙可曾为秦始皇的命令忧虑过?"秦皇如我求,苍苍向烟雾",荣华富贵随手可得,他却宁愿悬壶济世,这是怎样的一颗为民之心!

　　郑仙,原名郑安期,战国时期山东琅琊人,年轻时于东海边卖药,医术高明。秦始皇东游,曾召他相见,欲求长生之法,郑安期委婉辞谢后,千里跋涉隐于白云山蒲涧,悬壶济世。某年,广州瘟疫流行,为了拯救民众,郑安期上山采撷九节菖蒲,不幸失足坠崖,崖间有白鹤飞来,载之仙去。

　　我心在民,民为我本。正是这拳拳的爱民为民之心,使他始终屹立在白云山上，始终活在人们心里。人们将郑安期坠崖的七月二十四日称之为"郑仙诞"，将郑安期坠崖处命名为"郑仙岩"，将仙鹤飞出的地方命名为"鹤舒台"，并在崖边建郑仙庙，庙中刻有郑仙像供奉，这些景点均在当今的"云岩"处。每到郑仙诞，城里的男女老少相继出城东北门，上白云山拜祭郑仙，采菖蒲、沐灵泉、祈凤愿，祈求身体健康、万事如意。上山的人群络绎于途，更有士子赛诗赛歌，山路两旁摊档密布，卖茶水、饼食、鲜花、纸花、风车、摇鼓、元宝、香烛……夜色中，从山脚到山顶，灯火相连，仿佛一条闪闪的银链挂在白云山上。于是有人题诗赞美盛况，"漫天花雨湿罗衫，纷纷游侣出城东"。这就是白云山最早的节日——郑仙诞，又叫"鳌头会"。

　　此后，这块受上天眷顾的乐土越发美丽，在宋朝、元朝、明朝、清朝等历代"羊城八景"的评选中都离不开白云山的倩影。如今，集旅游、娱乐、健身、休闲一体的白云山更美丽，更兴旺。每天，打羽毛球的、跳绳的、踢毽子的、吹泡泡的、玩飞碟的、看表演的、拍照留影的，络绎不绝。处处是如花的笑脸，温馨的情怀，处处是欢声笑语，其乐融融。每年的九九重阳，都有几十万人蜂拥而至。近年来，风景区每年接待游客量都保持在2000万人次以上。白云山风景区先后获得国家首批"AAAAA级旅游景区""国家级风景名胜区""全国文明风景旅游区""亚洲地域居住文化及人文景观创作奖和亚洲人居环境建设典范工程奖"等称号。

　　悠悠白云，一切的人和事，都是飘动的云。一个人，一颗赤诚的为民之心，留下一个传奇、一道风景、一个节日！民惟邦本，本固邦宁。只有始终秉持为人民服务的宗旨，社会才能长治久安，和谐幸福。白云悠悠，白云山风景区的建设、我国的社会主义建设一定会越来越美丽、和谐，天空更湛蓝，白云更洁白。

　　白云悠悠，情悠悠……

警　魂

他就是持刀抢劫系列案的嫌疑人！

暮色中，在人群中擦肩而过的瞬间，我判断出他就是我们追捕的对象。我一边通知战友，一边不动声色地跟踪着。嫌疑人双手插在裤兜里匆匆地往巷子走，过了巷子就是菜园，再往前就是山林了。战友还没跟上，嫌疑人就要走出巷子了。怎么办？到前面堵截！我绕到另一条小巷，一个百米冲刺，但还是慢了，嫌疑人已跑进菜园。不能让嫌疑人跑了！"站住，我是警察！"我飞身向嫌疑人扑去。嫌疑人猛一回手，火光一闪，一声巨响，同时，我的胸口猛地受到冲击，随之一麻，继而一阵奇痛，甚至能闻到皮肤被火药灼烧的焦味。嫌疑人有枪！我捂住胸口想继续追赶，但双腿发软，两眼发黑，重重地摔倒在地上……

离开刑警队已经快五年了，但做刑警时做的这个梦依然是那么清晰。有时，我也会与战友一起，重温刑警的故事。

那是一个又有风又有雨的寒冷日子，他们三人一组，守候在一个持枪杀人案嫌疑人出没的地方，在凛冽刺骨的寒风中等啊等。嫌疑人终于出现了，就在嫌疑人要迈上公共汽车时，他出其不意地猛扑上去。嫌疑人自知罪行深重，负隅顽抗，和他在地上翻来滚去，拼命要抽出裤袋里的枪。他死死抱住嫌疑人，冲着旁边的战友呼喊："不要管我，快开枪！"千钧一发之际，战友对着嫌疑人的大腿连开三枪……后来，他和战友从嫌疑人身上搜出了一支上了膛的"五四"

手枪！

轰动南粤的祈福新村七命案，嫌疑人作案后驾驶着小船藏匿在纵横的水道上。刑警驾驶两艘船去追捕，嫌疑人躲藏在船舱内，用装有红外线的枪向刑警扫描，幸亏刑警事前已掌握嫌疑人持有的武器，看到红点晃动，大喊"卧倒！"子弹呼啸着从耳边擦过……生死瞬间总是过后才让人惊悸。相比倒在罪恶枪口下的英魂，他们是幸运的。

……选择刑警就是选择了与死神打交道，你不知道什么时候有危险，随时都可能面对死亡。任何报案或指令都包含着危险的成分，有时候，一个疏忽、一丝犹豫都是致命的。

而危险之外，更多的是劳心劳力。

他是一名刑警。前不久，队里通报了一个频繁在市区专门盗窃高档小汽车的团伙的情况和近期被盗的几辆小轿车的车型车牌。他静静地听着，默默地记着，接下来又投入案件的侦破中。那天，下班了，他骑着摩托车在川流不息的车流中慢慢移动。突然，他发现前面一辆小轿车的车牌很眼熟，仔细回想后，他确认那是一辆被盗车的车牌！他一边给刑警队打电话，一边悄悄跟踪。最后，把这个作案累累的团伙人赃并获地摧毁，追缴回十多辆被盗的高级小轿车。

那一次，他负责侦办一宗凶杀案。死者是一个女孩，现场只有一张死者以一幢高楼里的电梯为背景的照片。他们围绕着尸源开展侦查，带着照片走街串巷地走访调查。协查发了，失踪人口查了，媒体上播了，但仍杳无音信，案件陷入了山重水复的困境。一天，为了另一宗案件的调查，他到了一幢大厦，正要乘坐电梯时，猛然发现这画面好像在哪里见过，他想起了死者照片里的背景。据此，他们从这里入手进行追踪，查清了死者的身份，最终将凶手绳之以法。

面对赞誉，刑警们总是淡淡一笑，说只是运气好一点，但运气的背后，又有谁知道凝聚了他们多少的付出和心血？

刑警工作是没完没了的，这个案件侦破了，新的案件又来，每一宗案件都有不同的作案手段，侦破每一宗案件都要用不同的方法。"凡有接触，必有痕迹。"从现场遗留的痕迹物证，通过蛛丝马迹和种种的因果关联抽丝剥茧，拨开层层迷雾探求真相。刑警工作讲求效率，时效性很强。有些证据错过时间就流失了，无法挽回，案件就有可能成为永久的悬案；有些证据时过境迁就失去了法律效力；有些嫌疑人在法定时间内取证不足就只能眼巴巴地看着他逍遥法外。

谁最美？谁最累？

经历过太多的生生死死、分分合合、酸甜苦辣，所以，刑警更懂得珍惜，懂得关爱。危难时刻，他们总会毫不犹豫地挺身而出。

刑警刘队长押解犯人，途经石山，山上一方大石突然向犯人滚来，刘队长眼疾手快，大吼一声："闪开！"推开犯人，自己却被巨石砸中。犯人吓呆了，万万想不到刘队长竟会施救戴罪的自己！望着躺在血泊中的刘队长，犯人忍不住失声痛哭。刘队长挣扎着坐起，摸出纸笔，哆嗦着写下歪歪斜斜的三个字："非——他——杀。"签完名，刘队长艰难地将字条递给犯人，身上的鲜血汩汩地流淌……犯人什么都明白了，"扑通"一声跪倒，身子剧烈地抽搐，很久，才默默地背起刘队长鲜血淋漓的尸身，蹒跚地一步一颤地向山下走去。

你是谁？为了谁？

一天天，一月月，一年年，刑警用危险和传奇编织着荣誉，用忠诚和生命维护着刑警的名义，用奉献和付出铸就高耸的丰碑，不朽的警魂！高山巍巍，江水滔滔，刑警将自己的爱恨情愁、悲欢离合，融汇成对祖国对人民的深情承诺。

明月几时有

　　云烟渺渺，不舍夕阳离人间。每逢在白云山上值班，在暮色与夜色交替的时光里，我喜欢在派出所门前的山顶广场和"白云晚望"漫步，看苍茫暮色与山中境况。这不，挹云亭山坡上的鹊桥相会灯饰、广场中的巨型葫芦、郑仙诞牌坊的灯饰流光溢彩。弦月跃出山巅，山谷上空回旋着空灵悠远的歌声："明月几时有？把酒问青天……"这才恍然：中秋节的脚步越来越近了。

　　"今人不见古时月，今月曾经照古人。"冉冉升起的这轮明月，就是曾经照耀苏轼的那一轮明月吗？我仿佛看见皎洁的月光下，一袭青衫的大学士"把盏凄然北望"，仰问"明月几时有"，"中秋谁与共孤光"？喜欢苏轼是从读他的诗文开始的，从学龄前起就对月吟唱《水调歌头》；"大江东去，浪淘尽，千古风流人物。"这是读书时背诵的课文和常考的内容。"竹外桃花三两枝，春江水暖鸭先知。""春宵一刻值千金，花有清香月有阴。""不识庐山真面目，只缘身在此山中。"……苏轼的诗文，不知带给我多少美好的感受。

　　浮沉在五光十色的大都市，风里雨里摸爬滚打，一路走来，爱过伤过痛过，世事洞明，"横看成岭侧成峰，远近高低各不同"。这时候，再品读苏轼的辞章，或婉约或豪放，才知道先要读懂苏轼的人生和人格魅力，才能真正品味出苏轼的大情怀、大智慧。

　　苏轼，历经宋朝仁宗、英宗、神宗、哲宗四朝，曾官至翰林学士。他嫉恶如仇，襟怀坦荡，敢于直谏，不屑钻营。他历任密州知州、徐州太守和湖州太守，兴修水利，减免赋税，发展生产，政绩卓著，深得民心。在湖州任上，他因"乌台诗案"获罪入狱，饱受痛苦和折磨，出狱后被降职至黄州，此后多次被贬，命途坎坷，却始终关注百姓疾苦：在徐州救黄泛，保民生；在杭州浚西湖，灌良田；在惠州造西湖，泽后世；在儋州促团结，传文化……

贬谪路遥遥，跋涉劳顿。然而，艰难困苦并没有磨灭他的为民之心，每到一处，他都勤政为民，清正廉洁，造福一方。他说："天下之患，最不可为者，名为治平无事，而其实有不测之忧。坐观其变而不为之所，则恐至于不可救。"他倡导"三养"："安分以养福，宽胃以养气，省费以养财。"他努力压减行政开支，用节省出来的费用为杭州人民疏浚西湖，灌溉良田，构筑长堤。他把自己受奖赏的黄金和金饰献出，以改造西湖，建东新、西新二桥，造福民众，惠泽后世……如水的月光下，他款款走来。千年前，他被贬逐惠州期间，途经广州，游览白云山，辞谢蒲涧寺德信长老的好意，独自沿着蒲涧赏流泉山色，且行且唱："不用山僧导我前，自寻云外出山泉……而今只有花含笑，笑道秦皇欲学仙。"他发现广州饮水时常有咸味，便向当地官吏建议：白云山蒲涧濂泉清冽甘甜，可用大竹引水入城内，再修石槽蓄水供村民饮用。正是他的拳拳为民之心，才有了今天的诸城超然楼、西湖苏堤、惠州西湖、白云山东坡引水，才有了今天的东坡肉、东坡肘子、东坡鱼……命途多舛没有消磨他对生命灵慧的感悟，他始终乐观豁达，超然物外。初贬黄州，他苦中作乐："雨洗东坡月色清，市人行尽野人行。莫嫌荦确坡头路，自爱铿然曳杖声。"二贬惠州，他津津咙荔："罗浮山下四时春，芦橘杨梅次第新。日啖荔枝三百颗，不辞长作岭南人。"三贬儋州，他深入黎族村庄，体验"莫作天涯万里客，溪边自有舞雩风"的欢欣。在杭州，他沉醉西湖，"欲把西湖比西子，浓妆淡抹总相宜"。他淡泊宁静，坦然从容，千山万水，天涯海角，"此心安处是我乡"。风雨阻归途，他却一边坦然道："莫听穿林打叶声，何妨吟啸且徐行。竹杖芒鞋轻胜马，谁怕？一蓑烟雨任平生。"一边感悟"回首向来萧瑟处，归去，也无风雨也无晴"。

苏轼是如此的坦然，如此的潇洒，却又是如此的情深。苏轼与结发之妻情深意笃，恩爱有加。婚后十一年，发妻病逝，悲恸的他依父亲言，"于汝母坟茔旁葬之"，并在山头种植了三万株松树以寄哀思。十年间，他魂牵梦萦。十年后，他梦见爱妻，情动于心，写下传颂千古的《江城子·记梦》："十年生死两茫茫，不思量，自难忘。千里孤坟，无处话凄凉。纵使相逢应不识，尘满面，鬓如霜。夜来幽梦忽还乡，小轩窗，正梳妆。相顾无言，惟有泪千行。"

　　苏轼不仅开创了"豪放派"诗词的先河，其书画同样出类拔萃。他擅长行书、楷书，追求个性解放，追求尚意，喜用卧笔偏锋，字势丰腴跌宕、纵逸豪放，与黄庭坚、米芾、蔡襄并称"宋四家"。他的画学习文同，喜作枯木怪石，论画主张与文同神似。他留下的历史名篇，至今陶冶着世人的情操；他留下的佳话，至今为世人津津乐道；他留下的遗迹，至今为国家、为地方创造着纯净的绿色GDP。他是一个具有现代思想的古代人，他的艺术成就让多少后来人仰慕和追求！他为国为民的情怀，又让多少现代人汗颜和无地自容！他，穿越千年时空，烛照古今中外。

　　"但愿人长久，千里共婵娟。"潇洒、豪放的苏东坡，与明月同在，与今人同在！

珠江悠悠

  闲暇的时刻,我常常会到花城广场、海心沙徜徉,观赏高耸的广州塔、亚运风帆、西塔和周围的其他建筑,更多的时候,会倚着栏杆,看落霞中的粼粼珠江,看飞架两岸的一座座大桥……眼前汹涌着的这条江河,就是发源于云南省东北部马雄山,横贯滇、黔、桂、粤、湘、赣六省,汇流入海,流量为我国第二大的河流吗?

  离开家乡,告别校园,我走进了警营,开始护卫珠江边上的一方晴空,不知不觉已经20余载。这些年,我一次次走近珠江,亲近珠江,多次乘坐游轮亲吻珠江,多次走进珠江上的长洲岛,走进举世闻名的黄埔军校。"一生一世,都不存在升官发财的心理,只知道做救国救民的事业。"中山先生的宣言言犹在耳。我曾在黄埔古巷里,探寻海上丝绸之路的痕迹;我曾到虎门,抚摸着沉重的大炮,缅怀凭吊,焚烧鸦片的熊熊烈火使我热血沸腾;我曾到伶仃洋,反复吟哦着"人生自古谁无死,留取丹心照汗青"的诗句。除了值班加班的日子,晨曦或日暮,我总要在海印桥或江湾桥上走过,看看滔滔的珠江河水,在匆匆的车流人流中,在时光的变幻里,静静地阅读珠江的春夏秋冬,静静地观看珠江的潮起潮落。

  水是生命之源,河流是一个乡村、一个城市、一个民族、一个国家文明的摇篮。依山傍水,临水而居,不管是乡村,还是城市,有人烟的地方大都有河流蜿蜒。一个城市,最热闹的市声、夜间最美丽的景色很多都是在沿河两岸。

公元前221年，秦始皇灭六国统一中原后，即派兵北征匈奴，南征蛮夷，南征军的一支由任嚣、赵佗率领。这支大军先从中原进至江西定南，然后拔帐发兵，越过九连山中段，进入龙川，修筑佗城（一个地墙围筑的，挖有深井方便防务和饮水的城）。大军在此地休整一段时间后经过长途跋涉，终于来到白云山南面濒临珠江的一个地方，筑起了任嚣城，这个任嚣城就是广州的雏形。两千多年来，滔滔珠江水，滋养哺育了一代又一代的岭南人！

秦始皇平定岭南后，在岭南设南海郡、桂林郡、象郡，岭南地区由赵佗统治，称为南越国。和平发展至汉高祖驾崩，吕后摄政时期汉朝与南越国发生冲突和激战，赵佗为寻找军需物资、铁资源，开始通过海上之路与西方国家发展贸易，丝绸、茶叶、陶瓷、金银、五金、书籍等通过远航传入西方各国，香料、药材、宝石、琉璃、象牙、毛织品等进入我国，中西方文化交流荟萃。从3世纪30年代起，广州成为海上丝绸之路的主港。唐宋时期，广州成为我国第一大港，世界著名的东方港市，珠江上各国商船穿梭云集，千帆竞发，百舸争流，"连天浪静长鲸息，映日帆多宝舶来"。两千多年来，浩荡的珠江，孕育着华夏的海洋文明，连接着浩瀚的世界。

夜郎自大的清政府实施闭关锁国政策，使国家丧失了与世界的同步发展，觊觎着美丽富饶的东方的西方列强乘机把船舰从珠江口推进，海上丝绸之路走到了尽头，古老的中国被肆意践踏和蹂躏，在各种不平等条约中，珠江入海口的两个"东方明珠"被硬生生抢走，留下百年的伤痛！锦绣河山遭劫，珠江含恨，珠水呜咽，一批批热血青年随珠江奔流，前赴后继谋求着社会变革、民族复兴与国家富强，抛头颅，洒热血。维新变革、辛亥革命、北伐战争、农民运动，星星之火，可以燎原，烈焰烧遍中国，共产党领导的人民军队南征北战，所向披靡。毛主席自青年时代来农民运动讲习所开始，一生11次下广州，还在广州度过了65岁的生日；邓小平南行，"春天的故事"从这里谱写；江泽民在广东考察党建工作时创造性地提出"三个代表"；胡锦涛在广东考察抗击非典工作时首次提出科学发展观；习近平总书记出行的第一站也是改革开放的前沿阵地南粤。襟怀浩瀚的珠江，东南西北中，各种肤色，各种语言的人蜂拥而至，计划与市场、传统与现代、保守与创新，在这里激烈碰撞，终于铸就了务实、包容和敢为人先的广东风骨。我来到珠江之滨的那一年，海印桥正在建设。十年后，江湾大桥飞跃两岸；再过几年，猎德大桥又横跨两地！世界最高的电视观光塔广州塔巍然耸立，海心沙成为广州亚运会开幕闭幕的场地，珠江上的演出震撼世界。

珠江变了，广州变了，中国变了，翻天覆地地变了！

看着奔流不息的江水，我一再追问：任嚣城和南越国时的珠江是什么模样？那时候没有现在两岸的楼房和堤岸，河面是不是比现在宽广？流量是不是比现在汹涌？江水是不是清澈闪亮？夕照中，珠江水泛着粼粼波光翻涌着向远方奔流。

浩荡珠江，记录着岭南的历史，记录着国家和民族的命运。

浩荡珠江，正向着新的蓝图、新的梦想扬帆。

珠江悠悠，情悠悠……

再见，2013！

白云山风景区的山顶广场，水晶闪耀，七彩霓虹闪烁，呼呼的北风使流光溢彩的灯饰更增动感，大家欢度温馨浪漫的平安夜，歌声飞扬，漫天"雪花"飞舞，引起人们阵阵的呼喊欢叫。

不论晴天还是阴天，不论欢喜还是悲伤，时间从不曾为谁停留，但今晚的快乐时光必定会留存在人们的记忆里。就像12月初，全世界都在为伟大的民主战士曼德拉沉痛，"嫦娥奔月"又使全国上下振奋自豪……四季更迭，风云变幻，中国梦、辽宁舰、反腐、中国大妈、房价、二胎、延迟退休、土豪、致青春……一个词就是一部波澜壮阔的巨著，有人累觉不爱，有人喜大普奔，有人在十面"霾"伏中自强不"吸"……

回顾这一年，属于我自己的是这样一个词组：累并快乐着。

2013年新年伊始的一个上午，我和战友在辖区大草坪附近发现一名衣衫单薄，神情呆滞，冻得瑟瑟发抖的老妇人。我们向前询问，老人言语不清，举止异常。我们把老人带回派出所，送上热水热饭。经过耐心细致的询问，我们从老人的家乡土话中模糊地听辨并写下老人的名字，通过警务信息系统和智能搜索系统查询比对，终于查清了老人的情况：老人的女儿在一个月前到番禺区石楼派出所报警，称其母亲因精神病发作走失，派出所已将其列为失踪人口，立案侦查。我们迅速联系老人的家人，火急火燎赶来的老人的女儿悲喜交集，喜极而泣。老人在走失的近一个月中，风餐露宿，漂泊辗转，饿了翻垃圾桶，困了睡桥底路边，就这样一直盲目地走到白云山南门岗附近，跟随登山队伍走进白云山。老人的女儿告诉我们，母亲走失后，全家焦急万分，日夜寻找，茶饭不思，疲累憔悴，以为母亲可能已经冻死饿死在某地。正在全家人悲伤绝望之时，接到了我们惊喜振奋的认领电话。

"共同享有人生出彩的机会，共同享有梦想成真的机会，共同享有同祖国和时代一起成长与进步的机会。"在亲友和同事的祝愿与期盼中，2013 年，我参加了全市公安系统年轻干部晋升选拔竞争。竞争总是残酷的，在众人的惊讶中，我很快就失败退出了。失败与挫折总会让人不开心，但深入剖析使我更清楚地认识自己，在丝丝的遗憾中很快转身，我还是原来的我：努力工作，快乐生活。于是，流逝的时光中定格了一幅美丽的剪影。

星期天，我们在登白云山表达诉求的群体中开展维稳工作，近百个夜晚我们在白云山上感受月圆月缺，守护安宁；摩云路和柯子岭发生的故意杀人案，我第一个到达现场，为两宗命案的快速侦破尽了一份绵薄之力；高温烈日下，我们在荆棘丛生的龙虎岗寻找着那个浑身是血的男青年；一阵阵热烈的掌声，是我们冒着毛毛细雨，在白雾茫茫的山谷中，在崎岖湿滑的山崖边成功救助一名跳崖自杀女青年……白天黑夜、酷暑隆冬、连绵群山、蜿蜒山路，洒下了我们多少汗水，留下了我们多少足印，印下了我们多少悲欢喜乐！一年四季中，我们坚持为人民服务的宗旨，用平凡的点滴，守护着一个又一个坚持平安夜。

有梦想、有机会、有奋斗，一个个闲暇的夜晚，在柔和的灯光下，我沉醉书香，不倦地追逐着心中的文学梦。春节前的一个寒夜，冥想中突然灵感乍现，我有了散文《珠江悠悠》的脉络，写到途中，却遇到了瓶颈，写了改，改了写，断断续续几个深宵才定稿并保存在 U 盘里。春节值班保卫后补休，我随身携带 U 盘到南岭国家森林公园游览，回来后使用 U 盘，却发现保存的文档资料无法显示，换别的电脑反复试了几次，结果依然，这才发现《珠江悠悠》的文稿没有备份！

竞争选拔的挫折，文稿的遽然失去，身边同事的转行……使我陷入困顿和思虑：自己是不是真的愚钝脱节？是不是该听从劝说重新选择？但从心底又浮起一个声音：哪里的天空不下雨？重要的不是身处何方，而是自己对生命的态度，对生活的追求，壶小有天地，有心，哪里都有天地。我忠诚于自己的心声，默默地，用我手写我心。滔滔的珠江水在心中不停地翻涌流淌，涌动的珠江情怀流淌笔尖，深宵露重，凭记忆，我重写了散文《珠江悠悠》，并很快见报。这一年，喜悦不断，我发表了20多篇拙文，拙作《有一种爱亘古绵长》入选2012年度公安文学精选文集《我的贺年卡》，出版社寄来了《2012中国散文经典》和获奖证书，在炎炎夏日中送来一股清凉；岁末，我又获悉有我的文章分别入选正在出版的《2013中国精短美文精选》和《2013中国散文诗年选》。

活在苦里，活在乐里；活在烦恼中，活在智慧里。悲与喜，得与失，所有经历都是财富，感谢命运，感恩生活，再见，2013！

我的未来不是梦，我的心跟着希望在动。新的一年，梦想，在远方；风景，在路上。

寒 噤

  周日的早晨，天空灰蒙蒙的。朋友用微信与我分享了一个故事：
  中午，纽约市女高管哈里斯与朋友在一家餐厅吃饭。中途，哈里斯陪朋友走出餐厅抽烟。这时，过来一名流浪汉："我叫瓦伦丁，失业三年，靠乞讨度日。您是否愿意帮助我，给我一点零钱，让我买点生活必需品？"哈里斯动了恻隐之心，她把手伸进口袋里，却发现没带现金，只掏出一张信用卡，这让她有点尴尬。瓦伦丁将信将疑，小声说："能将信用卡借给我用吗？"哈里斯把信用卡交给了他。拿着信用卡的瓦伦丁小声问："我买些生活必需品，还能买包烟吗？"哈里斯说："可以，你需要什么，都可以用卡上的钱去买。"回到餐厅坐下，哈里斯才想起，那张信用卡不仅没设置密码，里面还有10万美金，那个家伙一定拿着信用卡跑了。朋友埋怨："你怎么能随随便便相信一个陌生人？"哈里斯再也无心用餐了，和朋友离开餐厅，却意外地发现，瓦伦丁正在大门外等候她。瓦伦丁将信用卡还给哈里斯，恭敬地说："一共消费了25美元，买了一些生活用品和一包烟，请您检查一下。"诧异和感动使哈里斯和朋友径直去了《纽约邮报》，报道引起了巨大反响。第二天，得克萨斯州的一名商人就给瓦伦丁汇去了6000美元，奖赏他的诚实。威斯康星州航空公司致电瓦伦丁，要聘他担任公司空中服务员。面对赞誉，瓦伦丁说："从小母亲就教育我，做人一定要诚实守信，即使身无分文流落街头，也不能把诚信丢掉。我始终相信，诚实的人总会有好报。"

面对利益，诚实守信的人即使是乞丐，也会让人萌生敬意！

拂面生寒的北风里回旋着一股感动的暖流。在送孩子去少年宫的路上，我与孩子重温了瓦伦丁的故事。少年宫旁边的停车场车位已满，我们只能在旁边等车位。"宁可穷而有志，不可富而无信。"我趁机又给孩子灌输诚信理念，讲中华民族古老灿烂的文明，讲曾子杀猪、季札挂剑、奥骈不负信、商鞅立木取信的典故，孩子听得津津有味。

不久，一位父亲一手提着书包，一手牵着一个小男孩走进了停车场，走向一辆蓝色的别克轿车。因为车辆停放的间隔比较窄小，别克轿车开了两次都出不来，停车场的保管员过去帮忙看位、指挥，前进、后退……在保管员的帮助下，别克轿车终于驶出了车位，离开了车场。我把车停在刚才别克轿车停放的位置上，正在升起车窗的时候，保管员搓着双手，似在自言自语，又像在对我说："哎呀，刚才忙着给那辆车看位置，连钱都忘记收！"我问保管员："记下车牌没有？""一时大意，也没想到他会不给钱。""真是的，开着轿车，却连5元钱的停车费都贪！""爸爸，那个人为什么不给钱就走？"女儿突然问我。我一时语塞。"是啊，他为什么要逃这5元钱呢？"我想：从小到大，在家里、在学校，别克轿车的主人所受的诚信教育一定不会少，诚信的典故一定耳熟能详，他也一定给他的儿子——坐在轿车上的那个小孩讲过这些典故。只是，再动人的故事、再苦口婆心的教育，又怎能与日常的耳濡目染、言传身教相比呢？他似乎赚了5元钱，但是因此造成的损失是难以计算，无法衡量的！本来，人与人之间很单纯，蓝天白云的天空本来很美丽，是什么使得社会越来越复杂，虚假泛滥，道德滑坡？目送着孩子走进课室，我的心中不禁生出了一丝忧虑：我的孩子记住的是诚实守信，还是那个父亲的逃费？自己给孩子树立的又是什么榜样？社会的价值取向又给了人们怎样的启示？最应该接受教育的，是父母，是成年人，而不是孩子。

一阵北风吹过，我不由自主地打了一个寒噤。

撑起一片蓝天

下午，在山林里勘查现场的刑警战友浑身泥水地跑进派出所躲雨。他边拍打着身上的雨水边说："下雨好，人们出行不便，街上的人少，犯罪分子作案的机会减少。发案少，我们的压力就小。"法医接口说："天下无贼，我们就失业了。不过，真希望因这样而失业！"

看着窗外飘摇的枝叶，听着雨点敲打窗户，我想：如果没有犯罪，没有纷争，人人互助互爱，处处欢声笑语，那该多好啊！平安和谐是每一个警察心底孜孜以求的梦。

如果是这样，喀什严重暴力恐怖案件中15名民警和社区工作人员的生命会依然如花怒放。如果是这样，为了现场群众的安危，身中七刀仍死死地抱着凶手的杨明洪就不会离去。如果是这样，刘洪坤和刘洪魁就不会在烈火中被掩埋在喜隆多商场坍塌的废墟里，刘洪坤5岁的女儿就不会一个劲地追问母亲："爸爸什么时候回家？为什么爸爸的电话打不通了？"他就可以好好地陪着女儿，可以在医院照顾生病的老父亲。如果是这样，已买好了第二天回家的火车票的刘洪魁就可以带上媳妇回老家办婚礼……

小女孩的追问如锤撞击着我的心，这话语，这场景是这么熟悉，让我震颤。

多年前一个星期天的傍晚，我正在张罗晚饭，突然接到一个电话，说是有宗案件需要我马上回单位处理。我轻抚了一下儿子说："爸爸有任务要回单位，你在家要乖，一会儿多吃点饭。"刚打开门，儿子忽然冒出了一句："爸爸不在，我不吃饭！"我的心仿佛被黄蜂蜇了一下。儿子的双眼已含满了泪水。

也是一个晚上，又一个案子，出门时，母亲刚给儿子洗完澡，突闻儿子的呼喊："爸爸过来一下。"我走到床边，正在穿衣服的儿子说："爸爸，你要早点回来，去一会儿就回来。"

警情就是命令，我别无选择。

一天，队里的一个战友来请半天假，说小孩明天上午要开家长会。但翌日上班没多久，战友就归队了。他余怒未消地说："一早和小孩去学校，但学校根本没安排家长会，我把小孩带到走廊问：'为什么欺骗爸爸？'小孩哭着说：'我想爸爸多陪我一会儿。'孩子太不懂事！"战友还愤愤地。

我又想起那句话："一对夫妻中有一个是警察，就辛苦了爱人，一对夫妻都是警察，就可怜了孩子。"其实，辛苦的、可怜的何止是爱人和孩子！父母、亲人生病住院了、手术了、去世了，不能床前伺候、生前尽孝，甚至连最后一面、最后一程都只能空想和遥望！孩子出生了，他们却往往连孩子是什么模样都不知道，简单平常的人伦和幸福，对于他们竟是一种奢望！有哪一个警察的孩子没有体味过这种依恋和无助？不是我们的孩子不懂事，也不是他们的要求太高，而是我们给予的太少太少！

洪涝、雪灾、骚乱、疫情、车祸、地震……灾难面前，我们因何哭泣和感动？是因为我们在灾难中在风雨中无畏的身躯、无私的爱心以及如山一样挺立的脊梁。无论是千钧一发之际，还是危难之时，总有我们枕戈待旦，冲锋在前，用忠诚，用信念，用血肉身躯筑起一道道长城，守护祖国的平安。

中华人民共和国成立之初，周恩来总理提议给新中国的警察命名为"人民警察"，并题词："和平年代，国家安危，公安系于一半。"无上的光荣和神圣的使命决定了警察的底色——忠诚与奉献。"在繁华的城镇，在寂静的山谷，人民警察的身影，陪着月落，陪着日出，神圣的国徽放射出正义的光芒，金色的盾牌，守卫着千家万户……"一代代警察没有辜负祖国和人民的重托，用鲜血和生命守护着平安。

2013年，全国公安民警因公伤亡4675人，其中因公牺牲449人，负伤4226人。往前追溯，自改革开放以来，全国公安民警因公牺牲11735人，负伤168476人，平均每年近400名民警因公牺牲，3000多名民警负伤。

时光荏苒，当时的绒毛少年现在白发已依稀可见。忘不了头顶国徽，握起钢枪那一瞬间的神圣和庄严，忘不了跌打滚爬，风雨兼程，生死考验，血火洗礼的那段岁月——告别奋斗了19年的刀光剑影的刑警生活，走进了派出所工作，春去秋来，转眼又是六个寒暑。一天天一年年，一路走来，有太多太多的感动。

18年前，26岁的民警孙益海在一次收缴非法枪支行动中失去了一条腿，但他没有被残疾击倒，靠拐杖和假肢重新站了起来。16年来，他拖着假肢和遗留有23颗绿豆般大小的完整霰弹丸及碎片的身体，走村入户，累计走了1800多公里，为1.2万人上门办理身份证，帮700多人办理入户，化解280多起矛盾纠纷。他说："我追小偷可能不行，但为大家办点实事还是可以的，这也叫'废物利用'。"

"也许，我会突然消失，就像水珠溶入一片海洋。那时，我将化作一朵浪花，寻遍江河的大街小巷，找到那座我心中的小屋。"这就是好民警吴春宗。还有在危险时刻把危险留给自己的"肉垫所长"，在冰冷刺骨的河水中托举氧气瓶救人的民警"托举哥"……无数的英雄离我们而去，默默地散落在神州大地的泥土里，升腾为我们头顶永恒的星辰。在这些平凡而伟大的人眼中，只有人民，只有至高无上的人民利益。他们把自己根植在风沙、盐碱、内涝里，根植在雪域、高原、荒山上，无怨无悔地无私奉献着，乡村、田间、学校、厂矿、牧区、民居，他们把自己融入群众之中，给人以平安、祥和与温暖，在点点滴滴的平凡中铸就了一座座高尚的丰碑。

有人总结说："警察就是风和日丽时常常被人遗忘在角落，暴风骤雨来临时用来遮风挡雨的那把伞。"能做这样的一把伞是幸福的。一把伞可以撑出一方晴空，全国200多万人民警察就能撑出共和国蔚蓝的天空，撑出平安和谐的美丽家园！

看了看窗外连绵的雨线，战友放下手中的热茶，"不等雨歇了，回去还要赶现场材料。"

战友的身影消失在雨雾里。茫茫风雨中，耳畔萦绕起一首歌：

"满腔热血唱出青春无悔，望穿天涯不知战友何时回？……谁最美，谁最累，我的乡亲，我的战友，我的兄弟姐妹。"

凭栏远眺

　　桃花、梨花、玉堂春、禾雀花、黄花风铃……万紫千红，争奇斗艳。络绎不绝的游人在白云山风景区生机勃勃的绿叶下、漫山遍野的花丛中流连忘返。我和战友们在风景区奔走巡逻执勤。寻找迷失的老人和儿童是从中午开始的，带着焦急的亲属在山路上、在人海中寻寻觅觅……当又一个泪痕未干、破涕为笑的孩子扑向母亲的怀抱时，已经是晚霞满天了。山顶广场上渐渐平静，广场边"白云晚望"的观光平台上，围聚着一群群"不舍夕阳"的游人。

　　观光平台上，"纵览长云真觉夕阳无限好，远眺高树始知倦鸟有余情"，苍浑古拙的楹联，让人浮想联翩。凭栏远眺，栏杆下蓬勃怒放的杜鹃花染红你的双眸，燃烧着你的心。峡谷间古木森森，顺着红花绿叶，但见群峰连绵起伏，层峦叠嶂，钟灵毓秀。雄壮巍峨、飞檐斗拱的能仁古寺若隐若现，悠扬的钟声应和着潺潺的流水声与婉转的鸟鸣……云霞变幻，色彩渐渐暗淡、灰蒙，将暮未暮，云烟渺渺。游人或悄然独立，静静感悟，或相依相偎，呢喃燕语，或神采飞扬，指点山河……星空下，山风盈袖，观羊城万家灯火则是另一种景致。早在宋代，这里就是"羊城八景"之一，后来的"羊城八景"也都少不了这幅美丽的图画！

　　临崖而建的飞檐翘角、雕栏玉砌的亭廊栏杆，不知不觉已经历了半个世纪的风风雨雨。经过多次改造的葱茏蓊郁的树木，新建的"白云晚望"亭台，中国大陆第一条自行设计、建造的具备单线循环、双钳口开合式抱索器的观光索道，全国最大的中西合璧园林式花园——云台花园，世界最高的电视观光塔"小蛮腰"、广州西塔……这是一幅由大自然的鬼斧神工和人类的丹青妙手共同绘就的美丽图画。古往今来，日出日落，曾有多少人这样静静地看着满天落霞消融在远山？曾有多少人成为这幅立体美丽图画的点缀？从20世纪90年代初来到白云山风景区守护安宁，我就经常成为这幅图画里的一个点缀。特别是六年前来到白云山派出所工作，我更是成为画中人，或于阳光灿烂中，或于雨雾迷蒙里，或于月光溶溶下，从寻踪觅迹守候抓捕到服务群众排忧解难，我和战友们品读着春夏秋冬，感悟着远古和现今的启示。

　　十多年前，我当时还在刑警大队工作。骄阳似火的中午，有游客报警，白云山风景区"白云晚望"下面的山麓间有很浓烈的腐臭。派出所的同志到现场察看，发现腐臭是从埋在地下的一口一米多长宽的木箱中散发出来的，是腐败尸体的臭味。我们翻山越岭气喘吁吁地赶到现场，带着种种疑问，有条不紊地开始工作：找报警人问话了解详细情况，现场访问，现场搜索，到售票点查看进出人员记录，拍照、录像……打开木箱，更浓烈的腐臭一下包围了我们……平静心神，我们一层层打开用婴儿毛巾细心地包裹了几层的尸体，才发现是一只死去的宠物犬！

　　一个落日如烟的傍晚，我们在"白云晚望"观光台上见到人群有些骚动，职业的敏感驱使我们快步上前，一个女孩跨过栏杆，跳下了四米多高的山崖，茂密蓬勃的杜鹃遮挡了我们的视线，女孩的情况不详……当我们忍着荆棘的刺痛，攀扯着绳索合力把女孩救上来时，已经是星光满天了。女孩是模特，体检发现了癌细胞，感情和身体的伤痛使女孩觉得生无可恋。经过我们与女孩男友、家属苦口婆心的劝解，女孩哭着承诺说自己会珍惜生命，好好生活。

　　一个秋天的黄昏，一名马来西亚游客急匆匆地走进派出所报案。原来，游客一大早来到白云山游玩，直到准备购票乘坐电瓶车时，才发现钱包丢失了，里面有护照、证件、银行卡和大量钱币，而他已经买了第二天返回马来西亚的机票！我们一边安慰，一边引导他仔细回想。冷静下来的报警人想起之前在"白云晚望"小卖部买过饮料。我们马上赶到小卖部询问,调取视频录像。通过视频发现报警人在购买饮料时将钱包遗留在旁边的桌子上,后被几名下山的游客捡走。我们立即驱车赶往小路口等候,但不见拾包游客的踪影。我们循线追寻,终于在车站附近追回了报警人的钱包。

调查审讯与女友从另一个城市来到这片山林的男子是与女友相约自杀还是蓄意杀害的一幕幕仍在眼前;在能仁古寺与长寿小路间追捕抢劫案嫌疑人"刀疤"的步履声、成功抓捕后的串串笑声仍在耳边;一个个中秋节、重阳节的晚上,我们在山顶广场和"白云晚望"通宵达旦站立成一道风景……

能仁古寺绵远悠长的钟声将我从沉思默想中惊醒,不管是凭栏伫立,还是在山中行走,抑或是乘坐缆车在空中移动,绵远悠长的钟声总会给我一份宁静祥和。其实晨钟暮鼓蕴有许多讲究和含义。左钟楼、右鼓楼,敲钟击鼓皆由训练有素的法师进行,且进行时必须心底澄明,心无杂念,口诵经文,晨是先钟后鼓,昏则先鼓后钟。晨昏的大钟共敲一百零八下,一年有十二个月,有二十四节气,有七十二候,相加正合一百零八。大钟敲一百零八下,既有岁岁平安的祈愿,也是要时时惊醒如钟的警惕。闻钟声,烦恼轻,智慧长,菩提增,敲一百零八下又是在断一百零八种烦恼……

听着绵长的钟声,俯瞰着苍茫的山色和珠江河畔璀璨的灯光,有一个声音又在拷问:人生真有那么多的烦恼吗?烦恼何来?我想起一个典故。清朝乾隆皇帝微服游江南时,登上镇江金山江天寺的宝塔,看到长江上船来船往,随意地问身边的一位老和尚:"你在这里住了多少年?"老和尚说:"住了50年。""50年来看这江上,每天来来往往有多少船只?"老和尚说:"只看到这两条船。"乾隆惊奇。老和尚说:"是的,一为名来,一为利往,人生就是这两条船啊。"

"天下熙熙,皆为利来;天下攘攘,皆为利往。"《史记》早就为我们说出世情,只是,从古至今,又有多少人能看破呢!

我们之所以烦恼,之所以痛苦,不是因为我们拥有的太少,而是我们攀比的太多,计较的太多,追逐的太多。

抚摸着粗糙而沁凉的栏杆，我仿佛抚摸着一段岁月，时间一点点积累，年轮一圈圈添加，20多年的时光，我一步步反复地丈量着这里的山山水水，飞扬的青春、燃烧的激情与草木飞花融合在一起，辛勤的汗水换来了越来越安宁祥和的锦绣云山。伴随着祖国改革开放的浪潮，我走过了沟沟坎坎，经历了人情冷暖、人生百态、酸甜苦辣和种种的拍案惊奇，看淡了许多的名利纷争、成败得失，鄙视的依然是迎合与圆滑，学不会的依然是迎合与圆滑，不变的依然是认真、执着以及对于梦想的追求。

鲁院的荣光

"一路顺风,学业有成。"亲友的祝福与期盼随着飞机,飞向蓝天,飞向北京。

鲁迅文学院被誉为"文学的黄埔""作家的摇篮",是我国唯一一所以专门培养文学人才为中心任务的国家级文学教育机构,是无数作家向往与梦寐以求的文学殿堂。

我是一名长期奋战在维护社会治安一线的公安战士,一名业余的写作者,从小对文学的热爱使自己在工作之余不顾劳累默默笔耕,用我手写我心,记录所见所闻、所思所感。自己真的成为鲁院的学子了吗?与现代文学馆相连的教学大楼,校道两旁葱郁苍翠垂挂着一串串红色果实的白玉兰,铁栏杆围墙边一排排叶子下缀满圆圆的黄色果实的银杏,一棵棵粗壮蓬勃的法国梧桐,一排排高大挺拔的白杨树。婀娜多姿的垂柳,环绕着仿照朱自清先生《荷塘月色》而建的荷塘……放下行装,我沐浴着落日余晖绕着校园慢慢地走着,没错,我真的走进了她的怀抱,这美丽、优雅、幽静的地方将是接下来两个多月里我学习和生活的一方净土和家园!

文化是民族的血脉,精神的家园,"为人民培养作家,培养人民作家;为时代培养作家,培养时代作家","继承、创新、担当、超越"。开学典礼上,中国作协领导、鲁院领导和公安文联领导讲述了鲁院的光荣历史和辉煌成就,讲述了举办鲁迅文学院高研班的原因和意义,并向我们提出殷切希望。"和平时期,国家安危,公安系于一半。"和平年代，公安是付出最多、奉献最多、牺牲最多的一个群体，公安队伍不乏一流的故事，缺乏的是一流的表达。各级领导看在眼里，急在心里。文学与公安有着解不开的缘分。为继续深化文化育警理念，公安部与中国作家协会、鲁迅文学院采取联合办学的形式，已在人民公安大学举办了两期公安作家研修班，收获丰硕，而这一期更进一步列入鲁迅文学院高研班序列，是鲁迅文学院第一次为一个行业开办高研班。我必须珍惜机遇，潜心攻读，养性修身；要弘扬社会主义核心价值观与中国梦主题，履行社会责任，铁肩担道义，妙手著文章，为时代放歌，为人民立言；来到鲁院，一切从新开始，从零开始，要尽快从家庭角色、社会角色、工作角色进入学员角色。

　　班会上，每人要做一分钟自我介绍。虽然都是经历过风雨洗礼的公安战士，但大家仍然难以掩饰激动紧张的心情。"收到鲁迅文学院的入学通知书，那份激动是难以言表的，不但是我，全家人都为我骄傲，沉浸在幸福中。我父亲是个地道的农民，日常不沾酒，一杯啤酒就醉，典型的'一杯倒'，几十岁的人了，我只与父亲喝过三次酒。第一次是我考上大学，父亲与我喝了一杯酒；第二次是我结婚，我与媳妇向父亲敬酒；第三次，就在前天晚上，吃饭时，父亲忽然倒了杯酒说：'来，儿子，为你壮行！'"来自辽宁本溪的宋同学动情地说着，他讲述的是切身感受感想，不是自我介绍，大家静静地聆听着，感受着那份自豪与荣光。

　　我的心湖也泛起波澜。随着互联网的普及，网络快餐文化盛行，社会愈加浮躁、功利，人们普遍以财富来衡量成功，为了名利放弃原则和理想，许多原本纯洁、满怀憧憬的心灵已变得越来越荒芜、浮躁、冷漠和功利。一些教育人士认为鲁迅先生的文章已不符合时代要求，教科书上鲁迅先生的文章都应该撤减。在这样的"去鲁迅化"的背景下，一个边远地区的农民却把鲁迅文学院看得如此重要，以儿子能进入鲁院学习为骄傲为荣光，为什么？

　　这一年恰好是鲁迅先生诞辰133周年，我不知道这个农民父亲对鲁迅先生的认识有多少，"愈艰难就愈要做。改革，是向来没有一帆风顺的"，"坦途在前，人又何必因了一点小障碍而不走路呢"，"愿中国青年都摆脱冷气，只是向上走，不必听自暴自弃者的话"，"地上本没有路，走的人多了，也便成了路"……或许，他并没有听过鲁迅先生的这些经典话语，也不知道毛主席推崇的鲁迅精神：他的政治远见，他的斗争精神，他的牺牲精神。但鲁迅先生的诚实、正直，不阿谀权贵、不畏惧强权的风骨他一定是知道并铭记的，不然，我无法理解鲁院在他心中何以有如此的分量，如此的荣光？他希望儿子以鲁迅先生为榜样。这也正是我首先要学习的德艺。

  鲁院的荣光、鲁迅的精神和风骨，这是一个黑土地上的农民父亲通过一杯酒，给他的儿子，也是给我上的第一堂课！

感受恐慌

在派出所工作，扶危解困的事情见多不怪，习以为常。但是，前不久的一件事却让我束手无策，深深地触动、震撼了我的心灵，让我感到知识的贫乏，能力的欠缺，生命的无常，莫名的恐慌、恐惧。

那是一个周六的下午，天气又热又闷。我到白云山景区开展安全防范活动，规劝水库游泳的游客、处理打架纠纷后，回到派出所，准备吃晚餐。这时，在门岗值班的同事呼喊："有人在大厅晕倒了！"

一名中年男子躺在大厅的铁板凳上，神志不清，口吐白沫，浑身抽搐。我一边让人扶着、按着男子，防止他从板凳上跌下，用纸巾擦抹男子不停呕吐出的白沫，一边了解情况。这名男子是自行走进派出所的，一个多小时前，民警已因他出了一次警。3点多钟的时候，一阵骤然的过云雨，地面蒸腾着热气。群众报警，在"白云晚望"景点有游客中暑摔倒。民警和附近医务室的医生一起前往救治，并通知120。服下人丹后，男子表示好多了，没事了，还能自己继续行走。民警不放心，记下了他家属的电话，叮嘱他有事可以到派出所求助。近6点的时候，该男子自己走进派出所的大厅，对值班民警笑一笑后坐在铁板凳上，一会儿，他又慢慢躺在板凳上。民警马上到邻近的小卖部买来白糖水、葡萄适，但此时男子已神志不清，口吐白沫。我们一边拨打120，一边联系家属。家属告诉我们，该男子患糖尿病多年，低血糖时就神志不清。家属一边乘着出租车赶来，一边继续向我们了解情况。我们除了不停地擦抹男子呕吐的秽物，只能再三地催促

120，时间好像忽然停住了。医生来了，把脉、量血压、验瞳孔、打针……忙而不乱。目送着救护车呼啸而去，我长长地吁了一口气。

过了两天，惊悉这名男子因抢救无效去世，致命原因是先前摔倒造成的颅内淤血。虽然，我与该男子无亲无故，但是，好几天了，我都陷进一种无以名状的郁闷之中，假如我不是一个警察，而是一个医生，假如对他的救治能够及时，男子是不是就不会撒手而去？

都说经历和经验是人生的一笔财富，但是，随着年岁和阅历的增长，我越来越感觉到自己的浅薄和渺小。来派出所之前，我干了19年的刑警工作，虽然办理过形形色色的案子，与各种各样的嫌疑人较量过，但是，每一宗案件都是新的，都有自己的特点。寻踪觅迹、调查取证、跟踪守候、抓捕押解、审讯追赃、逮捕起诉，每一项都是一门学问，都需要不断学习总结。现在，在派出所工作，接触更多的是治安问题。《治安管理处罚法》《消防法》、特种行业管理、外国人管理、群体性事件处置等等，每一项都是新的课题，新的挑战。

我们的社会正处于转型期，社会越来越功利、浮躁，各种积怨堆积，各种矛盾潜藏、突显，小小的事情只需一点火星就燃烧，见风就长。警察处于各种矛盾的风口浪尖，处置时一言不合、一句不当都会招致一片指责，甚至引起风波。是的，我们必须不断学习，不断充实自己，提高自身素养，才能与时俱进，更好地服务社会。我们都知道，知识的海洋浩瀚无边，学海无涯，一个人在一些领域可能是翘楚，是泰斗，但在另一些领域就可能是儿童，是小学生，所以，不管什么时候，我们都应该谦虚好学，虚怀若谷。人的潜能是巨大的，像爱因斯坦这样伟大的科学家，潜能也只开发了12%左右，一般人的潜能只开发了2%到8%。如果开发了50%的潜能，就可以背诵400本教科书，学完十几所大学的课程，掌握20多种不同国家的语言。"静坐无所为，春来草自青。"流水只有平静下来，才能显现天光云影。人，只有沉静下来，才能潜心学习、思考，发现问题，找到答案。但是，社会上对金钱对权力的顶礼膜拜，各种纷繁的俗务，各种的职责、指标、任务，让我们分身乏术，疲于应付。我们在努力交付满意的答卷，努力践行我们的承诺。静夜里，我一次次地盘算，一天当中,一年当中,有多少时间是属于自己的,是可以随心所欲的。一个个明月皎皎的夜晚,还有多少双眼睛在遥望迢迢银河。

　　70年前,毛主席在延安给我们留下了这样一段经典描述,"我们队伍里边有一种恐慌,不是经济恐慌,也不是政治恐慌,而是本领恐慌","好像一个铺子,本来东西不多,一卖就完,空空如也,再开下去就不成了,再开就一定要'进货'。我们干部'进货',就是学习本领,这是我们许多干部所迫切需要的。"

　　其实,不但是我们的干部我们的公仆需要"进货",需要学习本领,我们的整个民族整个社会都要"进货",都要学习本领。只有人的素质达到了一个高度,社会的发展才能达到一个高度,我们才会有真正诗意的栖居,才会有真正安宁祥和的生活!

别样人生

在广州公安文联座谈会上，L代表抑扬顿挫地表述了一个58岁交警的个性话语。得知他是做交警的，她对他说："做交警挺辛苦的，风吹雨打，日晒雨淋，在马路上吸废气，像是马路吸尘机。""不是，我们是马路空调机。"看着她疑惑的神情，他说，"如果车辆都汇聚堵塞在路口或马路上，这地方的气温是不是会升高？我们指挥疏导车辆，疏通道路，道路畅通了，是不是变清凉了？"或许，有人会说这是苦中作乐的阿Q精神，自我安慰。我感动和敬佩的是一个即将退休的警察，能有这样的情怀和精神。他的简单的话语里，蕴含着忠诚与奉献、豁达和淡然。他，不仅把站马路当成一份职业，而且把它与自身完全融为一体，当成一种事业，一种追求。

同样的环境，在别人眼中是苦，他却豁然开朗，这是一种境界。

一位专家说："造成自己精神折磨和痛苦，影响一个人幸福的，并不是物质的贫乏和丰裕，而是一个人的心境。"

我想起了《快乐的城堡》和它的作者塞尔玛。塞尔玛随夫从军，没想到部队驻扎在沙漠地带，高温炎热，在仙人掌的阴影下都高达45℃。他们住的是铁皮房子，周围居住的全是印第安人和墨西哥人，语言不通，更糟糕的是，没过多久丈夫就奉命去远征，只剩下她孤身一人，孤寂、痛苦、挣扎、煎熬，度日如年。无奈中，她写信向父母诉苦，希望回家。拆开翘盼的回信，她发现父母既没有安慰，也没有让她回去，只写了短短两行字："两个人从监狱的窗户往外看，一个看到的是地上的泥土，另一个看到的却是天上的星星。"失望和生气过后，思忖中她终于发现了自己的问题所在：过去她总是习惯性地低头看，为什么不抬头去寻找星星，去欣赏和享受星河的灿烂呢？她开始主动与周围的印第安人和墨西哥人交流，并慢慢与他们成为朋友；开始研究沙漠里的仙人掌和其他植物，边学边记，沉迷在植物王国的千姿百态里。仙人掌不畏高温干旱，茁壮成长，这种生生不息的精神更是让她震撼和鼓舞！渐渐地，日子充满了春光，生活充满了欢笑，她看到了璀璨的星光。后来，塞尔玛回到美国，根据这一段真实的心路历程写出了轰动一时的《快乐的城堡》。

人生是一道流动的风景，心情是沿途的色彩，不同的心情会有不同的眼光，不同的眼光就有不同的景致。你用什么样的眼光去看世界，世界就会用什么样的方式回报你。

人生如登山，越过沟沟坎坎，翻越一座又一座山峰，有时，看似山穷水尽，拐个弯就会柳暗花明，迎来另一方美丽景致。攀越中，我们首先要明确方向，使人疲惫的不是远方的高山，而是鞋里的沙子，负面的情绪和心态就是一粒沙子。情绪和心态影响我们的想法，想法左右行动，行动决定我们的生活。同属孔门，同为一代宗师，孟子倡善，荀子曰恶，善恶之争演绎至今。《华严经》云："无一众生而不具有如来智慧，但以妄想颠倒执著而不证得。"一念善，发菩提心，即为佛；一念恶，堕落沉沦，即为魔。千百年来，多少被钉在历史耻辱柱上的遗臭罪人皆因一念为恶，荣辱两世界！有什么样的思想，就有什么样的未来。

有这样一个故事。三个工人在砌墙，有人问他们在忙什么，第一个回："我在砌墙。"第二个答："我在建一幢大楼。"第三个说："我在建一座城市。"多年以后，第一个工人仍是工人，第二个工人成为工程师，第三个工人成为城市管理者。同一种工作，因为从事者的心态不同，结果迥异。心有多远，路就有多远。

生命只有一次，人生没有剧本，没有彩排，每天都是现场直播，每个人都在念自己的台词，演自己的戏，书写春秋。不要辜负了美丽的生命，美好的时光，空嗟叹，珍惜每一天，简单生活，不温不火，不卑不亢，感恩知足，从容淡定，升华心态，提升境界，做自己的主角，活出真实的自我。生活中总会有理想与现实的矛盾，总会有浮云遮望眼的时候，遭遇挫折与逆流，失意与落差，不妨打开另一扇心窗，换个角度，换种心态。正如贤达所言：我们无法改变风向，但可以调整风帆；我们无法左右天气，但可以调整心情；我们无法改变环境，但可以改变心境。最起码，我们可以像那个交警一样，站出一种精神，一种境界，快乐工作，幸福生活！

再见，2014！

时间无言，这是 2014 年 12 月 31 日。

上午，参加全省刑侦部门和全省公安机关治安系统的工作部署会议。

下午，正处理公文，白云山摩星岭景区管理处的 L 来白云山派出所报警：他连续收到两条内容一样的勒索短信，对方指名道姓要他十分钟内回复电话，否则出门当心。当着我们的面，L 拨通对方的电话，我们一听，马上判断这是一种很拙劣的骗术。但没有这种经验的 L 已被吓得六神无主。安慰并送走 L 后，已是落霞满天。门前的山顶广场游人依然络绎不绝。环保机械人展览吸引了无数的目光，聚焦最多的当是高达 2.5 米的机器人迈克尔·杰克逊，造型炫酷，头部能 180 度转动，除了七彩 LED 光变幻外，还能讲故事，能唱歌跳舞。今年，白云山风景区没有安排迎新年的庆祝活动，但站在广州市区最高的山巅倒数迎新年已成为传统，"5—4—3—2—1！"的倒数呼声响彻群山，2014 定格成为历史。

"你们班组真辛苦，从今年值班直到明年！"战友的调侃使我想起去年的这个时候——我奉命执行鸣泉居昼夜 24 小时的警卫任务，那天山顶广场和摩星岭景区同时举行倒数迎新年活动，安保结束，新年的第一天又是我们班组 24 小时的昼夜班。派出所四个值班组滚动轮值。到派出所工作的六年时间里，不是跨年值班、加班迎接晨曦，就是新年第一天值班。"年年岁岁花相似，岁岁年年人不同。""两节""两会"安保、清明保卫、五一小长假安保、中秋保卫、国庆黄金周安保、重阳保卫、冬季警卫……成为每年相似的一种模式，一个个专项，一场场战役，每年却又不同。

2014，风云际会，云谲波诡，飞机失联，血腥的暴恐，频发的灾难，一幕幕悲剧让人揪心流泪。有人说，2014，从寻找一架飞机开始，到寻找另一架飞机结束。全球协力防控埃博拉疫情，韩国岁月号客轮沉没，我国有关"丝绸之路经济带"和"21世纪海上丝绸之路"的倡议得到沿线50多个国家的积极响应和参与，"一带一路"倡议进入务实合作阶段，全面推进依法治国，党风廉政建设和反腐败工作持续深入推进，南水北调中期一线工程正式通水……时间都去哪了？我们都在忙碌中寻找。

那天傍晚，一名群众冒雨来到派出所，紧紧握住战友的手连声说："谢谢你们了！我要是不当面向你们说一声感谢，真过意不去。"随后，他在群众留言本上留下了感激之言，短短的几句话，凝聚了警民间的浓浓情谊。那是十多天前，我们正在吃着晚饭，指挥室突然下达指令：白云山山北有群众迷路，报警求助。我们立即放下饭碗，边赶赴现场，边联系报警人。天已漆黑，冷风冷雨，被困者迷失在一处没有开发的山林里不知身在何处，着急地喊救命。我们一边安慰，一边详细询问现场的环境，让他原地等候，注意倾听警报声，注意留意夜空中手电筒的光柱。同时，我们根据判断兵分两路。经过近两个小时的搜索，我们终于在人迹罕至的龙虎岗一处围墙边找到了饥寒交迫的报警人。见到浑身泥水的我们，惊恐的报警人激动不已。回家后立即致电110表扬我们，发短信感谢我们。事后，他的心情仍久久不能平静，于是前来当面再次表示感谢。

在寻找中我们迎来了春节，在寻找中我们迎来了"五·一"全市全面实施立体化巡逻防控的新举措。勤务机制改革后，白云山山上山下景区统一划归派出所管辖，原来两个单位的工作量现在基本上全由派出所承担了，警力只能自己内部挖潜。事情千头万绪，我们在寻找新的发展，构筑安宁祥和。

金秋九月，我带着同事、亲友的祝福与期盼飞向北京，成为鲁迅文学院的一名学子。鲁院的学习充满了激情和收获，期间，适逢十八届四中全会、文艺座谈会、APEC 会议召开，我们目睹风采、聆听声音、学习精神。我认真听课，读书学习，积极与同学们交流探讨，先后创作了《鲁院的荣光》《石头记》《追求》等作品，有 5 篇作品分别在《中国文化报》《文艺报》《人民公安报》《南方法治报》发表。其中散文《香樟情缘》入选长江文艺出版社出版的《2014 中国精短美文精选》，《习惯等待》入选《2014 中国散文诗年选》。这是我一生中的一段奢侈岁月。

回首 2014，有喜悦也有忧伤，有激情也有平淡，有任性也有失意，更多的是坦然，悲喜散聚中我也更清醒地认识自己，不管是做人还是为文，都要具有人文品质和情怀，心怀天下。新的一年总是充满希望，因为有梦想可以去实现。即使没有鲜花与掌声，也要为自己的努力付出而喝彩！

坦然走过 2014，满怀欣喜地迎接崭新的 2015！

迎接 2015，拼，是最好的方式。拼，是最务实的行动。拼，才能走出不平凡的路。2015，为自己加油！2015，为自己点赞！

"猎狐 2014" 传奇

不知不觉，离开刑警队已经六年多了，猎手与狐狸的较量、跟踪与反跟踪、刀光剑影的追捕……已经成为往日烟云。没想到，在北京鲁迅文学院的课堂上，公安部"猎狐2014"行动负责人刘局长声情并茂的述说，会使我重温曾经的生活和场景，感受一个个"猎狐"的传奇——

"猎狐"，就是缉捕在逃境外经济犯罪嫌疑人专项行动，缉捕对象也包括外逃职务犯罪嫌疑人。这是一个具有时代特征的行动，是反腐败国际追逃追赃的重要组成部分，是中国开展国际追逃追赃的重要标志，这警示着经济犯罪嫌疑人，外国不再是他们的"避罪天堂"。公安部1月8日在新闻发布会上宣布：截至2014年12月31日，猎狐专项行动共抓获外逃经济犯罪嫌疑人680名。其中缉捕归案290名，投案自首390名，涉案金额千万以上的208名，潜逃境外10年以上的117名。

犯罪嫌疑人客观状态不一，外逃的时间长短不一。而在境外我们没有执法权，就要与当地警方捆绑作战。追人难，追赃更难，缉捕困难重重，每一次行动都是山重水复，艰辛曲折。

某省一对夫妻以房地产开发为名义，吸收公众存款达8亿人民币，亏空1.5亿后潜逃；他们的女儿以合同诈骗方式诈骗1000多万元后外逃。经侦查，我们得知他们藏匿在泰国清迈。我们联系泰国警方，派出30多名泰国警察到校园区挨家逐户查找，却不见他们的踪影。我们调整侦查方向，在商业区排查了3天，但还是没有收获。眼看天色又开始暗淡，失望写在每个人的脸上，大家默默地走进商场的垂直观光电梯准备打道回府。电梯缓缓下降时，大家却猛然发现对面上升的电梯中一对夫妻与嫌疑人相像，追上去盘查，发现要寻找的正是他们，顺藤摸瓜，他们的女儿也戴上了手铐。

有一次，我们到柬埔寨实施抓捕，每个人身上都带着嫌疑人的照片，在大街上调查走访时，侦查员发现了照片上的嫌疑人，来不及多想，冲上去把这人逮住，查证后才知道这人与嫌疑人是孪生兄弟。而嫌疑人看见我们把他的胞弟带走，混在人群中逃跑了。我们只能从头再摸查再部署，一番努力后，浑身污垢一脸疲惫的嫌疑人被我们带出山林。

法网恢恢，疏而不漏。然而，破案缉捕不能也不可能靠天意靠运气，坐等是没有机会的，我们侦查员破案缉捕主要靠智慧和汗水，靠科技，靠群策群力。外逃嫌疑人大多有经济实力，潜逃时间长的，有的漂白了身份，有的取得了所在国的国籍，建立了新的背景。一次，我们到东南亚某地追捕一个嫌疑人，发现嫌疑人活动的地方人员进出很严密。我们初步判断是妓院或吸毒之地。我在专案组挑选了一个帅小伙，吩咐他如果有女人出来，就与之周旋。结果，帅小伙带回一张女人的名片，我们确认这地方是妓院。进一步摸查，我们怀疑嫌疑人就是这家妓院的老板。怎么样才能接近嫌疑人，获取嫌疑人的情况信息？帅小伙通过电话与名片上的女人联系，通过微信假装与她谈"生意"，一来二去，获得了女人的信任，套出了老板（嫌疑人）的姓名、籍贯、身高等等，我们制订了详细的抓捕措施，有惊无险地将嫌疑人抓获。

通过一张猫的照片也可以把嫌疑人抓获。一次，我们在泰国追捕一个嫌疑人，寻寻觅觅，山重水复，嫌疑人杳无踪影。大家茫然无绪，做好了收队准备。但小伙子们不愿放弃，拿着出发前从嫌疑人亲戚处获取的嫌疑人寄回的一张小猫趴在窗台上的照片仔细地看，越看越觉得照片上楼房的背景似曾相识，楼房背后是市场，这不就是我们所住的大厦？我们跑出去核实，拿起照片分析拍摄时的方位、角度和高度，判断所处的楼层。在对相似的楼层逐层观察比对后，我们判断嫌疑人在九层到十一层，于是分点布控守候。换班后，一个小伙子去超市买香烟，竟与嫌疑人不期而遇！小伙一边打电话报告，一边悄悄盯梢。我们马上通知泰国警方。最终，我们在十楼将嫌疑人抓住。

一部手机、一张照片就把嫌疑人抓获，把案件破了。听上去好像很简单，得来全不费功夫，但是，简单的背后凝聚了多少的付出和心血？没有强烈的责任心、殚精竭虑的无私的奉献、一点一滴的积累，即使泰山就在眼前，你也会视而不见。眼睛可以观察，但只有用心才能发现。国际刑警跨国追捕，神秘、刺激、风光，但背后的艰辛，又有多少人能够理解？

一天晚上，我们接到越南胡志明市的来函，他们查获了我们要缉捕的一个嫌疑人，要求我们24小时内派人押解。当时已近9时，我们马上分头行动，填写资料办手续，各部门连夜加班加点特事特办，终于在凌晨5时把签证、押解等手续办妥，赶赴机场搭乘早班机飞往广州，再转机胡志明市，与当地警方接洽，办理移交和押解等手续，一直忙到日影西斜。及至押解嫌疑人回到北京羁押，已是晚上8时多。我们的战友，整整24小时不眠不休。

到南非追捕犯罪嫌疑人，适逢埃博拉病毒肆虐。一个小伙子突发高烧39.5℃，大家以为他染上了埃博拉病毒，经检查确诊是疟疾。时间紧迫，专案组只好把小伙子留下治疗。为了尽快退烧，小伙子一人在房间里跑圈儿，跑出一身大汗。两天后退烧，一个人拿着行李坐上飞机，追上队伍……

热烈的掌声中，刘局长离开座椅，在讲台上立正、举手、敬礼！

我的耳畔不禁响起了这样一首歌：

在繁华的城镇，
在寂静的山谷，
人民警察的身影，
陪着月落陪着日出。
神圣的国徽放射出正义的光芒，
金色的盾牌，
守卫着千家万户。
啊，我们维护着祖国的尊严，
全心全意为人民服务……

慢慢走啊，欣赏

"你走那么快，我都跟不上了。""不用走那么快，我们不赶时间。"不管是工作还是休闲，在路上或街巷中，走着走着，我总是不知不觉就把同伴甩在后面。出差在外，常听见笑言："从你的脚步就可以看出你们日常生活的节奏，紧张忙碌。"多少次，看着草坪上放风筝的老人和小孩，人行道上遛狗的男女，徜徉在江畔的男女老少，广场上或运动或娱乐或聊天的人群，我在心里油然羡慕他们的悠闲。生活，不就应该这样悠闲自在吗？

儿时的欢笑洒满山峦、田野和小溪，青年的脚步在书海里遨游，山岗上看天光云影，听群山回应，小溪中戽水捕鱼捉虾，小河里嬉戏和垂钓，河堤上看夕阳用色彩作画，一本书可以手不释卷，通宵达旦……我曾经也是快乐悠闲的画中人，从何时开始我变得步履匆匆？是警营里一声声紧急集合的哨声？是睡梦中一次次的报警铃响？是刀光剑影的刑警生活？

刑警的工作是没完没了的，这个案件破了，新的案件又来，每一宗案件都有不同的破案手段，每一宗案件都要马不停蹄地做。"凡有接触，必有痕迹"，我们从现场遗留的痕迹物证，通过蛛丝马迹和种种的因果关联，抽丝剥茧，拨开层层迷雾，探求真相。刑警的工作讲求效率，时效性很强。有些证据错过时间就流失了，无法挽回，案件就有可能成为永久的悬案，像电子影像资料会自动循环消失，不抓紧时间固定保存就有可能遗失破案的关键；有些证据时过境迁就失去了效力；有些嫌疑人法定时间内取证不足就只能看他逍遥法外。有些案件，争取了时间，争取了瞬间，就赢得胜利。

那是一个月明星稀的晚上，我们获悉，漏网在逃的持刀抢劫系列案团伙的主犯"小北京"在同泰路附近出现，正四处找老乡借钱准备逃往东莞。马路上灯光闪耀，车水马龙，我驾驶着吉普车焦急地在川流不息的车流中穿插，前面的车辆却越来越缓慢、拥堵，是东方乐园门前出了事故，只剩下一条道通行。"早不堵、迟不堵，偏偏这个时候来堵"，战友们盯着前方，拍着扶手抱怨着。我转着方向盘见缝插针，我们的吉普车刚冲出峡口，后面加塞的车辆就把峡口也堵死了，寸步难行！我们风驰电掣地赶到同泰路，嫌疑人"小北京"坐在出租车上正要关车门……如果晚一点点，茫茫人海，不知又要耗费多少的人力物力财力！

轰动南粤的祈福新村七命案，嫌疑人驾驶着一条小船藏匿在三角洲纵横的水道上，刑警驾驶了两艘船去追捕，嫌疑人躲藏在船舱内用装有红外线的枪向刑警扫射，幸亏刑警事前已掌握嫌疑人持有的武器，看到红点晃动，马上大喊一声："卧倒！"卧倒的瞬间，子弹呼啸着从耳边擦过……生死瞬间总是过后才更让人惊悸和感触。

刑警是"刀尖上的舞者"，时而风风火火，刀光剑影，硝烟弥漫，时而于无声处，波涛暗涌，针锋相对。一天天，一年年，反复地打磨锻造，举手投足间刻下了无形的烙印！

一天晚上，月朗风清。我到辖区检查伏击守候的情况，把几个地点慢慢走了一遍。翌日，研讨案情布置工作时，战友说："昨晚你去走了一下，过后，我那个关系人就跑来问我，你是不是我们单位的。我问他怎么知道的。他说你那眼睛太毒太厉害了，站在那里看他一下，就好像看到他的心里去了，看得他心里发毛。"

告别奋斗了19年的刀光剑影的刑警生活，我走进了派出所工作，春去秋来，转眼又是七个寒暑。

派出所工作平凡琐碎，却同样讲究效率。出警有时间限制，立案有时间限制，采取法律措施有时间限制……案件的破案率受出警速度的直接影响，出警速度就意味着破案成功率，分秒必争；排解纠纷，第一时间要掌握产生纠纷的原因；救助轻生者，千钧一发，要在极短时间内摸清轻生者的心结与诉求，要随机应变，劝解时要善于挖掘和发现点燃轻生者生的渴望的"火种"；社区是城市的细胞，社区民警要亲民，要在群众需要的时候及时出现；家长里短鸡毛蒜皮的小事不及时解决也会演化成大事。

日子如书一页一页翻过，我在劳心劳力中行走如风，步履匆匆！

曾经以为来日方长，转眼却已是不惑有余，对世事，对时间，对生命，疑惑更多。开始懂得了对时间对生命的敬畏与珍惜，然而仔细思量，步履匆匆，我们是不是错失了许多美好的事物？我们是不是走得太匆忙，太浮躁了？我们是不是应该像印第安人一样，放慢脚步，等自己的灵魂跟上？我们是不是应该学一学古人的慢生活和人生境界？程颢《秋日》："闲来无事不从容，睡觉东窗日已红。万物静观皆自得，四时佳兴与人同。道通天地有形外，思入风云变态中。富贵不淫贫贱乐，男儿到此是豪雄。"这是多么闲适的生活。慢下来，留心身边的美好，关注身边的环境、我们的心灵，让生活变得更细致更诗意。

想起一句话："人的奇怪之处真是太多了：急于成长，然后又哀叹失去的童年；以健康换取金钱，不久后又用金钱恢复健康；活着时认为死离自己很远，临死前又仿佛从未活够；明明对未来焦虑不已，却又无视眼下的幸福。"

是啊，锦绣河山需要仔细欣赏，用心欣赏；生活需要细细体味，用心经营；走过的人生路途需要回头看看，好好反思。世界如此美丽，生活如此美好，慢慢走啊，欣赏。

股市路漫漫

近段时间，跌宕起伏的股市操碎了股民的心。媒体上铺天盖地的都是股市资讯和与股市有关的新闻，街头巷尾人们纷纷谈论的股市的话题，让一直置身于股市之外的我看到了股民众生相：痛彻心扉、追悔莫及、沮丧悲伤、惶恐无奈、冷静理智、乐观淡定……陡崖式跌停、强力拉升反弹，股民的心理 K 线随着股市 K 线的升降而曲曲折折。

股市风云中的各种世态，股民的各种情绪心态，从网络传播的段子中足可窥见一斑。

一天，我接到售楼处销售人员打来的推销房子的电话，说市中心有个楼盘绿化率 65% 要不要考虑下？滚吧，市中心绿化率 65%，开发商有病吧！我跟他说不要了，谢谢！还说我住的地区绿化率 95%。他说不可能，又问我住哪个市，我说股市，他把电话挂了。

一天，菜市场上突然多了一个乞丐。有人会给他点钱，但大多数人没理他。他把给他钱的人的住址都记了下来。几个小时后，一辆宾利停在他前面。他上了车，挨家挨户地还钱，而且是十倍地还。给他一块的，他还十块；给他五块的，他还五十。市场里的人都惊呆了。第二天，他又来了，市场内外的人都挤过来了，你一百我两百地给他送钱，钱的背面都写着住址。不到一个小时，那乞丐就拿到了好多钱，但后来，乞丐再也没有出现了。那个市场叫中国股市。

一般人本以为买股票属于小赌怡情，没想到买着买着就升华到护国战争的境界，好激动！这辈子搞不好只有这一次机会与共和国并肩作战！原来买个股票也可以这么伟大，醉了。如果以后孙子问："爷爷这辈子都干过些啥轰轰烈烈的大事啊？"我们可以用坚定的目光，告诉他："在共和国66周年6月的那场'抗击海外金融反华势力的战争'里，你爷爷满仓护盘！"

………

或许是出于警察的本能，相较于各种吐槽发泄、怨怪责骂，更让我揪心和叹息的是，由这次熊市所引发的家庭与社会的各种矛盾、隐患和悲剧。每逢这样的时候，做警察的，无形中又增加了许多的工作和压力。

广州公安微博的值班编辑在微博上发现一女网友发布信息称炒股失败，意欲自杀。编辑将线索反映给110报警服务台，属地派出所民警连夜上门找到女网友，得知该网友以杠杆方式炒股，满仓持有某只股票，结果股价连跌输掉所有，她无法承受，意欲跳楼自杀。于是，民警与街坊邻居一起反复开导，成功劝说该网友放弃自杀念头。

股海沉浮，一些不法分子趁机编造谣言扰乱市场，甚至成为做空工具，通过造谣传谣影响市场，获取不法利益。

还有一些股民炒股失败后走上了歧路，如男子杨某炒股亏损6万元后，竟然用裸照敲诈女同事8万元。

炒股作为一种公共投资行为，谁都有权利参与。我相信，大部分股民都是抱着让生活更加美好的愿景进入股市的。但是，股海深深，风险莫测，可以让人一夜暴富，也可以使人转眼间沦为乞丐。这让我想起以前办理过的赌博案中的赌徒，因为沉迷赌博，有人倾家荡产、穷困潦倒，有人走上犯罪道路，沉沦于深渊。

许多股民的心态与赌徒的心态很相似。牛市获利时，春风得意、容光焕发、笑逐颜开；熊市亏损时，愁眉苦脸、寝食不安、怨天尤人。股市无情，投资股市是一种博弈，博弈必定有输有赢，有赔有赚。

想起一个故事：

船王哈利打算将公司的财政大权交给儿子小哈利。哈利将23岁的小哈利带进赌场，给了他2000美元，让他熟悉牌桌上的伎俩，并告诫："无论如何，也不能把钱输光，一定要剩下500美元。"小哈利拍着胸脯答应了，但他很快赌红了眼，输得一分不剩。他沮丧地说："本以为最后那两把能赚回来，那时手上的牌正开始好转，没想到输得更惨。"之后，小哈利按父亲的要求去打工，一个月后带着700美元再进赌场。这次，他给自己定下规矩——只能输掉一半的钱，只剩下一半时，一定离开牌桌。结果，他还是没能坚守自己的原则，输了个精光。他不想再赌了。哈利说："赌场是世界上博弈最激烈、最无情、最残酷的地方。人生亦如赌场，你怎么能不玩呢？"小哈利只能再去打工，半年后再进赌场，运气还是不佳，但钱输到一半时，他毅然走出了赌场。虽然输掉一半，他却有一种赢的感觉，因为他战胜了自己。哈利说："你以为你走进赌场，是为了赢谁？你是要先赢自己！控制住你自己，你才能做天下真正的赢家。"之后一段时间，每次走进赌场，小哈利都会定下一个界限：输掉10%时一定退出牌桌。

他开始赢钱，赢了好几百美元。这时，哈利警告他："现在应该离开赌桌。"不料，兴奋的小哈利舍不得走，结果又输得精光。一年后，小哈利成长了，不管是输到10%，还是赢到10%，他都会坚决离场，即使在最顺的时候，他也不会犹豫。哈利激动不已，毅然决定将上百亿的公司财政大权交给小哈利。小哈利很吃惊："我还不懂公司业务呢。"哈利却一脸轻松："业务不过是小事。世上多少人失败，不是因为不懂业务，而是控制不了自己的情绪和欲望。"

对于这次股市风云，无数股民必定刻骨铭心。或许，有人能从这个故事中悟出一些道理：控制情绪和欲望，往往就意味着掌控了成功的主动权。股市路漫漫，切记要学会控制情绪和欲望。

流淌着的酒

父亲生前喝酒，但酒量甚浅。那时候酒的种类不多，多是散装的米酒，一坛坛摆在供销社零售，一提端子出来，酒香弥漫。

参加工作后，我学会了喝酒。

由于经常在外奔波忙碌，所以，曾经在东北汉子的盛情招待中三顿皆酒，放浪形骸，在中原大地接受"头三尾四，腹五背六"酒文化的熏陶，在湘西的连绵群山中对酒当歌，晓风残月。多少回，从口干舌燥的宿醉中醒来，头像灌了糨糊，身子像散了架，五脏六腑像移了位……一回回，痛苦中暗下决心戒酒。但是，每每坐在席上就身不由己，挡不住热情的劝说。意愿在与世俗的较量中总是那样无力。喝酒是热情待客的习俗，联络感情的基础，尽管很多时候心里不想喝，但领导敬酒不喝会被认为不尊重领导，下级敬酒不喝会被认为看不起人，朋友和同事敬酒不喝会伤感情……酒场就是战场，谁也不愿意因为喝酒问题得罪人，于是，推杯换盏中又衍生出很多的规矩。

酒，因其"如水的外形，如火的性格"，高兴时可锦上添花，失意时可麻醉自己，叙情时平添几分兴高采烈。每逢节日庆典、婚丧嫁娶、升职乔迁等，没有酒的助兴就缺少了气氛。没有一种食品能像酒一样，深受人们的喜爱，源远流长，经久不衰。

我国商代的甲骨文里，对酒已经有明明白白的记载。我国的酒文化至少有三千年的历史，无论是曹孟德的"何以解忧，唯有杜康"，李白的"举杯邀明月，对影成三人"，还是王勃的《滕王阁序》，郑板桥的《竹石图》,无不飘溢着浓浓的酒香。文学、绘画、书法、雕塑、音乐、舞蹈、杂技、医学等传统文化,都与酒有着不解之缘,文人墨客的饮酒佳话也成为我国文学史上别具特色的一页。

　　饮酒本来是欢快的事,然而不知何时,喝酒已超出本意。酒中观人性,豪放或文雅,实在或盅惑,人的性格确实能在喝酒时反映一二,于是酒成为择友用人的一种途径,喝酒的内涵被异化成一种交际的手段。"感情深,一口闷;感情浅,喝一点。""宁伤身体,莫伤感情。"喝酒,演变成衡量双方感情投入多少和交情深浅的砝码,变成了一种人际交往的润滑剂。在官场,劝酒、逼酒陋习相当普遍,不但"喝坏了党风,喝坏了胃",甚至还喝出了人命。在觥筹交错,声色犬马中,腐败滋生了。"剑南春,情不深;五粮液,可考虑;喝茅台,金口开;喝上两瓶人头马,敢把皇帝拉下马。""喝了咱的酒,官大难把威风抖;喝了咱的酒,不想点头也点头;喝了咱的酒,不愿举手也举手;喝了咱的酒,党纪国法抛脑后。"在民间,劝酒、逼酒现象更为严重,划拳喊酒令,吆五喝六,丑态百出。酒后闹事、醉酒驾车,因酒引发的纠纷和案件日增,据统计,我国每年因驾车引发的交通事故50%以上与酒后驾车有关。

　　为了治水,三过家门而不入的大禹曾下过我国历史上的第一道禁酒令和廉政令,然而,酒池肉林、荒淫无度的商纣王还是应验了大禹的预言:"后世必有以酒亡其国者。"现在,不同的部门有了不同的禁酒令,但是,浸泡了几千年的酒文化里面的糟粕并不是令行禁止,说改就能改的。

　　曾有人说:"对不善饮的人,劝酒之举几乎是公开的强暴。劝酒、逼酒是用'友好'的名义毫不留情地摧残他人的身体,拿别人的健康和生命开玩笑。"对此,相信很多人都深有体会。我认识不少海量的朋友,对敬酒来者不拒,面不改色,但是,再怎么海量,再怎么铁打的身子也经不起酒精长期的浸泡啊!千百年来,酒滋养了多少的人,又祸害了多少的人。酒,演绎了人世间多少的悲欢离合、爱恨情愁!如何弘扬中国酒文化的精华,剔除其糟粕,确实值得我们好好想一想。

有一种爱亘古绵长

课堂上，教授让学生做一项问卷调查，问卷只有两道题。第一道题：他很爱她。她细细的瓜子脸，弯弯的蛾眉，脸色白皙，美丽动人。可是有一天，她不幸遇上了车祸，痊愈后，脸上留下了几道大大的丑陋疤痕。你觉得，他会一如既往地爱她吗？A. 他一定会；B. 他一定不会；C. 他可能会。第二道题：她很爱他。他是商界的精英，儒雅沉稳，敢打敢拼。忽然有一天，他破产了。你觉得，她还会像以前一样爱他吗？A. 她一定会；B. 她一定不会；C. 她可能会。统计结果：第一题有10%的同学选A，10%的同学选B，80%的同学选C。第二题呢，30%的同学选A，30%的同学选B，40%的同学选C。毫无疑问，这些学生在做这个问卷调查时，潜意识里把"他"和"她"当成恋人关系、夫妻关系。接着，教授做了一个假设：如果第一道题中的"他"是"她"的父亲，第二道题中的"她"是"他"的母亲，让大家重新选择。结果，两道题，100%的学生都选择了A。

教授深沉而动情地说："这个世界上，有一种爱亘古绵长，无私无求，不因季节更替，不因名利浮沉，这就是父母的爱啊！"

转眼间，离开家乡已经20多年了，作为一名警察，越是节假日越是繁忙，母亲也早已习惯了我们之间聚少离多的生活。母亲退休已经近20年了，几年前的那个雨天，父亲走了，母亲不听我们的劝说，继续坚持一个人生活，继续坚持回医院给病人看病。实行"五一黄金周"的那些年，轮休倒休，我还能回家乡三两天，与母亲共享天伦之乐！这几年，实行"五一"三天小长假，这份天伦之乐就变得有些不可触及了。

岁月的风刀在母亲的脸上刻出了细密的皱纹，岁月的霜雪覆盖在母亲的头上不再消融，岁月的触须牵绊着母亲的手脚，岁月的痕迹在母亲的身上越来越明显了！每一根白发、每一条或深或浅的皱纹，记载了多少岁月时光，凝聚了母亲为我们、为病者付出的多少心血！小时候，总盼望着长大，而现在，真希望时间可以倒流，停留在盼望的时光里，那时母亲是那样的健康美丽！

每次回家乡，最难的是离别，在母亲反复的叮咛中，在母亲一路顺风的祝福中，看着母亲有点蹒跚的脚步，看着风中伫立的越来越小的母亲的身影，眷恋、愧疚、无奈……复杂难言的心绪总是一路伴随，我不禁地又想起看过的一篇文章。文章说的是两位母亲，第一位母亲含辛茹苦地把三个孩子都培养成大学生，三个孩子或远渡重洋，或在大城市里高就，这位母亲得到许多的赞美和羡慕，而回到家里却是孤单冷清；第二位母亲的孩子不算很出色，在小城里做着平凡的工作，一家几代人和和睦睦平淡地生活着，享受着天伦之乐，欢声笑语回荡在夜色中。两个母亲，谁更幸福呢？答案不言自明。我的母亲的境况与第一位母亲如出一辙。每次回家，我们总是劝她到广州和我们一起生活，或是轮着到我们几兄妹家住。母亲开始总是说："我现在还能走，还能做，等做不了再说。"后来，说多了，母亲就明确说了："我哪里都不去了。"固执地坚守着家乡的青山绿水，守着她的医院和病号！我不知道是不是人老了都喜欢叶落归根，守着故园。母亲满足于目前的状况，坚守着这种生活方式，服务社会、服务民众的同时，也在用这种方式减轻儿女的压力和负担啊！母亲的奉献是无限的，母爱无边！

每次回家乡，我总是喜忧参半，矛盾交织。再过两个星期，就是母亲的生日了，刚好又是母亲节。有人说：只要心中有爱，天天都是母亲节。而对于母亲来说，最好的礼物莫过于孩子的陪伴！不管何时何地，都请记得善待自己的父母，他们永远是最爱你们的。

不让孩子做噩梦

安全保卫工作结束,我拖着疲惫的身子回到家中时已是凌晨3时。妻拧亮了柔和的床头灯,我歉意地笑笑,俯身给在小床上酣睡的小儿盖上毛巾被。小儿侧卧着,一只小手横在枕边。我轻轻地拉起他的小手放进被子里,却见他的眉头轻轻皱着,小儿睡觉怎么会皱眉呢?

我睡得迷迷糊糊的,耳畔忽然响起了小儿的喊声:"给回我!给回我!"我翻身而起,小儿在我的轻抚中又沉沉睡去。我问妻:"儿子是不是在幼儿园受了惊吓?或是和别的小朋友抢玩具?"

问话惹起了妻的怨愤:

——傍晚去幼儿园接儿子,乘坐公共汽车回来。起初,车上人不多,我和儿子各坐一个座位。两个站后,上来一个阿婆,儿子站起来给阿婆让座,然后坐在我的腿上让我抱着。阿婆大大咧咧地坐下,对儿子的让座行为视而不见。一会儿,儿子忍不住问我:"妈妈,我给阿婆让座,阿婆怎么不说谢谢的?"我还没说话,阿婆已大声对儿子说:"谢什么谢?小孩给老人让座是应该的!"儿子的眼睛马上涌出了泪水。我回了阿婆一句:"你这人怎么说话的?"阿婆却更大声了:"怎么啦,不应该吗?"乘客指责阿婆,车厢里开始吵嚷。

"儿子一定是做噩梦了。"我说。

"现在的人也真是,得到帮助连谢谢也没一句!"妻说。

我不禁想起那一则则的新闻报道:"大学生受资助后不感恩被取

消资格""见义勇为者受伤住院，被救人不见踪影"……

  我国是文明礼仪之邦，"老吾老以及人之老，幼吾幼以及人之幼"，尊老爱幼，与人为善，感恩戴德，知恩图报，是中华民族的传统美德。是谁使这些观念转变，使传统美德丢失？接受资助、帮助受之无愧？理所当然？心灵长满荒草，一片荒芜，就必然缺乏起码的感恩、感念之心！

  我看了看熟睡的小儿，还好，小孩子没有隔夜仇，明天又一定会阳光灿烂。

为孩子筑起一道心灵的堤坝

晚饭时,妻投诉:"儿子早上说谎骗老师。我送儿子去幼儿园,在门口,老师看见我们,先喊儿子。儿子马上对老师说:'老师,那个心形图案我剪好了。'老师问在哪里。儿子说在家里。他可能是看见有小朋友交图案给老师,怕老师问,自己先说谎了。没人教,他自己不知怎么会冒出这些话来。其实,他根本没剪,发下来的图画也不知放哪去了,找不着。"

我有点惊愕,儿子才3岁多,没人教,自己竟然会说谎了。

我问儿子,儿子咬着嘴唇,睁着大眼望着我,沉默着。我想批评他,看他嘴里还含着饭,忍住了。

一整个晚上,我都在想,这么小的孩子,没人教怎么就会说谎了呢?

我想起了我们从小的诚信教育,总相信说谎会掉牙齿,鼻子会伸长,好孩子是应该勇敢地说出皇帝是没有穿衣服的。直至现在,虽然也知道有些谎言是美丽的,是善意的,美好的,但我还是宁愿选择沉默。谎言成真理,谎言受追捧,就会是非颠倒,道德沦丧,社会滑坡,就会滋生种种的丑恶。我们的青少年生长在这种环境里,就会沉沦。

这些年,办理过不少未成年人的犯罪案件,有中学生持棍、砖头在偏僻地段抢劫小汽车的,有团伙把女青年劫持到防空洞轮奸的,有在学校周边称王称霸,抢劫、勒索低年级学生的……最多的时候,他们的父母亲人坐满了一个会议室，他们或是相互打听、诉说，或是互相抱怨、责怪，或是满脸怒气，一脸无奈，每次想起这些，我心中总是隐隐地痛。未成年人犯罪愈来愈低龄化，犯罪的人数比率一年比一年高，并逐渐向黑恶势力、黑社会组织发展。这些未成年人有的成长在单亲家庭，有的父母是公务员或是生意场上的大款，共同的一点是他们缺少家的温暖、关爱，缺乏管教，他们自卑自弃，沉迷网络，沉迷玩乐，他们无力分辨是非，浸染于染缸里。

  我们身上的压力越来越大，竞争越来越激烈。我们面临的周围，我们的身边，很多事物在悄悄发生着变化，很多观念我们不适应，不愿接受。我们怀念从前：小时候，我们上学是不用家长接送的，我们行走马路是不用担心的，那时候是大车让小车，小车让自行车，自行车让行人，人们都是相互礼让的，生命是珍贵的，那时候是不用担心被抢劫被拐骗被伤害的，犯罪是耻辱的。"那时候天还是蓝的，水也是绿的，庄稼是长在地里的，猪肉是可以放心吃的，耗子还是怕猫的，结婚是先谈恋爱的，理发店是只管理发的，药是可以治病的，医生是救死扶伤的……"

  什么时候开始我们面临的困惑，面临的忧虑越来越多，就连我们警察出门都要多个心眼？小孩不接送你能安心吗？你能放心地把小孩交出去吗？每天，我们得抗拒多少的污染，漠视路人、漠视生命的司机，昧着良心的人贩子，光天化日下的暴行血腥……长远的，你得担心他的升学、医疗、就业、住房……

  孩子是祖国的未来，民族的希望。"少年智则国智，少年强则国强，少年进步则国进步，少年雄于地球，则国雄于地球……"，青少年的健康成长直接关系到祖国的命运，民族的未来，但我们为他们的健康成长提供了一个怎样的环境？我们如何为他们的平安茁壮成长筑起一道坚固的心灵堤坝？

  我听见了一个母亲发自肺腑的呼喊："世界啊，今天早晨，我，一个母亲，向你交出她可爱的小男孩，而你们将还给我一个怎么样的人呢？"

  是的，事物的发展总会出现一些不和谐的音符，但这些都是暂时的，我们既然听见了这些杂音，就要将它剔除、调教或修正，还世界纯净的天籁之音，共同筑就一个良性、健康、美丽且永葆昂扬状态的社会大环境，让人类一代一代诗意地栖居。这样，当我们面对孩子的时候，才可以灿烂地微笑。

母爱之花

曙色初绽，母亲就早早起床为我们张罗早餐了：猪肉肠粉、鸡蛋肠粉、粉角，还有昨晚熬好的瑶柱粥。早餐准备好了，母亲随后就捉上事前准备好的"走地鸡"到菜市场上请人宰杀，在菜市里挑选新鲜水嫩的苦麦菜、蕨菜、芦笋、鲫鱼、山坑螺等。回家后，又把鲫鱼煎得金黄喷香，用保鲜袋装好。等我们起床，除了丰盛的早餐外，饭厅和走廊上总是堆满一袋袋给我们带回广州的家乡菜。为此，我常常自责，矛盾纠结：每次回家探望母亲，本意是让母亲少点操劳，好好休息，享受儿孙福，但反而使得母亲更操劳、更操心！

"天上的星星不说话，地上的娃娃想妈妈，天上的眼睛眨呀眨，妈妈的心呀鲁冰花。家乡的茶园开满花，妈妈的心肝在天涯，夜夜想起妈妈的话，闪闪的泪光鲁冰花⋯⋯"

20多年前，一首《鲁冰花》穿越海峡，一个个颤动的音符上挂着一滴滴晶莹的泪珠。电影里，艳丽的花株开满乡间田野，点染着乡村景致，但懵懂的我并不知道这花就是鲁冰花，像电影里的古阿明一样以为是杂草。岁月流逝，歌声已成为心底的记忆和经典。歌，听了千遍，唱了百遍，却一直没深究歌名为什么叫鲁冰花，也不知道鲁冰花是不是真的是一种花。直到前几天，看了相关报道，观赏了照片中那美丽而摄人心魄的花姿，才知道鲁冰花真的是一种花，是母爱之花。华南植物园还专门引种培植了鲁冰花，在母亲节里供人们观赏。

周日，我带着孩子，专程乘坐了公交车到华南植物园，一睹鲁冰花的风采。

进入植物园后，我们坐上电瓶车直奔鲁冰花所在的高山极地植物室。在美丽的报春花和龙胆花身旁，鲁冰花一下子吸引了我的目光，充盈了我的眼眸。她是如此的娇小玲珑，惹人怜爱！每株高40到60厘米，尖塔形，掌状复叶，小叶众多，披针形。花色丰富，红色、粉色、黄色、蓝色、紫色的都有，缤纷艳丽，超凡脱俗。我蹲着或俯着身子，细细地看，细细地嗅，沉醉在花的色香中，心灵一片宁静……

归途中，我依然沉浸在鲁冰花的天地里。鲁冰花春天开花，芬芳满心，等到缤纷凋谢，散落的花叶虽然混入尘泥，却依然在悄无声息地呵护和滋养着花枝，真的是"化作春泥更护花"啊。我终于明白了那首歌为什么会取名"鲁冰花"，明白了鲁冰花的寓意，她象征世间最真挚的爱——无私和伟大的母爱。

当然，象征母爱的花并不仅仅只有鲁冰花。"焉得谖草，言树之背？""萱草生堂阶，游子行天下。慈母倚堂门，不见萱草花。""白发萱堂上，孩儿更共怀。"《诗经》和唐诗都有记载，萱草花（又名忘忧草）是我国的母亲花。80年前，一枚小小邮票的发行，使象征慈祥、温馨、真挚和母爱的康乃馨被广泛认同，被视为送给母亲最好的礼物，用来向母亲表达问候和祝福。红色康乃馨，祝愿母亲健康长寿；黄色康乃馨，代表对母亲的感激之情；粉色康乃馨，祈祝母亲永远美丽年轻；白色康乃馨，寄托对已故母亲的哀悼思念之情。我还喜欢用寓意慈母之爱的凌霄花，寓意保护的僧鞋菊，寓意青春的樱草，寓意天真烂漫的金钱花和寓意喜悦的冬青，组为一束，表示母亲的爱护育着子女的青春、快乐和天真烂漫。花，或艳或雅，百花争妍，万紫千红，我们的生活才缤纷美丽。爱，或浓或淡，或深或浅，总让人铭记和感动。大爱无疆，感天动地，因为爱，世界才充满温暖温馨，充满希望活力。爱在，奇迹在。所有的爱之中，母爱是最无私最伟大的爱，母亲的字典中，只有付出，只有包容，不求索取，不求报答。大爱无声，母亲的爱，凝聚在日益花白的头发上，凝聚在每一顿早餐里，凝聚在精心挑选新鲜水嫩的苦麦菜、蕨菜、芦笋、鲫鱼、山坑螺里……

母亲的生日又要到了,除了康乃馨,我还要为母亲送上一盘"仙桃"和"王母杖",祝愿母亲健康延年,让花朵的芬芳荡漾在母亲美丽的笑容里。

"世界上的一切光荣和骄傲,都来自母亲。"距离阻隔不了遥望的眼睛,时间冲淡不了我对母亲的感恩和深深的祝福……

母爱无边

　　下午，晴朗无云的天空突然乌云笼罩，这几天的天气都是这样的阴晴不定。这时，一个老太太前来报案。老人姓阮，65 岁，精神爽朗，慈眉善目。老人说昨天上午被一个 50 多岁的女人和一个 30 多岁的女人诈骗了 4800 元人民币和两条金项链、两只金戒指等共值 1 万多元的财物。

　　——我在路上走着，遇到一个 50 多岁的女子，让我帮她找工作，后来又走来一个 30 多岁的女子，那 50 多岁的女子就让我和那 30 多岁的女子都帮她找活干，我们 3 个人就聊天。那 50 多岁的女子说 30 多岁女子的老公有桃花运，说我儿子、家人有灾难。说让我们拿钱出来，在神前给神看一下，再用这些钱买东西给家里人，就可以消灾解难。我去银行取了钱。会合后，我们三个人坐出租车到了公园里的一处湖边树林。那 50 多岁的女子就拿出事先准备好的四个袋子和四个苹果，先给两个袋子，把那 30 多岁女子的财物放在一个黑袋子里，把两个苹果也放进去，之后再用一个黄袋子把这袋东西包好，扎好袋口。然后那 50 多岁的女子拿了一个黑袋子，让我把财物装进去。我就把我的钱和两条金项链、两个金吊坠、两只金戒指、一个银手镯、三个银元，都放在那个黑袋子里，之后她又把另外两个苹果放进去，扎上袋口，后来又把这包东西也给了那个 30 多岁的女子，让她给我打结……

　　我禁不住心里一声叹息。这些年，接触过不少的诈骗案。每次，战友们总说："又一个'水鱼'上当了，真是老糊涂了，这么容易被骗。这么陈旧、老土的方法都能被骗到,真蠢,真傻。"

我平静地听着老人有些怯弱的声音,然后按程序给了老人一份被害人诉讼权利义务告知书,告诉老人我要给她做笔录,要耽搁她一点时间。老人一听就着急了:"我没有时间,我还要回家给儿子他们煮饭,他们还不知道这事,不知道我在这里,你要替我保密。"老人边说边站了起来。我给老人留下了电话,告诉老人要抽空来把笔录完成。老人说,这两天是双休日,儿子他们在家,她不能来,她星期一上午再来,她与那两个女骗子约好了,星期二打电话给她们。

老人拿起布袋走出门时又回头问:"我不懂乘车,不知道怎么回去,你能送我回去吗?"

看了看她那阴云密布,骤雨将至的表情,我答应了。

路上,我又向老人了解了一些细节后,问老人怎么没有昨天即刻报警。

老人说知道被骗后,是想马上报警,但一看时间快中午了,怕儿子他们回来吃不上饭,就先回家煮饭了,及至看到儿子他们回来,平安无事,她的心安稳了。那些钱骗了就骗了,所以报警的事就放下了。她说:"我今天报案是因为我和她俩约好了星期二打电话给她们的,想你们把她们抓住,不要再骗人了。"

听着老人的絮语,我才发现,原来世间所有的母亲都是这样容易受骗,这样容易满足的。我的鼻子有点发酸,我忽然明白了,并不是老人们糊涂、愚蠢,她们的被骗全都是因为一个母亲的爱,听到儿子、家人有灾难,一下子就迷了魂,离了心,哪还来得及去明辨什么真伪,只求尽快替儿子、家人消灾解难。

形形色色的诈骗案件,大多利用的是人性中的贪婪。被害的人因为贪欲而上当,可以说是咎由自取。但唯独这一类诈骗最古老最原始最简单最陈旧最有效——利用母爱,这是最不能原谅和宽恕的。

母爱如水,润泽丰沛我们的一生;母爱如伞,为我们遮风挡雨,撑起一片晴空;母爱如灯,指引、温暖、呵护我们的一生。母爱是天底下最无私最伟大的爱,母爱,总能创造出奇迹。

秋日的一天,一处铁路旁,一个29岁的母亲为救孩子冲向火车。当时，10岁的小女孩为节省10多分钟的路程，将腿和身子伸到火车下方，准备钻过火车去上学，就在那一刻，火车轰隆隆启动了，车轮眼看就要从女孩的胸部碾过去。母亲就站在离女儿5米远的地方，她来不及思考，一种本能使她冲向了火车下的女儿。她前冲的速度是如此之快。最后，她连同女儿一起冲到了火车车厢底下……火车越开越快，越走越远。母亲背部大面积严重擦伤，脚也骨折，女儿除了腕部碾断外，全身几乎没有伤痕。阿萨法·鲍威尔的百米世界纪录是9.77秒，当时他的起跑反应是惊人的0.150秒，而这个母亲只用了一刹那便完成了起跑、冲刺近5米的全过程。科学精确计算表明一刹那等于0.018秒。

……这样的刹那，这样的奇迹并不多见，大多数的母爱都寄寓在日常的生活中，体现在平凡里，贯穿母亲的一生。儿女从出生的那天起就带给了母亲无休无止的牵挂、担忧和操劳，同时也有满足和幸福。从那天起，母亲就像一根蜡烛，不停燃烧。从小到大，儿女对母亲只会要求，只会索取，母亲像是儿女的银行，儿女去银行存款，零存整取，只存进一点点却得到更多的回报。母亲对儿女的爱就像一张张透支的信用卡，她给予的早已超出应得的。母亲的账单中只有付出，只有包容，只有真挚无私的爱。每一个母亲，都是用一生来表达对子女的爱。

爱的方式各种各样，母爱是共通的，爱是母亲的天性。

我在巷口放下老人的时候，雨滴开始滴答滴答地敲打车窗。老人说了声"谢谢"，很快就消失在巷中。看着车玻璃上泻落的雨水，我想起了在家乡的母亲。这时候我才明白为什么母亲对我的一点一滴总是记得那么清楚，为什么我说话的声音有点鼻音，母亲在电话的那端马上就能听出来，为什么现在该是安享晚年，含饴弄孙的时候，她却宁愿自己独自居住在家乡，不愿来和我们一起住。母亲已入古稀之年，却仍每天到医院坐诊看病，双休日也不例外，放不下故土和病人是一个原因，更主要的是母亲想以此来减轻我们的负担。

理解了母亲的良苦用心，理解了母亲的爱，我的心像被什么蜇了一下，鼻子一酸，泪水模糊了我的双眼。将被骗老人送回家后，我拿起手机拨通了母亲的电话……

母亲是佛

连续的台风暴雨,使得家乡不少地方灾情严重。趁着假期休息,我带小孩回家乡探望。退休20余年的母亲坚持居住在家乡小城,坚持每天到医院给病人看病。母亲的身体还很硬朗,这是我最欣慰的,但毕竟是近80岁的人了,岁月的霜雪覆盖在她的头上不再消融,苍老的痕迹在她身上越来越明显。

时近黄昏,雨止云收,儿时的伙伴P君打来电话问我去不去电鱼。想起孩童时,碰上下雨天,我们会在风中追逐着,看着渔人在雨后初涨的河上撒网捕鱼,或是穿着连体的塑胶衣服,背着蓄电池在河涌里电鱼。P君说:"雨后河水上涨,鱼儿逆流而上,游到北江河产卵,正好捕鱼。"记忆历久弥新,我却一直没有真正体验过电鱼,于是欣然前往。

用过晚饭,天已漆黑。P君的两个朋友开始穿上塑胶衣服,长筒雨靴。看着他们把沉沉的蓄电池往身上背时,我的心底涌起丝丝感动。他们已经忙碌了一天,今晚原本没打算去电鱼的,一切都是为了让我高兴。

乡村的旷野漆黑而静寂,摩托车在蜿蜒的田埂上穿行,两边是刚插秧苗的稻田,我扛着连着电线的竹竿和用竹竿做柄的网兜坐在后座,风带着水汽呼啸着。摩托车在一条河涌边停下,朋友从我手中接过两支竹竿,让我帮忙把背后蓄电池的电线接上。朋友便踩着田埂边的野草,一手抓着竹竿,一手抓着网兜在河涌里游动。竹竿一下去,河涌上马上翻起了几条鱼儿。另外两个朋友相隔几米,先后走进河涌,我和 P 君一人提着一个水桶在后面相随,泥鳅、鲫鱼、蓝刀鱼、三花鱼……手中的水桶越来越沉,田埂越来越湿滑泥泞。看看辽阔的夜空,黑沉沉的田野,远处村庄里星星点点的灯光,我说:"够了,回去吧。"正说着,孩子来电催归。朋友没吭声,仍然在水及膝盖或及腰际的河涌里忙碌。豆大的雨点劈头盖脸砸下来,在我和 P 君的一再催促下,两个朋友才不情愿地往回走。

  风雨归途中,母亲和孩子又打来电话,这使我想到:在这样的雨夜,是不是该好好在家陪伴母亲和孩子,而不是让一老一少牵挂担心?胡思乱想着,回到家里已经 10 点多,我马上淘米生火煲鱼粥,让母亲和孩子尝鲜。等我洗澡出来,母亲却已坐在客厅里剖鱼。捕回来的一桶鱼,除了泥鳅和三花鱼耐养,能养过夜,其他的都必须剖干净煎好才能留存食用。我让母亲休息一会儿,早些和孩子去睡觉。母亲一边用刀剖开鱼肚,一边说:"你去睡吧,你不懂得剖鱼。"说不动母亲,我只好拿出菜刀和砧板,剖开鱼肚再交给母亲清除内脏,边剖鱼边说着这次新的见闻,剖完鱼不觉已经凌晨了。孩子熬不住,睡了,我再次催促母亲去休息。母亲还是那句话:"你早点睡,你不懂煎鱼,煎不好,鱼就粘锅、散碎。"说着,从我手上拿过生姜去擦锅,我只能在旁边打下手。窗外,昏黄的街灯下,雨丝纷纷扬扬。看着母亲花白的头发,我一边煎鱼,一边懊悔:如果早知道会让母亲这样劳碌熬夜,我就不会去电鱼了。等把鱼都煎好,已经是凌晨 2 点。就寝前,我对母亲说:"太晚了,明天不要管早餐了,等睡醒了我们一起到外面吃。"朦胧间,厨房里的动静把我唤醒,母亲又伴着曙色起床为我们张罗早餐了。

  每次电话问候或回家看望,母亲最关心的便是我们的身体健康,身体的一些变化总是瞒不过母亲,总是被母亲放大。那次,我的腰肌有点劳损酸痛,母亲硬是拉着我到医院找医生按摩。"当别人都在关心你飞得高不高的时候,只有她关心你飞得累不累。"不知道为什么,这句话总会在我的脑海间回响。我知道,只要我活着一天,她便不肯委屈我一秒。这,就是我的母亲。

《传家宝》记载了这样的一则故事：明朝安徽太和青年杨黼，立志学佛。听说四川有个"活菩萨"无际禅师，便辞别相依为命的母亲，远走四川求佛。他跋山涉水，终于找到无际禅师，跪求禅师指点见佛之道。大师对他说："见到佛并不难，你往回走，夜晚时有个披衾倒屣的人为你开门，那个人就是佛。"杨黼半信半疑地告别大师，一路上日夜兼程风餐露宿，有很多次走到半夜，满怀希望地去敲开路边亮灯的人家，却一次次地失望。家越来越近了，披衾倒屣的佛依然没有踪影。一个风雨交加的深夜，他终于走到了自己的家门前。他又累又饿，沮丧极了，世上哪有什么佛啊！他懊丧地敲响家门。"谁呀？"那是母亲苍老的声音。他心头一酸："妈，是我，我回来了！"母亲来不及穿衣服，扯过被子披在肩上，倒穿着鞋子出来开门。灯光下，憔悴的母亲流着泪，无限怜爱地抚摸着他的脸，泪光中全是满足的笑容。看着眼前的母亲，想起无际禅师的话，杨黼"扑通"一声跪倒在母亲脚下，泪如泉涌："母亲……"什么时候，我们才能体会到父母就是我们应敬的佛呢？

盛开在心中的荷花

单位集中到番禺大夫山疗养，参观宝墨园并没有引起我的兴致，各处景致也是走马观花。倒是荷花池随风摇摆的田田荷叶，亭亭莲蓬，粉红的花朵，连接了我埋藏心底的一张张底片。

在荷塘边钓青蛙，小心翼翼地捕捉停歇在钓竿上的红蜻蜓；荷叶当帽遮挡烈日或雨水；采摘莲子，挖莲藕，任软软的泥浆嗞嗞地在趾缝间钻着冒着，酥酥地撩拨脚底的神经……童趣的快乐如荷花绽放，绽放在小小的心田里。在南方乡村长大的孩童的记忆中，绝对少不了荷花。

荷塘慢慢地扩大，碧绿的荷叶层层铺展，密密匝匝，一望无边。一艘小船从层层荷叶深处驶来，几个小伙子泅在荷叶底下捕鱼，韩英坐在船舷旁边采摘着莲子，绿浪中飘荡着悠扬的歌声："洪湖水，浪打浪，洪湖岸边是家乡，清早船儿去撒网，晚上回来鱼满舱……"歌声与湖水随风荡漾，慢入时光深处。

头顶着阔大的荷叶，在田间小路上往返上学。"予独爱莲之出淤泥而不染，濯清涟而不妖，中通外直，不蔓不枝，香远益清，亭亭净植，可远观而不可亵玩焉……"朗朗的读书声伴着母亲循循的教诲：要做一个像荷花一样的人，像荷花一样纯洁、无邪。母亲的爱心和呵护融化在一粒粒小小的莲子上，融化在一节节的莲藕上，一张张的荷叶上，莲子粥、莲子羹、藕饼、荷叶蒸鸡……母亲总是想方设法给我们做各种可口的饭菜。

多少个晚上，我追随着朱自清先生，漫步清华园的荷塘。"曲曲折折的荷塘上面，弥望的是田田的叶子。叶子出水很高，像亭亭的舞女的裙。层层的叶子中间，零星地点缀着些白花，有袅娜地开着的，有羞涩地打着朵儿的；正如一粒粒的明珠，又如碧天里的星星，又如刚出浴的美人。"美丽的月光，美丽的荷塘月色。

"出淤泥而不染"是一种品格，一种写照。也有人说，事物都有两面性，不能光看表象，不是还有古话"近朱者赤，近墨者黑"吗？看过一幅漫画，以荷花讽刺一种社会现象，外表是出淤泥的荷花，内里却是淤泥里腐烂的根子。一个个锒铛入狱的精英和模范，哪一个没有一堆堆的光环？不管阴晴圆缺，月亮总有看不见的一面，但这无碍月亮绽放美丽光辉。多植荷花塘自清，荷花不会因一些不同的眼光而改变她的美丽无邪，纯洁清香。人民警察，每天面对的是暴力、血腥、社会的阴暗面，是形形色色的违法犯罪分子，是各种诱惑和陷阱，而他们却用自己的奉献和忠诚，去完成自己肩负的责任，就像一朵朵美丽的荷花，清香远溢。

我工作的单位是白云山风景区的白云山派出所，周围的麓湖、明珠楼以及索道缆车下的池塘，每到夏天，荷叶田田，在酷热中带给人们一片清凉。这两年，进出之间，荷花总是那么不经意地盈满眼眸。而这个时候，我想得更多的是家乡的母亲。我总会想起冰心的那句经典的话："母亲啊，你是荷叶，我是红莲，心中的雨点来了，除了你，谁是我在无遮拦天空下的荫蔽？"母爱，密密匝匝包围着我们，荫蔽着我们。母爱如果有颜色，我想应该是绿色，充满希望和活力，任何时候都给予我们无穷的力量。

微风吹过，摇曳的田田荷叶中，我清清楚楚地听到最美丽的声音——那便是母亲的呼唤。

人淡如菊

菊花，超然冷艳，傲雪凌霜，代表高洁、优雅、清净、脱俗。"采菊东篱下，悠然见南山。"菊花由此成了超然脱俗的象征。"秋丛绕舍似陶家，遍绕篱边日渐斜。不是花中偏爱菊，此花开尽更无花。"千百年来，赏菊咏菊者无数，但是，现实生活中，像菊花一样高洁脱俗的人却是越来越少了！

张小明老师就是这少数人中的一位。

认识张老师是先闻其名，再听其声，后见其人。八年前，我在省作协学习，一天课间，梅州的一位同学问我："你见过张小明老师吗？"见我有点迟疑，她又说："就是《广东公安报》编辑部主任，他说你的文笔很好。"我没见过张老师，但之前，他已经编发过我的文学作品。几个月后的一天下午，忽然接到张老师的电话："能否就你在白云山风景区的安全保卫工作写一篇纪实性文章，在本报纪事版刊用？"因这篇文章，张老师和我通了几次电话，他的声音总是那样的温文儒雅，不疾不徐。不久，我写的《白云山上的雄鹰》在张老师负责的版面刊登了。过了一段时间，我和张老师终于见面了。如我想象，张老师温文儒雅、沉稳睿智，谈吐间洋溢着书卷气和学者风范。我们谈工作，谈写作，谈天南地北的风土人情，仿佛久别的故人。粗略一算，从《广东公安报》开始，到《广东公安》再到《南方法治报》，张老师已经替我修改、润饰文章近200篇，我也同时收到他寄来的样报近200份。回想每一次行文，我都是跟着感觉随着感情走，有时也想细致斟酌修改，但由于工作繁忙，总是身不由己，这就有劳张老师费神了。在审阅、修改我的稿件时，张老师经常会打来电话直接点评，既有批评，也有肯定。像《黄昏》的"大气"，《飘摇在悬崖上的生命》的"真情"，《美丽的邂逅》的"意境"，等等，这些鼓励给我增添了很多自信。后来，《黄昏》被收录进《中国散文家代表作集》，《飘摇在悬崖上的生命》被收录进《2010年中国散文经典》，《美丽的邂逅》被收录进《2011年中国散文年选》，并被选入2012年武汉市初中毕业生中考语文试卷作为阅读题……我和张老师的情谊，也在这字里行间，在点点滴滴的探讨中，在岁月的流逝中愈加甘醇。

在和张老师的交往中，我总是情不自禁地想到菊花。一直以来，他对名利地位没有太多憧憬，在其作品选集《岁月印记》的扉页，他用"淡泊明志，宁静致远"表明心志。品读《岁月印记》，从中解读张老师的人生历程、思想品格，掩卷沉思，我又不禁想到菊花，阵阵淡雅的花香从窗外飘来。

张老师青春时代经历过上山下乡，在艰难环境中培养了沉着坚持、刻苦耐劳的品格，在"广阔天地"晒黑皮肤、锤炼红心时遇上恢复高考的机遇并得以成功。20世纪80年代初毕业于中山大学，以后他就一直在报社工作，从助理编辑到编辑，再受聘为副编审，获得高级职称成为高级知识分子，一步一个脚印。张老师"关注社会与生活、法制与人生，从一个个社会热点、一宗宗警世案例中，解读现实万象，透视人间百态，通过全方位、多角度的报道和深层次的剖析，给社会以更多的思考，给人们以更多的启示"。一篇篇报告文学、长篇通讯、时评、散文、诗歌……张老师用心血和汗水浇灌出丰收，多彩的年华绽放着美丽与芬芳。

2003年，《广东公安报》停刊，张老师撰写停刊词《相知相伴牵挂永远》，抒发依恋与不舍；2011年，《南方法治报》创刊，张老师撰写创刊词《争当法治广东的见证者和记录者》，充满激情与梦想。能够为一份报纸撰写停刊词，又为另一份报纸撰写创刊词，承前启后，继往开来，不简单。

张老师喜欢音乐，出生于20世纪50年代的他，会哼唱《延安颂》《莫斯科郊外的晚上》《北国之春》等很多中外经典老歌，每次唱卡拉OK，《北国之春》是他必须点唱的曲目。张老师喜欢登山运动，去年国庆节后的一个星期天，我在白云山风景区的后山执勤，在崎岖的山路上就偶遇了他。时光如白驹过隙，岁月的痕迹已悄然爬上他的双鬓。近几年，张老师将更多的心思花在编辑、审稿，为他人作嫁衣裳上，很少动笔撰写文章，但也有真情流露的佳作：散文《心随儿子走西藏》，在日常生活的细节里流露出深沉的父爱，使人不由想起朱自清的名篇《背影》；58周岁时写的随笔《谈笑人生不寂寞》，追忆过往，感悟人生，使我们年轻后生读后深受启发。张老师的文学功底比我深厚很多，他燃烧自己照亮别人的选择，让我在敬佩之余，也感觉到些许的遗憾和惆怅。

"暗暗淡淡紫，融融冶冶黄。陶令篱边色，罗含宅里香。"人生是一道流动的风景，心情是沿途的色彩，落花无言、人淡如菊是一种至高境界，走过了春夏秋冬，经历了人生的浮浮沉沉，张老师愈加淡然如菊，心境也变得像大自然的秋天一样宁静而辽远，漫随天际云卷云舒，闲看庭前花开花落，更懂得平静地欣赏和享受生活。

"人生其实是一种幸福，也是一种艰辛，两者是相辅相成，相得益彰的。付出的艰辛多一点，获得的幸福就会多一点；不愿意付出更多的艰辛，就不可能获得更多的幸福。"

"岁月匆匆流淌，能够为匆匆流淌的岁月留下哪怕是微乎其微的印记，也是一种幸福。"

"无愧无悔于过往岁月，微笑着面对今后人生。"

这些，是张老师在品味人生以后发自内心的感悟。这些感悟，同样值得我们共勉之。

蝶之恋

没想到，这些小精灵是这样的吸引人。

"云中漫步，与蝶共舞"，"五一"期间，广州白云山风景区在山顶广场举办首届蝴蝶文化节活动。每天，山顶广场游人如织，双双对对的情侣、三五成群的老少，或是在路边特设的签名墙上写下爱的誓言和祝福，到蝴蝶许愿树下许愿，或是在科普宣传栏前浏览阅读蝴蝶的知识，欣赏蝴蝶蛹展、蝴蝶艺术展……

每天，在人海中巡逻维持秩序，追随着人们追蝶的热情目光，有意无意中，我也见识了我国最大的蝴蝶金裳凤蝶、被称为"梁山伯与祝英台"的美凤蝶和玉带凤蝶、金斑蝶、虎斑蝶、青斑蝶、青凤蝶等，见识了世界上最大的蝴蝶绿鸟翼凤蝶、最小的蝴蝶小蓝灰蝶以及最昂贵、最稀有的光明女神蝶等珍稀蝴蝶。

蝴蝶，被誉为"会飞的花朵"。我的童年是在山村里、田野中、小溪旁度过的。每当油菜花开的时节，我总是和小伙伴一起，在黄艳艳的花丛中小心翼翼地捕蜂捉蝶，那些色彩斑斓的蝴蝶总是让我们追逐得满天飞，而那些飞入油菜花丛中的黄色蝴蝶却让我们搔首踟蹰——油菜花是黄色的，蝴蝶是黄色的，金灿灿的一片，去哪里寻找蝴蝶呢？玩累了，便躺在柔软的花丛中，任微风轻吻着脸庞，看着天上的云朵变幻、飘浮。

母亲看到我们捕捉的蝴蝶，就给我们讲梁山伯与祝英台的传说。年少不懂爱情，伙伴之间争辩最多的还是人怎么会变成蝴蝶。在山林、田野、溪边，见到成双成对蹁跹飞舞的蝴蝶，不管什么色彩的，我们都说那就是梁山伯与祝英台。

蝴蝶，一辈子只有一个伴侣，是忠贞的代表，一直被视为吉祥美好的象征，寓意甜蜜的爱情和美满的婚姻。蝴蝶，翩翩在岁月的长河里，翩翩在梁祝化蝶的传说里，翩翩在人们对爱情忠贞不渝和人生至善至美的追求里。

参加工作后，我来到了白云山风景区，在山林中奔波跋涉，常有蝴蝶翩翩相随。这几年，白云山在滴水岩景区内建设了生态蝴蝶谷，栽种30多种1000多棵蝴蝶的寄主植物，吸引、繁衍了越来越多的蝴蝶。如今，蝴蝶谷内草木繁茂，滴翠流芳，共有蝴蝶167种。我在蝴蝶谷中认识了越来越多的蝴蝶。渐渐地，漫步林中或闲坐幽谷，看着蝴蝶忽起忽落飞舞的样子，我的思绪总会穿越时光，陷入遐思冥想中，并且由于蝴蝶，我想起了同为警察的同事大山。

1990年，大山的家庭因女儿的降临充满了欢声笑语，就在全家沉浸在小生命带来的幸福欢乐之中时，不幸悄悄地瞄上了这个美满的家庭。大山的爱人因生产患上了下肢肌肉萎缩症，从此无法站立走路。晴天霹雳瞬间击碎了大山幸福快乐的美好心情。在巨大的不幸面前，大山没有向命运低头，他默默地独自承受着工作和家庭的双重压力。为了丰富社区的文化生活，促进和谐家庭、平安社区建设，大山积极参加社区组织的各类活动，不断推进社区文化建设的发展，继续勤勤恳恳、任劳任怨、好学上进，不断创新。工作之余，他则把心思和精力都放在了照顾卧病的妻子和嗷嗷待哺的女儿身上。一天又一天，繁忙的工作和困苦的生活周而复始；一年又一年，风霜和劳碌循环往复。他一边要鼓励爱人不要失去信心，一边要无微不至地照顾好妻子和女儿的生活起居。经过多年的悉心照顾和康复治疗，妻子的病情得到有效控制，心情逐渐好转。看着丈夫里外辛苦忙活，妻子于心难忍，决心重新挑起料理家庭、照顾女儿的重担，她买了一辆轮椅，使自己可以在轮椅上料理家庭、照顾女儿。他们改造了房间，以方便轮椅出入，所有设施改建成方便轮椅操作的高度。她又成为家里的生活管家，生活有了新的起色与希望。在夫妻俩的精心呵护下，可爱的女儿一天天健康成长，从小学到高中一直是品学兼优的好学生。时光荏苒，转眼20多年过去了。大山的爱人病情稳定、生活自理，女儿考取了心仪的大学，幸福美满的光环因他们的坚强不息，再次闪耀在这个看似不幸的家庭。

"我和你缠缠绵绵翩翩飞，飞跃这红尘永相随。"大山，这个坚强乐观的大男人，面对不幸，面对艰难困苦，忠贞不渝。夫妻俩相濡以沫，患难与共，风雨扶持，用真情和挚爱演绎着至死不渝的"蝶之恋"，谱写出一曲现代的《梁祝》，用生活中的平凡点滴诠释了生命与爱的真谛，诠释了家庭和谐幸福的真谛！

守护善良

　　春日，伴着雨声和茶香，我一口气读完了《羊城晚报》总编辑张宇航签名赠送的散文集《守护善良》。合起书本，我的心神依然停留在天苍苍、野茫茫的草原上，一起看奔腾的河水、清澈的海子，听悠扬的马头琴、古老的长调，一起穿越沙漠、戈壁，领略浩浩黄沙对心灵的震撼力，在奶茶、炒米、莜面、手把羊肉的香醇中和纯朴、善良、热情的牧民促膝谈心，把酒欢歌追寻历史。20世纪60年代初，3000名饥饿难忍的上海汉族孤儿被安排送往内蒙古自治区，善良的牧民领养了他们，含辛茹苦把这些"国家的孩子"哺育成人。她们不图名、不图利、不图回报，只是以草原般宽广的胸怀接纳……我沉浸在汉蒙民族的深情厚谊里，陶醉在纯洁无污染的美丽心灵里。不管环境如何变迁，他们默默地守护着心灵的净土和天堂。正如张总编所言："守护善良，其实是做人的一种品格和责任。因为只有付出善良，才能播种善良；只有守护善良，才能收获善良。而播种善良只需一时一事，守护善良却要一生一世。"

　　中华民族有着五千年的灿烂文明，勤劳、勇敢、善良是我们民族的传统美德，诚实、善良的品德教育一直贯穿着我们成长的过程，但在社会的变革中，人越来越物质，人性越来越缺失，尤其是在人情冷漠的大都市，善良被提升到一种高度，本该承担的责任、做人做事起码的准则都成了善良。心底里，我们都渴望善良、纯洁、真诚和真情。

刚开始做刑警时，家人朋友都惊讶，我自己也怀疑，我的秉性适合做刑警吗？我能做好一个刑警吗？刑警需要风风火火，真刀真枪地与魑魅魍魉较量，或刀光剑影，或波涛暗涌，危险无处不在，一丝犹豫，一点迟疑都可能付出无可挽回的代价！走了漫长的一段路才悟出：善良不是懦弱，不是畏缩。善良的本性与做好刑警并不矛盾，善良的人才真诚、有爱心，才会关心世间疾苦、悲天悯人，情为民所系，利为民所谋。善良的刑警才会注重受害人的感受，才会为没破的案件没完成的工作忧心。善良不但是本性，有时候还是一份责任。

他是一个抢劫团伙中的协从犯，开始他只是负责望风，后来，同伙逼迫他，控制了事主后由他动手抢包抢财物。那个晚上，他慌乱地从她手中抢过挂包后随他们奔逃，跑出几米，他听见她无助的呼叫："钱你拿去，把证件和钥匙还给我。"他停下了脚步，跑回她跟前，除了证件和钥匙，他还留给她十元钱乘车。后来的几次抢劫他都依样画葫芦。正是因为他的"善良"和悔改，团伙中他的惩罚是最轻的。

"人之初，性本善。"人赤裸裸地来到这个世界，纯洁如一张白纸，或淡或浓，写意笔墨都是岁月的沉积，画面再绚丽再厚重，底色依然是纯洁的白色。我始终相信人性的善良和美丽，再暴戾再穷凶极恶的人心底里都潜藏着人性和良知。一个人贩子拐骗了一个4岁的男孩，在火车上，小男孩没有像其他小孩一样哭闹，而是一直叫他叔叔，要他讲故事，并问他家里是不是也有一个小孩天天要他给讲故事才肯睡觉。这句话触动了他，使他想起了家里5岁的女儿，一瞬间，他改变了主意，他把小男孩送回了家，并且去自首。后来，他被判了15年，而其他的同伙都被判处了死刑。他解脱了，如果不是这样，他早晚也会被抓被判处死刑，正是他未泯的人性挽救了他。

善有善报，这绝对不是简单的因果报应。心地善良的人一定是美丽的。因为善良，才会正义，才会爱憎分明，才会公平公正。善良的心，才会关注国计民生，忧国忧民，才会想他人之所想。善心都是通过善行表现的，"予人玫瑰，手有余香"，帮助别人，常常就是帮助自己。

第二次世界大战中的一天，反法西斯同盟盟军最高统帅艾森豪威尔将军乘车回总部参加紧急军事会议。车在大雪纷飞中奔驰。忽然，将军看见一对老夫妇坐在路边，瑟瑟发抖。他命令身旁的副官去询问情况。一位参谋急忙说："我们得按时赶到总部开会，这种事还是给当地的警方处理吧！"将军坚持说："等警方赶到，这对老夫妇可能早冻死了！"原来，老夫妇是去巴黎投奔儿子，车抛锚了，正束手无策。将军立即请他们上车，特地绕道将他们送到巴黎后才赶回总部。将军根本没想过行善图报，但他的善良却得到了意想不到的回报——那天，德国纳粹狙击兵早已预先埋伏在将军必经的路上，等着实施暗杀行动。如果不是为帮助那对老夫妇而改变了行车路线，整个"二战"历史很可能因此而改写！

  我们今天的盛世生活，也是由"善良"而来：没有千千万万的人民子弟兵用鲜血和生命守护着善良的父老乡亲，守护着民族的利益、尊严，没有善良的人民以身家性命守护着我们的党，守护着国家与民族的希望，就没有我们的今天。无数的人无数的生命用他们的善良给予我们荫庇、呵护，我们要传承善良，守护善良，要知足，要回报社会，社会需要和谐与善良，所以，能帮助、能给予、能奉献时不要吝啬。多一些善良，多一些爱心，多一些奉献，就少一些纷争，少许多罪恶，少很多灰暗，我们的家园会更光明，更温暖，更宁静祥和。

瑰　宝

在世的老红军已经越来越少了，崔忠老人是我认识的几个老红军中的一个。

我第一次有幸见到崔老是在著名长篇小说《欧阳海之歌》的作者金敬迈金老家里。那是夏日的一个上午，阳光灿烂。金老像往常一样，在大院外的街口迎接我和胡桐老师，看着微风中金老颤动的满头银发，我心头充满感动，尽管已多次劝说金老不要下楼，金老却依然故我。"来，上去我给你们介绍一个传奇式人物。"金老转身走在前面。

在金老家进门右手边的沙发上坐着一位老人，见金老和我们进来，老人站了起来。老人高高瘦瘦，稀疏而短的头发灰白相间，穿着一件黑色的圆领T恤，外面是一件白色的短袖衬衫，一条蓝色的裤子，一双黑皮鞋。这就是老红军崔忠。在路上，胡桐老师已简略地说了崔老的传奇：8岁参加红军，在一次战斗中被马步芳的军队抓住，活埋后被群众救出，后来成为黄克诚将军的警卫员，出生入死。在"彭黄集团"被揪斗时，忠心耿耿的崔忠坚信老首长不会叛国叛党，始终不肯"揭发"老首长因而蒙冤入狱，刑期也因态度不好、顽固不化被一再加刑，从5年加到无期徒刑，至老首长平反多年后才被发现，无罪释放。此时崔忠已被关押了将近21年！他谢绝了老首长给他的留在北京工作的机会，也没有向国家向组织提出任何要求，孤身回到广州，后到了番禺紫泥糖厂工作，三年后，作为书记兼厂长的崔忠成为广东省著名的劳动模范。

简单的寒暄过后，金老从房间里拿出几本新出的《广东党风》杂志给我们，里面刊发了金老应约所作的纪念建党90周年的文章《老兵崔忠》。金老与崔老二老坐下后，从身体状况聊到熟悉的人事，再到战火纷飞的岁月、浴血的战场。两人都沉浸在记忆的河流里。我和胡桐老师静静地听着，感动着，震撼着。

金老的《老兵崔忠》详述了崔老的一段传奇——

崔忠，原名崔家骥。1934年，山东大旱，1935年开春又闹蝗灾，8岁的家骥随着爷爷、小叔外出逃荒，爷爷不幸饿死在逃荒的路上，小叔也不知踪影。埋葬了爷爷后，家骥边流浪边找部队，在一个小镇，家骥遇到了一个卫生队，被收留在队里端茶送水洗绷带，后来因为部队要转移，而他年纪太小，只干了两个晚上一个白天，换来了一块大洋就被打发了，连部队的番号都没弄清楚。他又流浪了将近两年。一天，饥寒交迫的家骥正在街上与狗争食，被中国工农红军第四方面军第30军88师警卫连的张副连长救出，没有枪没有军服，家骥成了一名只有一台油印机、刻字钢板、滚筒、蜡纸和油墨背在背上的红军。在倪家营子，88师遭到马步芳军队的重兵包围，弹尽粮绝，小家骥被俘，被拉去活埋，幸被裕固族老人救出。养好伤后，家骥又一路乞讨，一路找寻部队，途中遇到了后来成为谢觉哉的夫人的王定国，两人一路风雨兼程，找到了八路军在西安的办事处，但不论家骥怎么解释怎么申辩，办事处都不相信，不让他归队。家骥又开始了四处流浪饥寒交迫的生活。流浪了将近两年，家骥遇上了黄克诚的部队，不满12岁的家骥成了黄克诚师长的警卫员，黄克诚师长给他改了名字——崔忠。

金老在文章中引用了任仲夷同志对崔忠的评价："八路军老战士崔忠，山东人，1936年参加红四方面军30军，他的一生极不平凡，道路坎坷，但他始终坚信党，革命意志决不动摇。战争年代他曾经被俘，几乎被活埋，由裕固族群众从万人坑里救出。他三次负伤，被认定为三等甲级残废军人。胜利后，1959年庐山会议，他蒙冤受屈被关进监狱长达20年又11个月之久，过着非人的生活。出狱后无家可归，他没有半句不满，没向组织提出任何要求，没有补发一分钱工资。他说的最多的一句话是：我的时间不多了。我想在这有限的时间里，到基层去多干点工作。"

两位老人滔滔不绝地谈论着，金老今年83岁，崔老84岁，两人相交60年，故友相逢，多少知心的话儿要倾诉！餐桌上，刚动了大手术出院不久的崔老吃得不多，但话语不停。饭后，我要赶回单位开会，来不及送崔老，享受副省级待遇的崔老不打电话，也不找司机，只是让我顺带送他到公交车站，然后他自己坐车回去，看着崔老迈上公交车，我既惭愧又不安。公交车在我的视线中慢慢消失，但崔老的身影反而越来越高大。

第二次见崔老是在麓湖，我因事耽搁不及去接崔老，崔老从番禺乘公共汽车再转车前来。"小兄弟也在。"崔老见面的第一句话言犹在耳。崔老的身体已复原，脸色红润，声音洪亮。言谈正欢，我却又因任务要离开，崔老还是自己乘公共汽车回去。虽然，我知道，厚德载物的崔老不会怪我，但我心中还是不安了很久。

心绪萦绕，从崔老的传奇人生中我想了很多。生命不朽、变化无常。崔老从死人坑中爬出活过来，在枪林弹雨中倒下又站起来，却在和平时期遭遇飞来横祸，在狱中过了20多年的非人生活！尽管如此，他却没有怨天尤人，没有不满，没有向组织提出任何要求，只想在有限的时间里多干点工作。我们在享受着英雄们带给我们的甜蜜幸福时，有多少人曾扪心自问：我为国家为社会做了些什么？给后人留下些什么？对比当下社会上贪污腐化、骄奢淫逸、见利忘义、坑蒙拐骗、诚信缺失、道德滑坡等种种丑恶现象，我们难道不觉得愧对英雄吗？以前，我只是在书刊和影视作品中抽象地理解红军精神和长征精神：坚定不移的信念，持之以恒、百折不挠和连续奋战的韧劲，乐于吃苦、不惧艰难的革命乐观主义，勇于战斗、不怕牺牲、无坚不摧的革命英雄主义。在崔老的身上，我清清楚楚实实在在地看到了一束耀眼的光芒，看到了不灭的红军精神和长征精神。

崔老喜欢鸽子，在家中饲养了不少鸽子，我想，这些鸽子表达了崔老的心愿：世界和平，人民和谐幸福！

金老说："崔老是我打心底里佩服的一个真正的共产党员！"

再与崔老相聚时，我一定不让自己再愧疚。

百年传奇

夏日，一个阳光灿烂的上午，我随同著名军旅文学家、《欧阳海之歌》的作者金敬迈和黄克诚将军的警卫员、老红军崔忠去拜访寇老。因为事前打过招呼，大院警卫没有阻拦我们。在寇老保姆的引领下，我们直接进入了寇老的写字间。对门的书桌上摆放着文房四宝，是寇老挥毫泼墨之处。桌子的右上角摆放着一张照片，是时任副总理张德江慰问寇老，与寇老亲切交谈握手的合影。拉开玻璃趟门就是客厅，寇老正坐在躺椅上"听"电视，关心国家大事。寇老的眼睛从1998年底就已经看不见东西了，这些年，寇老全是用耳朵、用心来"听"电视的。寇老的耳朵有点背，但还是很快就听出了老战友的声音，说话的语气里自然而然就流露出喜悦和激动。他们的话题，很快就回到了炮火纷飞的战场、难忘的岁月。

寇老1912年4月出生于河南新县一个家境贫困的农民家庭，1931年农历正月初三参加红四方面军，同年加入共产党。在红军转战大别山、大巴山和太行山的进程中，寇老先后失去了5位亲人，其中4人是烈士。在革命岁月中，寇老历经生死磨难。1933年，寇老任川陕省苏维埃政府政治保卫总局秘书长期间，染了伤寒，躺在医院两个月，头发、眉毛全掉光了，浑身脱了一层皮。1936年10月，寇老带领一个侦察连到甘肃武都与天水之间执行任务时与敌人发生激战，两个班的红军战士壮烈牺牲，他带着6个战士突围跑回驻地，被怀疑"生还有诈"，认定是"改组派"，是反革命，上报朱老总要求枪毙。"哪有那么多'改组派'？不能杀！"朱老总从枪口下救了寇老。1940年秋，时任一二九师新四旅锄奸科科长的寇老身染病毒性痢疾，又一次与死神擦肩而过。

寇老的短发和眉毛花白如雪，脸上点点的老人斑更衬出气色的红润，精神矍铄。寇老的上下眼皮粘连着，不说话的时候仿佛睡着似的，而说话的时候声音洪亮，说到动情处，不时有力地挥着手，不知道的人谁会相信这位老人几个月前刚过完百岁寿辰！这时，寇老的儿子和秘书赶回来了，宾主之间又是一番问候和寒暄。趁着这间隙，我重新打量着寇老的客厅，客厅并不大，中间是一张方形玻璃面的木桌，两边各有一组沙发，寇老的躺椅就在玻璃趟门和木桌之间，正对着电视机和音响，电视机后面的墙上挂着一幅原广东省委书记吴南生的题字，音响上面摆放着与时任省委书记汪洋的合照。除了照片和题字，家居摆设与普通人家并没有多大差别。

寇老在广东工作近40年，历任省公安厅厅长、省检察院检察长、副省长、省委常委、省委政法委主任、省顾委会主任，一生清正廉明，艰苦朴素。寇老说，他有两个母亲：一个是生他的母亲，一个是育他的母亲——中国共产党。寇老对子女的要求非常严格，从小就要求子女艰苦朴素，不容子女有半点特殊。为了教育子女自律自勉，寇老特意写了《家风传》："听党话，跟党走，学马列，意志坚……对己严，待人宽，树家风，代代传。"无论子女是当兵、复员、转业、还是毕业分配，寇老对子女们总说这样的话："服从组织"。他不但不为子女的事开口，也不准身边的工作人员去讲去办。寇老的二女儿1969年入伍，1998年底从原广州军区转业到地方，在人生再就业的关键时刻，她多么希望父亲能出面写个字条，但寇老平静地说："你不能拿我做靠山，要相信组织、依靠组织。"后来，女儿被分配到一家企业的医务室，单位机构改革后提早内退。寇老的小儿子1975年退伍被安排到企业，1996年44岁时下岗。寇老的老部下悄悄给其在省某直属单位安排了个岗位，寇老知道后非常生气，严厉地批评了老部下，也把小儿子狠狠骂了一通："工人、农民的子女能下岗，我寇庆延的儿子为什么不能下岗！"

看着眼前这位精神矍铄、可亲可敬的老人，我不禁思绪万千：寇老的一生可谓叱咤风云，是一部厚重的历史，是一个传奇。寇老对党的信念从未动摇过，他忧国忧民，刚正不阿，艰苦朴素，乐观豁达。在他的身上、他的言行里，总有一种精神在闪耀。20世纪60年代，广东的三水、四会、英德、曲江、仁化等地血吸虫肆虐，"千村薜荔人遗矢，万户萧疏鬼唱歌。"寇老带着一帮科研人员十万草塘灭钉螺，跑了一个又一个地方，查了一个又一个水塘。因为方法科学，措施得力，广东省在20世纪70年代就成为我国第一批基本消灭血吸虫病并巩固下来的省份。现在曲江县（今韶关曲江区）集防疫、灌溉、防洪和发电等功能于一体的大型公益设施罗坑水库，就是当年为了促进血吸虫病的防治，在寇老的提议下修建的，水库至今依然在发挥着作用。

寇老长期担任政法系统领导，一直心系民主和法制建设。1978年3月，寇老第三度出任广东省检察院检察长，依据邓小平提出的"依法治国"的方针，寇老亲自上门找那些曾被打成右派的德高望重的律师，反复做工作，请他们出山，重新把律师队伍建立起来。20世纪70年代，外逃香港和澳门的偷渡浪潮曾成为深圳、珠海乃至广东省委的头号难题。1979年3月至6月，仅珠海三灶就淹死了22名偷渡者。在这个紧急时刻，省委书记习仲勋和寇庆延等领导到珠海召开了一次珠三角反偷渡工作会议。会后，经反复调研，省领导认识到偷渡者之所以偷渡主要是因为经济问题，要治标治本就要发展生产，改善民生。后来，广东省委提出了建立经济特区的设想。1980年，深圳、珠海、汕头经济特区正式成立，经济发展了，民生改善了，偷渡成了零星和个别的行为，成为历史。在广东省第五届人民代表大会上，寇老提出关于认真执行《刑事诉讼法》第五十九条加强控告检举犯罪问题的提案。现在，寇老仍是公安部咨询委员会委员、省公安厅咨询委员会委员，虽然已至耄耋之年，他仍坚持参加咨询委员会年会，为广东的改革发展稳定和社会治安建设建言献策。寇老说："做好公安工作，关键要做到'以事实为根据，以法律为准绳'，真正做到'法治'。" 2010年春节期间，寇老从身边的工作人员中了解到农村卫生环保问题比较普遍和严重："村里垃圾遍地，生活环境差；土地、水源污染严重。"他再也坐不住了，在全国两会召开前给时任中共中央政治局委员、广东省委书记的汪洋写信："希望引起重视，及时研究解决，确保父老乡亲把日子过好。"寇老说："我最大的愿望就是让农村的父老乡亲过上幸福的日子。"

心系国家建设，忧心民生之余，寇老钟情于书法，笔耕不辍。寇老与书法结缘始于长征时期。被朱老总从枪口救下后，寇老被罚做苦工背油印机，从此与书法结下了不解之缘。但工作繁忙的寇老总是无暇执笔，只能偶尔为之。寇老真正练书法还是在1983年退居二线和离休以后，先从欧阳询的《九成宫》帖练起，在墨海里游弋，潜心研习、揣摩，风格自成一家。即使双目失明后，寇老仍没有放下心中的书法情结，"摸黑"写字。开始的时候，不是写出格了，就是写重叠了，歪歪扭扭，有时是一团黑。写干了多少墨水？写秃了多少狼毫？终于，由时任中共中央政治局常委的李长春题字的《翰墨寄情——寇庆延盲后书法集》出版了。座谈中，寇老点头示意，秘书从书橱里拿出一本墨宝赠送给我。其实，寇老的书法作品我很多年前已经观赏学习过，因为在这之前，寇老还出过一本书法集。1998年10月，寇老曾莅临我现在工作的白云山派出所检查、指导，并欣然题赠："创建一个金色群众满意的派出所。"只是那时我还在白云山分局刑警大队，无缘聆听教诲。看着这样一位双目失明的老人，捧着一本沉甸甸的书法作品集，由衷敬佩之余，我不禁想起一个成语：老骥伏枥。

高德高寿的寇老延续了老一辈革命家的风范。这种风范是我们永远的精神瑰宝，祝愿寇老松鹤延年！

那一片白桦林

"叶子从白桦树上落在肩膀,它就像我一样地离开了生长的地方,和你在故乡的路上坐一坐,你要知道,我会回来,不必忧伤……"记不清是从哪年哪月开始听到并喜爱这首苏联民歌《白桦林》,说不清是它优美的歌词、忧伤的旋律,还是凄美的爱情,深深打动了我。

一片挺拔茂密的白桦林,一个美丽的姑娘倚在一棵坚挺秀丽的白桦树下,抚摸着刻在树上的她和心上人潘尼卡科的名字,他们曾在这棵树下山盟海誓相爱一生。斯大林格勒战役持续了 200 个日日夜夜,政府全国动员誓与斯大林格勒(今伏尔加格勒)共存亡。在这棵白桦树下,潘尼卡科背着枪微笑着与她告别:"别担心,我会平安归来,让战功作为我爱的证明,等着我。""潘尼卡科,你一定会平安回来的,我等你。"日复一日,她在那片白桦林中望眼欲穿,心中的思念化为一只只飞翔的鸽子。她望穿秋水,盼来的却是来自远方沙场的噩耗,她的潘尼卡科用战功证明了他的爱。战斗中,德军坦克冲向潘尼卡科坚守的阵地,他跃出战壕,打开燃烧瓶,熊熊火焰吞没了德国战车,也无情地吞噬了英雄。她向着斯大林格勒的天空呼唤:"你回来吧,把我的思念带回来。"她相信,她的潘尼卡科只是迷失在远方,她依然守候在那棵白桦树下……

一棵棵树干高洁脱俗、不偏不倚的白桦树,青翠蓊郁的白桦林,金黄灿烂的白桦林,白雪皑皑的白桦林,忧伤的旋律,壮美的画面时常在心中萦绕。

"天空依然阴霾，依然有鸽子在飞翔，谁来证明那些没有墓碑的爱情和生命……她默默来到那片白桦林，望眼欲穿地每天守在那里，她说他只是迷失在远方，他一定会来，来这片白桦林……"

那一年，歌手朴树用心走进了这片白桦林，用略带沙哑的嗓音和本真的演绎，走出了自己的天地。

硝烟弥漫，浴血奋战，一步步被逼出边界的德军垂死挣扎。夜幕下，苏军侦察小分队纵深穿插，取得一个个重要情报，德军连下三道急令，派遣万余兵力实施"兽夹"行动，全力搜索和剿灭"绿色幽灵"侦察小分队。小分队在遭遇战中损失了电台，为及时报告军情，他们冒险潜入德军腹地抢夺电台。枪林弹雨中他们夺得了电台，然后藏身于河边的小木屋。德军四面包围，枪声响彻寂静的森林。电波回荡在战场上空，德军的部署被传送到了最高统帅部，侦察兵们用年轻的生命换来了苏联卫国战争的胜利……

"雪依然在下，那村庄依然安详……那姑娘已经是白发苍苍，她时常听他在枕边呼唤：'来吧，亲爱的，来这片白桦林。'在死的时候她喃喃地说：'我来了，等着我，在那片白桦林。'……"

一棵棵挺拔洁白的白桦树耸立着，老人含笑安详地闭上了眼睛。那棵白桦树上刻着两个年轻人的名字，他们永远地相爱……树叶沙沙地诉说着，越来越多的人从四面八方来到白桦林。

白桦树的叶子由青转黄，黄了又青，寒来暑往，又是一个秋天，我终于走进了萦绕于心的白桦林。

沐浴着金秋的阳光我来到了心中的殿堂鲁迅文学院，这是一段金子般的时光。深秋的一个周六，家住北京顺义的赵君在曙色和雾霾中跑了两个多小时赶回学院，接我们去百里画廊。

刚上高速，路边的红叶就让我们改变了坐姿，好一会儿赞叹声才停息。福州和武汉的两个同学哼起了歌曲《白桦林》，歌声荡漾中大家一致赞同先去白桦林，有时间再去百里画廊。小车很快拐进了云蒙山的入口，两边的山峰陡峭、险峻，山势绵延，颇有华山的雄奇、险峻和瑰丽。山上巨石突兀，山间黄叶、红叶层林尽染，五彩斑斓，一步一景。我们从入口开始，走走停停，流连、留恋。到河防口关，天空依然灰蒙，两边蜿蜒的"野长城"和斑斓的山色在雾霾中若隐若现。然后，我们从怀柔沿白河一路向北寻找白桦林，终于来到白桦林谷，这里距离北京280公里，是北京的北极村。

　　天空蔚蓝，峡谷对面的山麓中，一株株一排排树干银白挺拔，直冲蓝天的白桦树静静地耸立着，静穆中给人一种力量，让人心弦颤动。从停车场起步，到白桦林还有1400米，一条盘山公路在山间蜿蜒，两旁的白桦树触手可及。白桦树光秃秃的树干和枝条直插天空，枯萎飘零的黄叶铺满山岗。沿公路走过第一个转弯位，我和赵君攀上石基，走小路，爬山坡，穿插林间，一路向着顶峰攀登。攀爬一会儿，拍会儿照片，走走停停，很快就大汗淋漓了。湛蓝的天空，浮云若絮，满地金黄的落叶，林间光影斑驳，树梢光秃秃的幼枝在阳光下幻化成粉红色。仰望着瑰丽的枝条和湛蓝的天空，仰望着一幅幅美丽的图画，令人目眩神迷。赵君说："要是早一两个星期，叶子没掉时更美更壮观。有空我们春天和冬天再来，领略不同季节的白桦林，不一样的美丽。一株株坚挺的白桦树给人一种信念，一种精神，还有一份不能忘怀的眷恋。"不能忘怀的眷恋？此时此刻，他想起了什么？是那萦绕的旋律与永远相爱的两个年轻人？是年已耄耋的老父亲那战火纷飞的岁月和传奇？是与爱侣与孩子在白桦林的缱绻？还是……仿佛中，耳畔隐隐传来那对年轻恋人难舍难分的话别："别担心，我会平安归来，让战功作为我爱的证明，等着我。""潘尼卡科，你一定会平安回来的，我等你。"侵略者的硝烟笼罩着各个角落，轰隆隆的枪炮声越来越猛烈，在纳粹德国的闪电战下波兰成为废墟，荷兰、比利时、卢森堡迅速沦陷，巴黎一片腥风血雨，斯大林格勒血流成河……白桦林在呜咽，在呐喊，在呼啸，无数年轻人告别心上人消失在白桦林，投入反法西斯的战争。我们踏足的这片白桦林也早已吹响了战斗的号角。1931年9月18日，炮声隆隆，日寇炸毁了南满铁路，炸开了沈阳城。中华民族点燃抗战的烽火，揭开了世界反法西斯战争的序幕。日寇无恶不作，"三光政策"、毒气战、细菌战、人体活体试验、强征慰安妇……北京城遭遇的空前浩劫，惨绝人寰的南京大屠杀。惨无人道的杀戮和践踏激起中华儿女的奋勇抗争，先烈们挺起民族的脊梁，用血肉之躯筑起钢铁长城，用14年艰苦卓绝的抗争与坚守，铸就了世界反法西斯战争的丰碑！一寸江山一寸血，这场战争，席卷了世界61个国家和地区，约20亿人口被殃及。据不完全统计，在这场旷日持久的反法西斯战争里，我国军民伤亡3500万人以上，占第二次世界大战各国伤亡人数总和的1/3以上。历史是民族的记忆，树木无言，却真实地记录历史。白桦树上铭刻的两个年轻人的名字，没有墓碑的爱情和生命，永恒的旋律，随着年轮一圈圈穿越时光，齐声歌唱："和平而不是战争，合作而不是对抗，共赢而不是零和，才是人类社会和平、进步、发展的永恒主题。……"

"是不是累了，要不要歇一歇？"在前面攀登的赵君的话语把我从缅想中唤醒。"啊，不用。"这段日子，他成为我们深入生活，了解京都风土人情、风俗习惯，感受京都古韵的活地图和导游。本来，这些时间他是可以侍奉年迈的双亲，陪伴家人享受天伦之乐的，而不用奔波劳顿。今天我们回到学院就可以休息了，而他还要继续驱车回家见见父母之后再赶回学院，明天凌晨我们还要赶高铁去浙江湖州参加社会实践调研。想到这里，我加快了步伐。

暮色中，汽车追逐着彩霞在奔驰，我的思绪依然在白桦林中飞扬。一株株挺拔洁白的白桦树，或重彩，或写意，或古典，或浪漫。漫步丛林，犹如置身一幅油画中，恋人在这里寻求浪漫情怀，诗人在这里寻找灵感，画家在这里涂抹色彩，摄影家在这里捕捉光与影，更多的游人在这里放飞心灵，拥抱自然韵致，感受快乐幸福。美丽的白桦林，树与树之间都是通透的，每棵树都傲然独立，整体却又完美和谐，庄重朴实。坚挺屹立的白桦树，给人一种生命的力量，一种信念，一种精神和一份不能忘怀的眷恋。

"叶子从白桦树上落在肩膀，它就像我一样地离开了生长的地方。和你在故乡的路上坐一坐，你要知道，我会回来，不必忧伤……"

温暖的记忆

  风,呼呼地摇动着枝叶;雨,淅淅沥沥地下着。湿润的天空和大地,使本已寒冷的天气更多了一分阴冷。
  尽管天气恶劣,人们的兴致却依旧不减。白云山山顶广场上,人们三五成群。一把把的雨伞开出了一朵朵流动的花,鸣春谷里的"同乐轩"、"白云晚望"上的"云山小屋"、广场中央的大宫灯前,闪光灯一次次定格美好。一幅幅温馨和谐的画面在阴风冷雨中更让人感觉温暖。看着这温暖的图画,战友们你一言我一语地说开了:"这些人也真是,跑出来受罪!""这么冷的雨天,在家多好!""过年都是这样子的啦,这不算冷,我们小时候的春节更冷,穿着露出脚趾的凉鞋一样到处跑!"……记忆的闸门,随着话语慢慢打开。
  我的家乡在粤北一个山城,冬天寒冷。从公社大院的家到我就读的小学有三里路,我和伙伴们都是徒步上学,天气实在太冷,穿得厚厚实实,手脚依然冰冷麻木。父亲和母亲找来饼干罐或罐头罐,在罐底和周围用铁钉钉出几个孔,在罐沿上两边对称再钉两个孔,用铁线绑着两头当提手做成火笼。上学前,父亲或母亲在火笼里点燃木炭,火笼就一路上温暖着我们。课室是低矮的平房,破落简陋,风从四面八方冷冷地硬硬地钻进来。一下课,课室座位后排的墙角总是成为我们取暖的地方。同学一个挨着一个,排着队,用肩膀顶着肩膀,你推我顶,喊叫着,欢笑着,把墙角的同学挤出来,被挤出来的同学又跑到长队的后面推挤着,循环往复,直至上课铃声响起,才暖暖地回到座位上，这个游戏叫"挤和暖"。要是天气晴好，游戏的地方就换成了教室外面的墙壁下。如果有和煦的阳光，就更热闹更温暖了！

一个火笼，一天天燃烧着；一个游戏，一天天重复着，带来温暖，驱走严寒。寒冬在我们朗朗的读书声中，在我们简单快乐的欢笑声中悄悄滑过，我们迎来了寒假和春节。

春节时候，寒冬在做着最后的顽抗，多雨而寒冷，田埂溪边的草叶上总能看见一层白蒙蒙的霜。母亲在公社卫生院上班，春节总要值班，卫生院就成了我的乐园。来看病的人寥寥无几，母亲与其他值班的医护人员总是在值班室用一个破损的大铁锅生起一盆熊熊的炭火，大家围坐在火盆前聊家常、讲趣闻、剥花生、嗑瓜子、烤番薯。我呢？穿着母亲一针一线织出来的粗线毛衣，和几个小伙伴，或是在卫生院两排平房之间的屋檐下，看着屋檐雨滴滴落，从这一边跳到另一边，比赛着谁能不被雨滴打中；或是走到卫生院外面的大路上、通往乡村的小路和稻田边，点燃一支香，从口袋里掏出早已准备好的鞭炮，一手拿香，一手拿一只鞭炮，点燃引线，看引线嗞嗞燃烧着，然后迅速把鞭炮扔向空中爆响，看片片红色的炮衣在雨中纷飞；或是把鞭炮扔到积水的稻田里，看水花飞溅；或是把鞭炮插在淤泥上，看淤泥飞散；或是挖一团泥，把鞭炮插进泥团做成"手雷"，点燃后把"手雷"扔进小溪里……有一次，引线燃烧得太快，鞭炮就在手中炸响，我一边哈着气拼命地甩着小手，一边还充好汉地对伙伴们说："不痛，不痛！"玩累了，就跑回母亲身边，把通红的小手伸到熊熊的火盆边，这时候，番薯的香味伴随着点点的烟火味在小屋里弥漫，欢声笑语，暖意融融，其乐融融！

多少年过去了，这些寒冬中的记忆却始终那么温暖和温馨，历久弥新。亲人团聚、和睦友爱是一种温暖；简单的游戏、纯真的情谊是一种温暖；追求不但给人动力，也给人温暖……如今，随着全球气候变暖，冬天已经没儿时那么严寒，繁花似锦的花城广州似乎没有冬天，寒冷的天数屈指可数，即使寒潮来袭，空调暖气、电热毯、电暖炉、热水袋等御寒设施一应俱全，人也不觉得冷。但是，丰富的物质并不一定能带给我们真正的温暖和幸福，社会上越来越多的丑恶现象使人们即使在酷热的暑天也像置身于冰窖。温暖，是由心开始的。这个时候，家乡的母亲肯定又在忙前忙后地操劳着，还好，弟弟能正常休假，他们一家人能回去陪伴母亲过年，但短暂的团聚之后呢？虽然家里什么东西都不缺，但坚持一个人生活的母亲，会不会感觉寒冷？社会上的空巢老人越来越多，他们觉得温暖吗？孩子的衣食越来越丰裕，玩具都是现成的，但却要过早面对繁重的学习和越来越多的污染。孩子长大了，对于自己走过的童年，不知道能有多少快乐和温暖的记忆。

风，依然呼呼地摇动着枝叶；雨，依然淅淅沥沥地下着。看着广场上一幅幅温馨祥和的画面，我的心涌动着一份感动，一份温暖。

故乡记忆

我在白云山蜿蜒的山路上不疾不徐地漫步，欣赏着绚丽的落霞和斑斓的山色，不知不觉走到了山麓间的农艺创意园前。每次途经这里，我的心底就会莫名地涌起一份亲切感，总要进去走一走，看一看，即使是事务缠身，或是时间仓促无法进园，也会多留恋观望两眼。

农艺园的前身是一片荒芜的山坡，去年，风景区依山势把它开辟成梯田形状，构建了一片造型优美的竹艺廊架，形成乔、灌、藤、果、菜、花、草等结合的复层绿化模式。果园、菜园、田园，层层叠叠都是绿色作物，面积达 3000 多平方米。要说特别，它是广州市区第一个农艺创意园，游客可以直观感受现代农业栽培技术及成果，还能亲自体验农事栽培的乐趣。刚开放时，它还展示了省农科院的科研成果：柱子、管道中栽培的甜菜、潺菜等。通过克隆技术，一条藤上的瓜就有许多品种，最大的美洲巨型南瓜大到用一个人的双手都抱不拢，足有 180 斤，还有结在空中的番薯、太空花生等。

夕阳沉没，暮色笼罩着农艺园，圆弧形的园门左侧，三株缀满桃红色花朵的紫薇树迎风摇曳，跨上两级石阶，见到的是一片黄斑竹林。园门的右侧是两棵高大的紫荆树，紫荆树旁边是几棵芭蕉和一棵清香优雅的鸡蛋花树，树下的山坡上，是一片片郁郁葱葱的台湾枸杞、金银花、番薯叶等。园中的农作物因时令变化栽种了不同的品种，身边的果菜花草在清风中向我点头微笑招手。我沿着小道慢慢走着，目光掠过农艺园围墙上悬挂的斗笠、蓑衣。小道与围墙之间摆放着扇车、龙骨水车、犁、耙、脱粒机、石磨、木马、米仓、鸡笼、鸭笼、鱼篓……日晒雨淋，风雨侵蚀，这些农具显得十分古旧和斑驳，像一位位沧桑的老人，无声地展示和诉说着农业史的变迁，一串串岁月的足音伴随着一幅幅画面远远地传来。

小时候我生活在乡镇里，童年是伴着山村、田野、小溪度过的。春耕的时候，看着大人一手牵着牛绳，一手扶着铁犁，嘴里吆喝着，黑油油的泥土就像浪花一样一排排翻卷着，心里跃跃欲试，及至自己牵起牛绳扶着铁犁时，才知道不管是水牛还是铁犁都根本不听使唤，寸步难行，只能跟在驾驭着大水牛犁田、耙田的大人后头，踩着嗞嗞冒泡的烂泥捉土狗、捕田鸡。也曾插过秧，只是不要说倒行着插，就是直行往前走，秧苗的行距间距也不成样。最熟练的要算脱粒机了，随大人一起有节奏地上下踩踏着踏板，抱一捆金闪闪的稻穗放在翻飞的滚轴上，金灿灿的谷粒便飞花溅玉般洒落在斗箱里。大人们总是嫌我们碍事，把我们遣去捡拾田间的稻穗，往往捡着捡着，小伙伴们就在夕阳下开始游戏，不是在田野间追逐嬉闹，就是在稻穗垛上翻筋斗，或者用稻穗垛围成两个堡垒，用泥团把稻穗头连秆拔起作炸弹，双方就炮弹纷飞打起仗来。直至暮色四合，炊烟袅袅，我们才吹着用稻穗秆做成的响笛，满嘴清香地走在田埂上……

居住的公社大院里有一口古井，是大院住户的生活饮用水源。上小学前，我就学会了用竹竿或绳子绑着水桶从水井里打水。皎洁的月光下，妈妈与邻居常在水井旁边搓洗衣服，谈论家常。旁边不远，一棵茁壮的白兰树在夜风中沙沙摇曳。树下有一张水泥乒乓球桌。我们或站在桌上摘那些触手可及的白兰花，先在耳朵上夹上一朵两朵，余下的再装进衣袋里；或躺在凉凉的石板上，嗅着幽幽的兰花香，在哗哗的水声伴奏下，听母亲讲白兰花萤火虫的故事，讲梁山伯与祝英台、牛郎和织女的传奇，在灿烂的星河里找寻着北斗星、启明星、牵牛星和织女星；或玩萤火虫和蝗虫；有时还过去帮爸妈打水、拧扭衣服。井台的围墙外就是田野，蛙鸣虫声唱和着我们的欢声笑语。

古井的附近还有一块芭蕉园地和一棵高约2米的横斜疏秀的无花果树。那里也是我和伙伴们的乐园。发现圆圆的青青的无花果挂在枝头时，我们就用"石头、剪刀、布"决定果子的归属，然后天天守候着、等待着瓜熟蒂落。直到我当了警察，初到白云山风景区执勤时，我还将青果榕树上的果子误认为是无花果。捉迷藏时，芭蕉园是一个适合躲藏的好地方。芭蕉园里的飞蛾，芭蕉的花蕾、宽大的蕉叶和一串串的芭蕉都曾带给我们无比的快乐。夏日的午后，我们常到芭蕉园里挖蚯蚓，然后到小河里钓鱼。小河边有几棵石榴树，树身探临河面，我们常攀折石榴树的枝条，做成树叶帽，戴着钓鱼或玩打仗的游戏。玩累了，便跳进小河里游泳嬉戏，从水里鱼跃着比赛摘石榴。小河边还生长着不少的蓖麻，八角形的叶子，布满针刺的外壳，光滑圆润的内核，都成为我们坐在河边石坝上把玩和讨论的内容。蓖麻籽榨出来的油怎么会成为飞机的润滑油？要是恰好有一架飞机在蓝天掠过，我们的争论会更激烈，更浮想联翩。在雨后初涨的河边看渔人撒网捕鱼，看他们把活蹦乱跳的鱼儿放进系在腰际的鱼篓。有时候，我们还会跑到小伙伴家里的菜地挖番薯、摘黄瓜，把番薯叶茎一小节一小节地折断，每节之间会有一条条的丝线联结着，像一串串的手链、项链。我们的耳朵上、脖子上挂着这些"项链"，捧着番薯、黄瓜来到小河边，清洗后生嚼，清脆、爽甜。母亲总是说吃生番薯以后肚子会长虫，会肚子疼，不让我吃。

雨天上学，起初我用的就是农艺园墙上挂着的那种斗笠，后来才换成折叠雨伞。农艺园里还有许许多多的果菜花草，如芭蕉树、无花果、石榴树、李子、桃子、烟草、蓖麻、甘蔗、花生、南瓜、西红柿……每一种农具，每一种瓜果花草，都有我童年生活的影子。这样的熟悉，这样的亲切，难怪我每次途经都是那么留恋！前些日子，我专程回到小时候生活的故园。田地里满是拔地而起的楼房、无尽的高速路和桥梁、干枯的小河、陌生的人群，一切都已经变得这样陌生！

"为什么我的眼里常含泪水？因为我对这土地爱得深沉。"

"每次看到农人在田里专心工作，心里就为那劳动的美所感动。特别是插秧的姿势最美，这世间大部分的工作都是向前的，唯有插秧是向后的,也只有向后插秧,才能插出笔直的稻田。那弯腰退后的样子,总使我想起从前随父亲在田间工作的情景,生起感恩和恭敬之情。"

如今,还有多少人能像艾青老人一样对土地爱得如此深沉?为田里劳动的美所感动,并生起感恩和恭敬之情?

春节映象

　　腊月二十八过后，不管是白雪皑皑的北国，还是繁花似锦的南方，一股思家的情绪开始在神州大地蔓延，一张小小的车票，载满了思念，载满了回家的幸福。天南地北的乡音土语回响，人们行色匆匆却方向明确，奔赴一个共同的目标——家。南来北往的滚滚人流，大小车站里的芸芸众生，如同候鸟一样，演绎着世界上最大规模的人口大迁徙，演绎着一幕幕聚散离合的情景剧。看得见的乡愁，使雨雪飘飘不再寒冷，千里迢迢不再遥远。

　　小时候盼着过年，从腊月开始就一天天计算着，望穿秋水。年味儿是从炸油角、蛋散和煎堆中飘散出来的。除夕前几天，家里开始忙碌起来，剥花生、炒花生，父亲在光滑的圆桌上和面粉，母亲用碾碎的花生仁、芝麻和白糖搅拌做馅料。我负责擀面皮，用光滑的圆木棍、竹筒或是玻璃瓶，把一团拳头大小的面团擀成厚薄适中的面皮，再用茶杯或电筒盖摁在上面旋转，一张圆圆的油角皮就做好了。接着，一张张圆圆的油角皮在母亲和姐姐精巧的拿捏下，变成一个个镶花边的饱满的油角，整齐地排列在簸箕上。用小刀在擀好的面皮上划出比火柴盒大一些的方块，方块中再竖着划拉三下，将面皮的上下两端在竖口上穿插反扭，一块蛋散就大功告成了。第二天，母亲交给我一袋袋的油角、蛋散，让我到左邻右舍派送。

　　在快乐的忙碌中，除夕悄然而至，中午在公社大院门前的龙眼树下理发，在暖和的阳光下沐浴更衣，穿上崭新的衣服，走秀似的在伙伴中炫耀。暝色中跑回家，滚熟了的公鸡在香案前摆放着。爸妈还在忙碌着，用大瓦钵蒸扣肉、蒸鱼、酿豆腐……年夜饭后，鞭炮、沙炮、烟花开始闪耀夜空。当然，再乐而忘返也不会忘记回家"逗利是"，还有凌晨时分的开年鞭炮，刹那间，烟雾弥漫，声震屋宇，房子都在震动……母亲在卫生院上班，春节总要值班，记不清有多少个除夕的夜晚，我总是陪母亲在医院的硬板床上迎来晨曦。尤其是在下雨的春节，母亲与其他值班的医护人员总是在值班室，用一个破损的大铁锅生起一盆熊熊的炭火，大家围坐在火盆前聊家常、讲趣闻、剥花生、嗑瓜子、烤番薯。我呢？就和几个小伙伴，走到卫生院外面的大路上、通往乡村的小路和稻田边，点燃一支香，从口袋里掏出早已准备好的鞭炮，点燃引线，看引线嗞嗞燃烧着，把鞭炮扔向空中爆响，看片片红色的炮衣在雨中纷飞；或是把鞭炮扔到积水的稻田里，看水花飞溅；或是把鞭炮插在淤泥上，看淤泥飞散；或是挖一团泥，把鞭炮插进泥团做成"手雷"，点燃后把"手雷"扔进小溪里……有一次，引线燃烧得太快，鞭炮就在手中炸响，我一边哈着气拼命地甩着小手，一边还充好汉地对伙伴们说："不痛，不痛！"玩累了，就跑回母亲身边，把通红的小手伸到熊熊的火盆边。这时候，番薯的香味伴随着点点的烟火味在小屋里弥漫，欢声笑语，暖意融融。

  20世纪70年代末期的那几年春节，十几队舞龙和舞狮的队伍从早舞到晚。祥龙一会儿冲天而起，龙啸九天，一会儿盘旋飞舞，翻云覆雨；醒狮一会儿摇头摆尾，一会儿左右翻腾，叠罗汉、叠板凳、爬竹竿采青，阵阵的欢呼声、喝彩声、掌声应和着喧天的锣鼓声、鞭炮声……80年代初期，电视台开始引进港台武侠片，那些年的春节，我沉浸在《射雕英雄传》《大内群英》《再向虎山行》的侠客江湖里。

  参加工作后，我成了一名刑警。参加工作的第一个除夕，为了调查一宗案件，回来时已经万家灯火，单位食堂的师傅关门走了，我们几个人走到街上想找个地方吃饭，但附近的食肆饭店都已停止营业，回家过年了。耳听家家户户觥筹交错、欢声笑语、爆竹声声，我们空着肚子在街上踯躅徘徊。从这一年开始，每年的除夕，我们值班留守的战友都会一起吃团年饭。那一年的大年初二，我们在湖边勘查尸体现场，调查取证；那一年的年初三，我们奔波在东北边陲的风雪中追捕押解嫌犯；刚到派出所工作的第一年，我就在白云山上体味山居的冰凉与清寂，在草木的清香中迎接新年的第一缕晨曦；更不会忘记的是 2008 年的冰雪灾害中，我在凛冽凄厉的风雨中完成驻地警卫后，转身又投入到广州火车站汹涌的人潮中，与战友手牵手肩并肩筑起"长城"，在人潮中穿插、分割、分流……

年年岁岁，有快乐、有奉献，一晃就已经人到中年。春节里曾带给我无数快乐的许多习俗在岁月的销蚀中渐渐淡忘了、消失了，成为心底一幕幕的映象。儿时生活的公社早已物是人非，母亲已经发如霜雪，许多给我派发压岁钱、祝福我成长的老人成了记忆，鞭炮和烟花的闪耀只能跑到远远的原野里重温，商场里买回来的油角和蛋散，再怎么吃也吃不出儿时的味道。生活越来越富裕，年味却越来越淡。工作后的我，春节里更多的是值班守护安宁祥和，在责任与亲情中矛盾纠结，任愧疚堆积，思念越来越绵长——回家，是一种简单却又奢侈的幸福！

过年啦！"哪怕帮妈妈刷刷筷子洗洗碗，老人不图儿女为家做多大贡献，一辈子不容易就图个团团圆圆……"一家人在一起比什么都好，就让沉淀心底的亲情痛痛快快地流淌。

难以忘怀的荧屏记忆

雾，弥漫缥缈，白茫茫地笼罩着天地。天空就像暮色与夜色交替时一样迷蒙苍茫，鳞次栉比的楼房、纵横交错的道路隐没在浓雾里，白云山上更是一片氤氲，像是一幅立体的淋漓水墨。这样的梦幻景色却少有知音。昏黄迷蒙的路灯下，山色更凄迷。乍暖还寒，山岚阵阵，寒凉自脚底升起。这时候，家乡的母亲在做什么呢？不出所料，话筒里传来了电视的嘈杂声，母亲习惯性地守着"珠江剧场"。

迷离的灯光中，我眼前浮现出小时候看电视时的种种情景。20世纪70年代的某一天，电视走进我的生活。

那是公社大院里的第一台电视机，公社专门为它做了一个方形的电视柜和梯形的木架，固定在公社礼堂的主席台前，每周二、四、六晚上7时至10时播放。一台21寸的黑白电视，使这里成为男女老少的欢乐天地，不仅是公社大院里的大人小孩，就连周围村庄的村民也总是伴随着夜幕降临成群结队地涌来，礼堂里一排排的长凳上密密麻麻挤满了人，迟来的只能在后面远远地站着观看。那时可供选择的频道和内容并不多，有些频道还满是闪闪的雪花和沙沙的杂音，但这阻挡不了人们观看的热情和兴致。直到管理员拉亮了昏黄的灯泡，锁上了电视柜，人们仍然沉浸在剧情里意犹未尽。往往，头天晚上的剧情会成为人们第二天的话题。电视，使我告别了球场上的露天电影，开阔了我的视野，丰富了我的生活和知识。

快乐一直持续着。来年秋天，我在离公社几里外的中学寄宿，每周六回家，周日下午返校。学校建在山坡上，条件简陋，但还是买了一台黑白电视机，周四晚上是我们自由观看电视的时间，我们在学校的组织下在这里为中国女排夺取三连冠呐喊助威。深秋的一个周六，我回到家里，赫然发现客厅里摆放着一台红色外壳的电视机！这是一台日本产的三洋牌黑白电视机，是父亲托在香港的同宗兄弟购买的。为了这台电视机，父亲找来木头木板，翻出木匠工具，刀锯斧凿、刨花、打磨、上油漆，做成了一个上下两层门的L形的柜子。电视机还配了一块蓝色的滤光镜，电视的画面就有了色彩。每到晚上，邻居们来我家看电视，家里就成了礼堂。红地砖上坐了一排人，小方凳小矮凳上坐一排，父亲、母亲、姐姐和我坐在靠墙的沙发上，沙发的扶手上和其他椅子上又是一排，屋里实在坐不下了，门外、窗外，或站或坐，黑压压的都是人。《血疑》《聪明的一休》《霍元甲》《陈真》《大地恩情》……我们沉迷于幸子和光夫的纯真爱情，霍元甲陈真师徒精湛的武术以及为国争光、自强不息的精武精神，一个村庄一个平凡农家的悲欢离合，一座古都在动荡时代的可歌可泣的故事……或喜或悲，欢喜时满堂笑声，悲伤时毫不吝啬自己的眼泪；或怒或怨，愤怒时咬牙切齿，摩拳擦掌，怨恨同情时唏嘘感慨，叹息声声。第二年，我随父母搬迁到县城，家里有了彩色电视机。电视台引进了更多的港台武侠片，我沉浸在《射雕英雄传》《神雕侠侣》《太极张三丰》《大内群英》《再向虎山行》的侠客江湖里。

高中的时候，我参加县里的演讲比赛和团组织活动，身影也上过县里的电视。接下来的日子，港台流行歌曲风靡，覆盖了电视的记忆。我挑灯夜战，备战高考，背起行囊到广州读书，几年的光阴一晃而过。参加工作，做刑警守护羊城的一方安宁，为了侦查破案，整天东奔西跑没日没夜，看电视成了一种放松的享受。后来，成家了，闲暇时，我会看NBA、斯诺克、乒乓球和足球等各类体育赛事，看好莱坞大片，电视机也换成了等离子高清的。如今，除了喜欢的体育赛事和好莱坞大片，我了解关注更多的是新闻时事和民生。这些天，我就关注着全国"两会"的新闻，追踪着马来西亚MH370航班失联救援的进展，为航班上的生命祈祷和祝福，了解到停车费大幅上涨又引来一片争议和吐槽……

有人假设人的寿命为 70 岁，把人生各种活动所占的时间做了一个统计，其中看电视就用了 5 年。其实，各种活动的时间因人而异，像我的母亲，今年 77 岁，退休后风雨不改坚持给病人看病，白天回医院上班，晚上就守着电视。特别是父亲走后的这十年，电视更是忠实地陪伴着坚持一个人生活的母亲。母亲看电视有个习惯：先看家乡频道的新闻，再转到珠江台看天气预报，看广州和家乡的天气，有什么冷暖变化，马上打电话叮嘱我们及时添衣，接着追"珠江剧场"的剧集，然后是"今日关注"栏目……陪伴是最大的孝心，每次匆匆回家乡，我越来越少找同学朋友叙旧，而是静静地陪着母亲看看电视，聊聊天。

电视不是哪一个人的发明创造，而是不同历史时期和国度的科技人员共同努力的结晶。人类的每一项发明都需要付出成本和代价。关于电视功过的争议不断，孰是孰非，不得而知，但荧屏带给我的快乐记忆，与母亲对我的陪伴都是难以忘记的。

星光下的银幕世界

陪孩子到电影院看 3D 电影。这是一个只能容纳百人的小影厅。立体的画面，环绕的立体声，使坐在活动而舒适的绒布座椅上的孩子很快就迷失在动物的奇幻之旅中，我却随着光影的变幻，沉浸在另一片银幕世界。

小时候，晚上是我和伙伴们白天游戏的延续，快乐的延伸，而球场上看露天电影则是回味无穷的盛宴。父亲在公社办公室任职，公社播放电影的消息很多时候是父亲写的。上午，在公社值班室，父亲就在裁剪好的大红纸上挥毫泼墨："今晚七点半公社组织放映电影《XXX》和《XXXX》，票价贰角，欢迎观看。"墨迹未干，我便拿着大红纸和糨糊，随父亲去张贴。先在公社大门旁边的围墙上贴一张，然后在供销社门口的墙上贴一张，再走一段长长的斜坡到国道边上张贴……好不容易等到日影西斜，彩霞满天，我就急匆匆地跑回家，提两桶井水到篮球场上，选好摆放凳椅的位置，洒水散热，然后将木沙发一张张并排摆放好。晚饭时也端着一盘饭菜坐在沙发上，守着暮色一点一点降临。

在暮色与夜色交替中翘盼，放映员终于出现，我和伙伴们欢叫着，围着放映员和一个个长方形的箱子好奇地观望着。工作人员开始忙活，两个人戴上红袖章，把公社大院的大铁门关闭，打开附设在铁门上的小铁门，两人并排坐着，一人负责收钱，一人负责卖票。搬凳子来的观众渐渐多了起来。凳子各式各样，有小矮凳、竹椅子、斗凳、高靠背的木椅，更多的是可以坐几个人的长条木凳。有的人图方便，找来石头、砖头当凳子，有的只铺几张纸垫坐，有的干脆吹一吹地板上的灰尘，席地而坐……

迟来的人还在吵嚷着寻找落脚的位置，悬挂在放映机旁竹竿上的灯泡突然熄灭了，一束光芒从放映机里射出，一阵或雄壮激昂或优美悠扬的旋律像施加了魔法似的使充满欢声笑语的球场瞬间安静了下来，千百双眼睛紧紧地盯在银幕上。随着银幕上播放的精彩情节，黑压压的人群里一会儿是喝彩声，一会儿是咒骂声。有的人紧张地咬着嘴唇，有的人愤怒地握紧拳头；有的人在抹泪，有的人在唏嘘。或战火纷飞，或爱恨情仇，或喜或悲，都令观众不能自已。繁星满天，清风从篮球场外的田野徐徐吹来，带着花草的清香泥土的芬芳，我们迷醉在《鸡毛信》《小兵张嘎》《柳堡的故事》《铁道游击队》《洪湖赤卫队》《地道战》《羊城暗哨》《冰山上的来客》中波澜壮阔的画卷和传奇里……

有时，大家正看得入神，天空却突然下起雨来，先是毛毛细雨，大家全然不当回事，后来雨丝变成雨点，越下越密集，住在公社大院里的人跑回家穿上雨衣或打着雨伞回来观看，从村子来的人纷纷跑到球场两边和银幕后面的屋檐走廊里，站着挨挤着观看，也有人冒着雨在看……散场了以后，人们依然沉浸在影片的氛围里，久久不愿离去。接下来的一段时间，我和小伙伴们的话题和游戏总离不开电影里的情节和人物，还有一首首优美动听的电影插曲。"梆、梆、梆，平安无事！""你们是哪一部分的？我们是平原游击队。""我代表党和人民宣判你死刑，碰，砰砰。"……一个个场景在我们的游戏里反复上演。我用各种材料做五角星，用父亲的木匠工具做出小兵张嘎里的木头枪，在伙伴们羡慕的目光里神气地炫耀，戴着树叶帽冲锋陷阵。和伙伴们分辨着真假古兰丹姆，摆着站立成冰雕的一排长的模样。学着游击队员用芦苇秆、竹管在小河里潜泳。手搭着肩膀连成一排走在夕阳下的河堤上，唱着"啊，朋友再见，啊，朋友再见……"，"西边的太阳快要落山了……"。晚上，我们熄灭房子的灯，用手电筒、玻璃片和连环画放"电影"。学校的音乐课，老师教唱的大部分都是这些电影里的歌曲：《我的祖国》《洪湖水浪打浪》《红星照我去战斗》《铁道游击队之歌》……

一个漆黑的夜晚，我随着邻居的大哥哥打着手电筒徒步几公里到离学校不远的村子里看电影，银幕挂在榕树下的一堵墙前，电影的名字已经记不清了，只记得是一个跳水女孩为国争光的励志故事，女孩如燕子一般从高耸陡峭的山崖上跃入大海的画面很惊人。回家时为赶时间我们选择走田间小路，走着走着，脚下一滑，一个踉跄，幸亏旁边大哥哥手快一把扶住。挂在肩膀上的手电筒晃荡着，画出一道道光柱。

孩子摇着我的肩膀，电影散场了。看着孩子还沉醉在3D电影动物奇幻之旅的世界里，我想：孩子现在，不也和30多年前的我一样处在童年吗？然而，这却又是两个绝然不同的世界。

改革开放30多年，社会主义建设蒸蒸日上，变化日新月异，取得了举世瞩目的成就。人们的物质生活富裕，就像看电影，都市的剧院里，都分设大大小小的影厅，同一时间段可以同时播放多部电影，供不同喜好不同需求的人选择。相比过去，现在拍摄电影的条件、技术和设备先进百倍千倍，但是，有多少的大制作能像小时候那些露天电影一样，丰富生活、愉悦精神、教育启迪人们的成长，成为时代的记忆、集体的记忆？30多年过去了，一幅幅画面在我心里依然历久弥新，百看不厌，一首首歌曲依然萦绕耳边，余音袅袅……

足球情怀

这是一条内街,身边不时有车辆穿梭。"记得,今晚看 C 罗打德国大炮!"刚走过榕树下的一个快餐店,身后传来一男子快乐的声音。我循声回望,店门前,男子正要跨上自行车。店里,一个女孩边收拾餐桌边回应:"12 点,知道了!"男子踩着自行车高声说:"葡萄牙只有一粒星,德国个个都是星,怎么打?"看着男子的背影,我有点惊讶,惊讶他对于两支球队的熟悉。巴西世界杯,32 支劲旅角逐,烽烟四起,不同国家的球迷跨越千山万水飞赴足球王国,为心中的英雄呐喊助威。无法涉足现场的,目光也时刻聚焦和关注着战况,世界杯,欢乐的盛会,世界的狂欢,时差阻挡不了人们观看精彩比赛的热情。白天黑夜,大街小巷,男女老少,不管是铁杆球迷,还是伪球迷,话题都少不了世界杯。在这个火热的缤纷夏日,还有哪一种运动能与世界杯抗衡呢?上午,NBA 总决赛拉下了帷幕,球迷们不用再为选择观看足球赛还是篮球赛而纠结。绿茵场上,奔跑、跳跃、急停、转身、冲撞、倒地,双方运动员你追我赶、你争我抢、你拦我截、你攻我守、你射我扑,一个个脚下生风,圆圆的足球像黏附在脚下。或连续晃过拦截,带球单刀直入,直捣黄龙;或交叉换位,头顶脚送传接配合,突破重重封锁;或下底传中长传突破怒射龙门……足球在绿茵场上滚动着,弹跳着,划着美妙的弧线旋转着,飘飞着……紧张、激烈、梦幻、刺激,有的人瞬间成为英雄,有的人一下成为狗熊……足球,无疑是最具影响力的第一大运动。

有人说:"每一个看世界杯的人,心里都有一支他喜爱的国家队。"其实,世界杯,有人看的是球,有人看的是人,有人喜欢的是热闹,有人寻求的是刺激,有人是为了买足彩,有人是为了勾记忆……

足球旋转着,飞掠着,把人们的快乐与悲伤定格。曾经青春飞扬的我,身影已不再矫健如雄鹰,依然喜欢运动,喜欢各类球赛,但已经没有了把酒言欢通宵达旦看球赛的激情,也已看淡了比赛的胜负,谁输谁赢都能坦然接受,不会再为比赛的胜负纠结、揪心、伤痛与黯然。看球,更多的是欣赏精湛的球技、精彩的对决、精妙的应对和化解。

小时候,对足球最初的认识源自《水浒传》里高俅的发迹史,高俅原来只是一个游手好闲的小混混,喜好踢球,是蹴鞠高手,那个时代的蹴鞠就是今天的足球。有一天,高俅奉命到端王府送信,逢端王与小太监在踢球,球飞向高俅,高俅有意卖弄,使了招鸳鸯拐把球踢还给端王,由此被端王赏识,后来端王成了宋徽宗,高俅摇身变成了太尉。

20世纪80年代初,我在县城中学读书,学校每周的升旗仪式就在足球场上进行。每到傍晚,这里就成为欢乐的海洋。足球场外围的跑道上,人们跑步、散步、跳绳、打羽毛球……欢声笑语,活力飞扬。但最热闹的还是足球场,大家追逐着、呼喊着、争抢着翻飞的足球。伙伴们让我把守球门,但那些刁钻的射门总让我望球兴叹。我转而改打后卫,拼抢防守一段时日后再转为前锋。霞光里,也曾有过狮子摇头、倒挂金钩、蛟龙摆尾凌空抽射的精彩瞬间……在喝彩声和掌声中满足于英雄般的虚荣。

告别家乡,走进警营,参加工作成为一名刑警,忙于钻研业务,忙于奔波跋涉寻找真相,我远离了绿茵场。是瑞奇·马汀那首令人热血沸腾的《生命之杯》重燃了我对足球的激情。闲暇时候,我总是和战友相约绿茵场,让快乐和汗水随着足球飞扬。这个时候,足球于我们是一种健身运动,也是朋友间的相聚。相聚的话题,除了工作和生活,依然离不开足球,离不开对中国足球的纠结和希望——什么时候,世界杯的绿茵场上才会有我们的英雄在雄壮的国歌声中因为自豪而流泪?什么时候,炎黄子孙才能如愿捧起大力神杯?一天天,一年年,我总纠结在几十年停滞不前的中国足球里。

四年前南非世界杯的一个晚上,我用诗记下了当时的心情:球带着蓝色旋风破网/看台上挥舞起手臂的森林/翻涌着欢腾的浪潮/我已经很久很久没有为足球喝彩了/这时/声浪又起/阿根廷又进球了/我想起了亿万炎黄子孙的拷问/为什么十三亿人的泱泱华夏/在一个小小的足球面前竟是如此难言/我正失神/韩国队追回了一球/又一个英雄载入世界杯进球的史册上/球划着一道道优美的弧线/解说很煽情/热闹的是他们/我却无法高兴起来。

一天天,一年年,足球旋转着、飘飞着,给人以快乐和活力、激情和友谊。世界杯波澜壮阔的画卷带给我们无数精彩的对决、动人的故事,对于中国足球,我依然充满希望。细细想想:足球如人生,变幻不定,只要终场的哨声没吹响,就会有奇迹发生,一切皆有可能。来吧,让我们一起踢球,让我们一起为中国足球的未来祝福!

石头记

喜欢石头始于童年。

童年时生活在公社大院，走出公社大院不到百米有一条小河，河水清澈见底，浪花在阳光下闪着银光。每到夏天，小河就成为我和小伙伴的伊甸园。午后，我们常到芭蕉园里挖蚯蚓，然后到小河里钓鱼。小河边有几棵石榴树，树身探临河面，我们常攀折石榴树的枝条，做成树叶帽，戴着钓鱼或玩打仗的游戏。玩累了，便跳进小河里游泳嬉戏，从水里鱼跃比赛着摘石榴，比赛潜水、摸河底的石头。不知是谁先发现这样一种新玩法，潜入河底，捡起两块石头相互撞击，水中就有悦耳动听的回声，我们便找不同质地的石头来敲击，来倾听。那时，我就喜欢上一种通体白色带有晶状粒的石头，总把它带回家把玩。到晚上，在没有灯光的暗处，我与小伙伴一起敲击白石，看白石擦出的火花。后来，我们的目光又转向光滑圆润的鹅卵石。找一块平滑的鹅卵石，取来一盒火柴，将鹅卵石平滑的一面与火柴盒用来擦火柴的那一面相互摩擦，等平滑的石面附上一层磷粉，一块能擦着火柴的神奇石头就诞生了。后来，我又爱上养金鱼。鱼是自己在小溪里抓的一种叫"花手巾"的金鱼，用宽口的玻璃瓶，瓶底放上鹅卵石，瓶中养一棵万年青或是从山上挖回来的"黄枝仔"，金鱼就在鹅卵石和根须之间穿梭游曳，房子里就充满了生机。特别是阳光透过窗户的时候，窗台上翠绿的枝叶与游鱼更使满室生辉。

天地鸿蒙，女娲补天，精卫填海，孙悟空是从石头里蹦出来的灵猴；大荒山无稽崖下，一块无才补天被女娲遗下的石头幻化为神瑛侍者，天天用甘露浇灌三生石畔的一棵绛珠仙草，仙草投胎用一生的眼泪还他的情……悲金悼玉的《红楼梦》原名《石头记》。我沉醉在石头的神话里，再看从小河里捡回的精致的鹅卵石和从大山里捡回的带水晶簇的石头，就更是爱不释手。

　　从小学到中学，每个星期，都有一个下午是专门的劳动课，号召我们学生勤工俭学建设学校。每个人都有定额定量的任务，或是割草铲草给鱼塘养鱼，或是每人挑300斤的河沙，或是挑120斤到200斤不等的碎石。沙滩上、小河边呈现出一幅幅壮观的场面，几百个大大小小的学生，或挑或抬，或坐在一边抡起手臂和铁锤，敲敲打打，欢笑声、喧嚷声、敲打声，各种声音在一起交响、沸腾。斑斓的云霞下，沙滩上、马路边堆满了一堆堆的细沙、碎石，像列阵的士兵等待着检阅，等待着工程人员的丈量、验收。故乡的道路、母校，留下了我们辛勤劳动的汗水……

　　有人说："弹好的棉花，飘到天上成了云；未弹的掉在地上，成了石头。太阳出来了，把它们染成了斑斓。"我在城市的大街小巷日夜奔波忙碌，寻踪觅迹，守候追捕，护卫安宁，撑出一片蓝天，云朵与石头潜藏在我的心海。

　　六年前，我来到位于白云山风景区山顶广场的白云山派出所工作，派出所门前耸立着一块重达15吨、形如白云的灰白色圆润巨石。岁月沧桑，巨石默默地接受人们的注视、解读，接受一次又一次闪光灯的骚扰。这块浸润在母亲河长江之底亿万年的巨石，见证了长江三峡的变迁，见证了长江和珠江两江人民的情谊。

　　不知是不是这块巨石唤醒了我心海里有关石头的情愫？从这以后，不管到哪里，有石头的地方总会牵扯我的脚步，我总要捡些小石子带回家。回到家乡，我总要带着儿子到小河里嬉戏，尽管小河已不像儿时那样清澈和丰沛，鹅卵石也要寻寻觅觅。闲暇的午后，我曾不顾蚊虫的叮咬，到水库边寻觅有眼缘的石子。深圳、珠海的海滩，英德蝴蝶谷，天津海河，青岛黄海边上，我与石子结缘；泰山、衡山、黄山、崂山、三峡、神农架、石林、玉龙雪山、黄果树瀑布、大小七孔、长白山、天涯海角……天南地北的锦绣河山都有我流连的足迹，都有我对石头的千姿百态、对大自然的鬼斧神工的惊叹！

"米脂的婆姨绥德的汉"，一方水土养一方人。山川河岳，不同的江河冲刷、浸润出不同的石头。石质细腻、手感极佳、色彩丰富、雄秀相兼的长江石；质地坚硬、间色或复色、沉稳古雅、悲凉雄浑，山水花鸟人物动物无奇不有的黄河石；坚硬、沉稳、凝重、浑厚，渗透、半渗透纹理画面的泰山石；细腻、温润，深绿浅绿中常杂一些黄、白色直丝纹（像松针）的松花江石；皱、漏、瘦、透，形态各异，姿态万千，又名窟窿石的太湖石；形、纹、色、质俱佳，纹理舒卷有致，色泽丰富多彩，形状千姿百态的乌江石……还有福州寿山石、内蒙古巴林石、浙江昌化鸡血石和青田石四大名石，新疆和田玉，辽宁岫岩玉。还有来自银河的访客流星石，佛教用以制作佛珠和工艺品的黑曜石，各种铁矿石。还有鹦头贝（腕足类）、蝉（木化石）、剑鞘珊瑚、大化石；猪肉石、雪花牛肉（红大理石）、摩尔石、红灵璧、三江石；水晶、茶晶、发晶、紫水晶、黄水晶、水晶簇、幽灵水晶、骨干水晶；琥珀、虫珀、血珀；叶蜡石、彩斑菊石、花都菊花石、竹叶石、玫瑰石、蓝纹玛瑙、红纹石、黄龙玉、通灵宝玉……这是一个石头的家族，石头的世界，置身其中会有一种远古的沧桑气息扑面而来，会深切感受到大自然的匠心独运造化神秀！

宇宙洪荒，高山下、深谷中、河床边，石头远远早于人类的出现而存在。人类的文明与发展，一直都与石头息息相关，不可分割。远古时候，我们的祖先穿草裙、居山洞，茹毛饮血。随着火与简单石器的使用，人类逐渐摆脱了茹毛饮血的蛮荒时代，向着人类文明的发展迈出第一步。原始人类的社会发展，以石器的制造与使用程度为标准，分为旧石器时代和新石器时代，从石核、石片、刮削器、端刮器、砍器、尖器和石球等打制石器到磨制的石刀、石斧、石镰、石铲和石锛等，石的使用在人类文明进程中举足轻重。修寨垒城、凿山开道、铺路筑桥，人们用石头建起了乡村，建起了城市，建起了国家；万里长城、金字塔、古罗马广场，人们用石头、智慧和血汗筑起了伟大的奇迹，筑起了古老灿烂的文明！直至科学昌明的今天，我们的生活依然离不开石头，我们行走在石子铺设的路桥上，我们居住在用混凝土（沙、石作骨料）筑起的楼房里，我们用石头做食品、美容产品、保健产品，用石头做雕塑、做工艺品……

一个石头一个故事，不同的眼睛不同的心态会看到不同的风景，听出不同的声音。有人看到了地壳变动、历史的沧桑变迁，听到了远古的回音；有人看到了崇高的象征和意义，听到了普世法则与信仰的声音；有人看到了威风与专制下的耻辱，听见了生命的呐喊；有人看到了纪念与忘却，听见了逝者的寄予；有人看到了富贵和吉祥，听见了快乐的歌唱。更多的人看到的是与生活息息相关的浓重的烟火气息，温暖而热闹的市声……我看到了生命，看到了灵魂，看到了一种坚忍执着、无私奉献的品质。懂得自我改变、自我磨炼才会有震撼，我看到了人们崇敬和喜爱石头，看到了他们心灵深处对和谐美好的追求！

火花情愫

火花，就是火柴盒的贴画。我喜欢火花是从儿时玩火柴开始的。找来一面放大镜，阳光透过放大镜聚成焦点，把焦点对着地上摆放的各种形状的火柴，不需几分钟，火柴就会燃起火焰；或是找一块平滑的鹅卵石，取来一盒火柴，将鹅卵石平滑的一面与火柴盒用来擦火柴的那一面相互摩擦，等平滑的石面附上一层磷粉，一块能擦着火柴的石头就诞生了。母亲一直反对我玩火柴，不但浪费，且容易伤到人，引起火灾。母亲说："你喜欢火柴，不如像集邮一样收集火花，既增长知识，开阔眼界，又陶冶性情，娱乐身心。"我摆弄着手中豆腐块大小的火柴盒，盒面的贴画上，一对羽毛洁白的丹顶鹤站在水中，一只伸长脖子在水中觅食，一只曲颈回望……真美！我把贴画的盒面剪下，放进水中浸泡，这样贴画就很容易被揭下来，把贴画晾干吹干，再粘贴到白纸上，一枚火柴贴画就大功告成了。

当时供销社里的火柴2分钱一盒，那里成了我经常流连的地方，每发现一款不同的火花都让我高兴万分。广州火柴厂的广州火车站、六榕塔、陈列馆火花，八一火柴厂的蝴蝶火花，清远火柴厂的丹顶鹤、鸡、鹅火花就这样成了我最初的火花珍藏。但是，供销社售卖的火柴品种有限，而且成套的火花很难买齐全，像广州火柴厂的"足球世界"火花十枚一套，我至今还缺第三枚。1989年夏天，在北京大观园购买的两套《红楼梦》套花，是我买到的最齐全最珍贵的火花。

有一部分火花和我的工作、生活息息相关，是我工作、生活的见证与记录。20世纪90年代初，我成为一名刑警，在城市的大街小巷日夜奔波忙碌，寻踪觅迹，守候追捕，护卫安宁。这时，打火机和电子打火器已逐渐取代传统火柴的地位，市面上火柴越来越少见了。差旅中入住宾馆，很多宾馆会在茶几上、电话机旁摆放一两盒火柴。这些火柴都是纸盒火柴，设计精美，盒面上总会印有宾馆的名称、地址和电话，既有宣传性，又有艺术性，美观实用。那年，为了一宗枪支案，我和战友踏上前往西线沿海城市追踪查控的征途。每到一个城市，我们都会走遍每一个派出所和每一间大大小小的旅店，与当地的同行一起清查出租屋。那枚江门国顺酒店火花、桂林伏波山酒店火花、荔浦丰鱼岩火花，是我们追踪至江门、桂林和荔浦的见证。凭着现场留下的一点线索，我们辗转千里，在冰天雪地的中原大地上奔波追逐了十天，终于将两个故意杀人案嫌疑人抓捕归案。周口萧家三鲜烩面火花、"好山好水好地方，好酒好菜好人尝""相聚朝阳沟，共庆大丰收"的朝阳沟饭店火花……记录着我们的艰辛与兄弟间的深情厚谊。福建诏安宾馆火花，照亮着我们追捕一个抢劫团伙不倦的足迹。海口国际金融大厦火花、四姑娘山鑫鸿大酒店火花、黄山经纬酒店的火花则伴随着我的游踪。我最近收集的一枚火花，是刚过去的那个秋天，我在北京鲁迅文学院青年作家高级研修班学习期间，到浙江湖州进行社会实践调研带回来的湖州国际大酒店的火花。还有像东方乐园火花、广东国际大厦仕女图火花，以及万宝路、健牌、555、百乐和红双喜等品牌香烟配置的火柴火花等。它们总会点亮我心底的许多美好回忆。

另外一部分火花是情谊的镌刻。弟弟和表弟、表妹都是我收藏火花的支持者和拥趸，都曾想方设法为我搜寻，为我的火花藏品增色。参加工作后，战友们获悉我喜欢收藏火花，也都用心地为我搜罗。那枚青竹图案的八角面房火花，那枚像针线包形状、红底黑字"中国料理，大小宴会"的万福饭店火花，就是战友的妻子出差日本时带回来的。至此，我才知道，火花收藏在世界上其实很风行，苏联、英国、日本、瑞典等国家都专门设有火花组织或协会，各有艺术风格，各具不同的民族特色。瑞典火花讲究印刷，可以欣赏到很多世界名画；出自许多名画家之手的日本浮世绘火花驰名世界；捷克首都布拉格，号称"千塔之城"，一套千塔火花有1000多枚，是世界上图案最多的一套火花。我国枚数最多的套花是640枚的《三毛流浪记》。

一枚又一枚，我收藏的火花越来越多。有长方形的，有正方形的，有扇形的，有圆形的，有鱼形的；有山水风光的，有动植物的，有标志性建筑的，有风土人情的……让我遗憾的是，我有广西壮族自治区火柴厂的"舞龙牌"火花，遂川县火柴厂的龙泉火花，建平县火柴厂的龙火花，但至今仍无缘见到巧明火柴厂的"舞龙牌"等早期的火花；收藏的火花有些至今不齐全，像《红楼梦》金陵十二钗绣像火花等。而当初为了版面的整洁美观，没有在收集的火花下面标注说明火花的来源和时间，不少记忆随时光流逝而消失，像汕头火柴厂的体育运动火花、铜鼓火柴厂的动物火花、梅州火柴厂的双喜火花、天津火柴厂的百兽火花、南京火柴厂的元宵灯谜火花等，对于具体是怎么获得的我已经印象模糊了。俗语说："好记性不如烂笔头。"思想要付诸行动，当天必须完成的事情不要明日复明日，因为火花，我学到了很多，收获了很多。

火药是我国的四大发明之一。据记载，最早的火柴是南北朝时期北齐的一群宫女发明的。这种火柴在马可·波罗时期传入欧洲。1826年，英国人华克在传入的火柴的基础上利用树胶和水制成了膏状的硫化锑和氯化钾，涂在火柴梗上，将火柴梗夹在砂纸上拉动产生火，这就是被称为"洋火"的现代火柴。第二年，火花出现在华克牌火柴上。华克牌火花比世界上第一枚邮票"黑便士"的诞生还早13年。1879年，我国第一家火柴厂巧明火柴厂由华侨卫省轩于佛山建成，该厂生产的"舞龙牌"火柴是我国最早的火柴。一根火柴，标志着人类文明的步伐又向前跨出了一步；一枚火花，方寸天地，从形状设计、贴画构思、精美印刷，到商品流通，都是智慧和心血的凝聚！

一枚小小的火花，反映着一个国家的历史地理、建设成就、风土人情，反映着人类的物质文明和精神文明。或许，有一天，火花会最终消失在社会舞台上，但是，它美丽的姿容将始终映照在历史的天空中。

如烟往事

儿时，母亲上班的公社卫生院是我常去的地方。母亲诊室的窗后是一条横贯村庄的田埂路，路边是阡陌纵横的田野，还有一条水流汩汩的垄沟。母亲给人望闻问切时，我就到田垄上玩，有时则到诊室斜对面的药房，看鬓发斑白的太伯熟练地从一格格贴着药名的药屉里抓出一撮撮的中草药，放进戥子里秤，然后均匀地一份份倒在桌面的白纸上，秤完、匀完，再对着药方核查一遍，才一份一份倒进药袋里给患者。没人抓药时，太伯就会从口袋里掏出用白色塑料袋包着的白色烟纸和黄色烟丝，撕下一张薄薄的烟纸，两手撸一撸、理一理，左手食指、中指在下面托着，拇指在上面压着，形成一道凹槽。然后从烟袋里抓一撮烟丝放进凹槽，将烟丝拢向烟纸的边角，再向对角推卷成喇叭形，将卷剩的三角纸边放进嘴里用唾液舔湿黏合，再把喇叭口的烟纸往里折压，接着拿着喇叭烟卷在桌面上顿一顿，"哧"地擦亮一根火柴。随着太伯脸颊的凹陷，烟丝嗤嗤地燃烧着。

外公也抽"喇叭卷"。夕阳下，白须飘飘的外公倚坐在门槛边抽"喇叭卷"，静看时光流逝，一直是我心中的一幅画。

小伙伴小凡的奶奶是我认识的第一个抽烟的女人，也是抽"喇叭卷"。20世纪70年代末那几年春节都特别热闹喜庆，从早到晚舞龙舞狮，锣鼓喧天，爆竹声声。为了燃放鞭炮方便，母亲默许我到供销社买香烟，用香烟点放鞭炮，当时的"合作牌"香烟9分钱一包，"丰收牌"香烟2角一包。当我将燃放鞭炮剩下来的香烟敬奉给太伯、小凡奶奶等乡亲时，总会迎来一片夸赞："哈，大个仔了，懂得派烟给伯伯（奶奶）抽了，好！"

那时供销社卖的香烟有大前门、大重九、凤凰、牡丹、红梅、银球、中华、双喜、红双喜……我和小伙伴们捡回各种各样的烟盒，比大小、比美观。后来才知道，我们用来游戏的烟盒叫烟标，即卷烟商标。烟标的设计、印刷、制作水平和风格深刻反映出时代特色和风土人情，是世界四大收藏之一，全世界都有爱好收集者。遗憾的是，几次搬家，曾带给我无尽快乐的上千个烟标都遗失了！

我真正开始抽烟是在20世纪90年代初参加工作后，当时做的是刑警。一次办案归途中，师傅抽着烟讲起了抽烟的故事：别人审不开的案子，一根烟就让嫌疑人开口了。在往后风风火火的日子里，在审讯嫌疑人时，特别是面对毒瘾发作、涕泪交流、痛苦不堪的嫌疑人，我也多次遇到过一根烟解难的情形。试探、抗衡、相持、胶着之后，嫌疑人迟疑地问："能不能给我抽根烟，让我想一想？"往往，这就是突破的前奏。但也有的嫌疑人抽完烟后，来了精神，来了劲头，一口咬定："我什么都没做！"不过这是少数的例外。过后，我问这些嫌疑人，为什么相持这么久，抽完一根烟就能够放下了？他们的回答表述不一，但答案是一致的："尊重！你们不因我犯了错犯了罪而歧视我。"在他们眼里，一根香烟代表着对他们的尊重，分量很重。曾经，通过现场遗留的香烟获得灵感，获取线索，查获嫌疑人，破获案件；曾经，在浓浓的夜色中守候追堵走私香烟的货车，缉捕走私分子；曾经，乔装打扮成老板，在烟雾中与嫌疑人斗智斗勇，讨价还价……那些日子，烟火缭绕。

刚开始时，我抽烟没有固定的口味，好的、劣的、浓的、淡的都抽，出差的时候，喜欢买一两包当地生产的香烟，连同当地的酒一起品尝。吸烟可以提神，可以舒缓紧张的情绪，有助思考。香烟是人际交往的润滑剂，可以让互不相识的陌生人近乎起来，不显得突兀尴尬，有利于打开话匣，拉近关系。到后来，我相对偏好万宝路、希尔顿、骆驼等比较浓烈的香烟。经常熬夜、吸浓烟、喝烈酒，虽然还没有满嘴的"烟屎牙"，但吸烟对健康的损害所导致的各种身体机能的反应还是慢慢显现，咽喉率先提出抗议，亮了红灯。千禧之年，我听从家人的劝告：戒烟。开始，每每婉拒别人递来的香烟时，总会听到："做警察做刑警的不抽烟，少有。"转眼间，戒掉香烟已经十多年，太伯、外公、小凡奶奶都已化作一缕轻烟或一抔黄土，既往一切都成了云烟！人到中年，曾经的成功失败、爱恨情愁、欢笑悲忧都成为历史，成了如烟往事。渐增的白发浓缩着岁月，沉淀着人生，世事洞明，看轻了许多，看淡了许多，湖山观雨，月下徜徉，岁月静好，没有了肆无忌惮，嬉笑怒骂，闹酒撒疯，懂了节制，不温不火，便是恰到好处了，内心的从容和淡定才是人生最美妙的风景。

　　烟，丝丝缕缕、袅袅腾腾，在空中缠绕、飘散，隐隐地，清风中传来声声呼喊："每次烟灰的飘洒，就如生命的陨落。"

悠悠岁月发丝长

同一件事情，不断重复，总会有些感想和记忆。

比如理发。几十年间也重复了几百次，理发的时间、地点和理发的师傅随着一个人的成长和环境变迁而不断变化。

小时候在公社大院生活。公社大院右侧供销社门前龙眼树下的理发摊是这样的：一面镜子挂在树上，两个箱子摆在树下，一个铁架子上放着洗脸盆、肥皂盒、暖瓶，一把破旧的折叠椅，椅背挂着一条油黑发亮的趟刀布。我那时理陆军装，理发师傅三两下理完，随后在我额头、耳后、颈项扑上爽身粉："嗨，够晒靓仔！"喜欢看师傅给顾客刮脸，从暖瓶倒些热水在肥皂上，用蘸着肥皂的毛刷在顾客的鬓边、唇上、下巴涂抹，把折叠的剃刀打开，在趟刀布上来回地筐几回，然后一手扶持着要剃刮的附近，一手运刀……"有钱没钱，剃头过年。"在树下理发，在暖和的阳光下沐浴更衣，是那些年除夕中午固定的情景。

"问天下头颅几许，看老夫手段如何。"曾经，我和小伙伴为头发争论得脸红耳赤：人死后，头发和牙齿哪一个更耐久，更难以腐烂？我们喜欢听故事，听电台的小说连播，关于头发的故事成为我们新的话题：曹操割发代首，伍子胥一夜白头，《虾球传》里的"阴阳头"……

走出警营，我成为羊城安宁的守护者。在市公安局大院住了三个月后，我搬到了麓湖畔，在这里度过了五年的集体生活。头发长了，就到单位附近"天天饭店"旁边的发廊理发。电推、剪刀、发卡、吹风机、电动刮刀，理发的工具和手法不再像先前那样简单，美发成为形象设计，是一门生意、技术，更是一种艺术。陆军装、西装头、平头、短碎，我在不同的时期理过不同的发型，但四十余载，烫头发仅有一次。那是安居在白云山脚下后的一天，我到附近的"健之美"美发中心理发。这是一家大型的发廊，姑娘笑语盈盈："老板，是坐着洗还是躺着洗？用什么洗发水？海飞丝、飘柔、潘婷、沙宣？"揉搓、轻挠、按摩，姑娘双手翻飞，吐气如兰："您的头发浓密、柔软，有点卷曲，是烫过还是自然卷？""您的头发烫起来会更美更帅，我们公司新出的一个产品正适合您的发质，定型时间长，试一试？"我心想：从来没有烫过发，不知一头卷发的自己是什么样子，试一试又何妨？大工像艺术家一样在我的头上作业，镜子上真的映出一个英俊、成熟、神采奕奕的青年！

　　一个傍晚，我牵着孩子的小手一起到"耀记"理发。楼房是20世纪五六十年代的建筑，门前与另一幢楼房相隔的巷子里榕树枝繁叶茂，树下几个街坊在打麻将，理发的地方就在耀师傅家门前的走廊。耀师傅做理发营生40多年，手艺娴熟。第一回坐下来，师傅边移动着手中的推子，边问我："你顶上的头发比旁边的稀疏很多，你洗头的时候是不是习惯将洗发液倒进手心，没有搓揉就直接抹在顶上？这是洗发液的化学成分伤害所致……"这个道理，我怎么就不懂？

　　几十年间走过不少大城小镇，在家以外的城镇理发只有一次。去年金秋，我到鲁迅文学院学习。我没想到，恢弘庄严、金碧辉煌、富丽堂皇、高端大气的古都皇城依然有我儿时所见的国营理发店的手艺模式，理发、修面、掏耳朵，从几元钱到十几元就可以让人改头换脸，容光焕发。原想到这些理发店重温儿时的记忆，但同学极力推荐学院附近的一家时尚潮流店，说那里手艺不错，并陪着我去。店里灯火辉煌，大工、小工笑脸如花，只是，笑脸后反复的推销活动、登记手机号，让我愉悦的心情不久就变得烦躁。

　　岁月悠长，发丝悠长。古时候，男女都蓄发，区别在于盘发的方式。我国汉代开始出现了以理发为职业的工匠。南朝梁国的贵族子弟都削发剃面。《诗经·周颂·良耜》曰："其比为栉。"朱熹曰："栉，理发器也。"宋朝就有了专门制作理发工具的作坊，并逐渐发展成一种技艺和行业。宋朝时理发叫"待诏"，明代叫"篦头"，清朝叫"剃头""推头"。清朝顺治年间在奉天府创建了我国的第一个理发店。清廷的治国主张"削平四周，留守中原"，是从推行发型开始的。"留头不留发，留发不留头。"将头发从前部到脑顶剃去，将四周的发际全部剃光，只留下中间集中的一块和一条长辫子。头发的去留存废伴随着阵阵腥风血雨，衍生出"正月里剃头——死舅舅""二月二剃龙头，一年都有精神头"等种种风俗，留下许多剃头的传奇故事和绝活。

　　悠悠岁月发丝长。每一根头发的生长都是生命的成长，每一种发式的演变都反映着社会的更替与发展。每次理发，剪去的不但是茬茬丛丛的头发，更是一段一段的光阴。光阴荏苒，30多年前，我还在树下理着陆军装，母亲正是我现在的年纪，在灯光下，我曾替母亲拔去几根刺眼的白发。转眼间，灯光下，孩子替我数白发。夜色中，我仿佛听见浓浓的乡音，看见八旬母亲满头灰白的头发在风中凌乱。

心　路

　　远山如黛，连绵起伏的群山如一幅剪影。

　　我驾驶着小汽车在疾驰。两旁是黑魆魆的山丘，树木急速退去又不断涌现，间或，一两只昆虫"啪"地撞在挡风玻璃上，留下一摊血污。

　　是一条南北向的高速公路，两旁的路标和路上的标志线在奔驰的汽车雪亮的灯光下仿如一条流动的波光闪闪的河。

　　来去，去来。在清爽怡人的清晨，在酷热的午后，在绚丽的黄昏，在春风沉醉的夜晚，在山色斑斓的秋天，在滂沱大雨中，在瑟瑟寒风中……这些年，我一次次地在这条路上奔驰。

　　这条路很长，向北延伸直达帝都北京，往南直通珠海和澳门，我来来往往的只是其中的一段百公里长的路。这条路，一头连着家乡，一头连着我工作和生活的都市广州。这条路，蜿蜒在心中，是一条筑在心间的心之路。

　　年近八旬的母亲固守家乡，每天照常回医院给病人看病。昨天中午，母亲来电话："晚上是否回来吃饭？"我正在山林中勘查一个涉枪现场，没有肯定地答复母亲。傍晚，处理完手头的工作，婉谢了明天到水乡采风的邀约，苍茫暮色中，我载着孩子驰向家乡。

　　今天是星期天，恰逢母亲节，尽管昨晚一再劝告，清晨，母亲还是捉上事前准备好的"走地鸡"到菜市场上请人宰杀，在菜市里挑选新鲜水嫩的苦麦菜、蕨菜、芦笋、鲫鱼、山坑螺等给我们带回广州的家乡菜。然后，我接母亲去喝早茶。酒店正开展"感恩母亲"的活动，孩子边学边动手用绢纸给母亲做了几朵素雅的花，染上红、黄、蓝、紫等色彩，栩栩如生，艳丽迷人。母亲忍不住也拿起了绢纸和剪刀。太阳笑得更加灿烂。之后，我陪母亲到还在修葺的龙牙寺拜佛，母亲年事越高越信佛。又带母亲到溪水淙淙山环水绕的农庄品尝农家菜……时间在欢声笑语中悄悄流逝，总是如此的匆匆！

小时候，连接两地的这段路只是一条两车道的国道，两旁树木翁郁，一边小河弯弯，一边田野阡陌。地里种满了一排排甘蔗、一垄垄花生和番薯、纤长的豆角、水灵灵的黄瓜等等，田里是绿油油的秧苗，几头强壮的水牛在田埂边悠闲地吃着青草。沿途的风光使时间不再漫长——只有120公里的路程，却要在公共汽车上颠簸半天甚至一天才能抵达广州西关探亲。这是一条充满神秘的通往精彩世界的路，沿着这条路，我走出家乡的怀抱，走进五光十色的大都市。这时候，这条路像根绳子一样在两头轻轻地系了一个松弛的绳结。青春，激情燃烧火舞飞扬；青春，在护卫安宁，在与魑魅魍魉的较量，在血与火的洗礼中锻造。

"没有比脚更长的路，没有比人更高的山。"心，在路途上奔跑，东西南北中，寻踪觅迹、跟踪追捕，我走遍了千山万水。这时候，这条路的两头仿佛都只是个驿站。伴随着祖国改革开放的浪潮，我走过了沟沟坎坎，经历了人情冷暖、人生百态、酸甜苦辣和种种的拍案惊奇，看淡了许多的名利纷争成败得失，鄙视的依然是迎合与圆滑，学不会的依然也是迎合与圆滑，不变的依然是认真、执着以及对于梦想的追求。道路也在浪潮中不断地修建、扩建，先是广从一级公路，再到京珠澳高速公路，路程更短了，回家乡就一个小时的车程。什么时候这条路开始慢慢蜿蜒心间，把两端的绳结越系越紧？路途上，深深浅浅的记忆越刻越多。

工作后的第二个国庆节，两个战友随我回家乡探亲。家乡近在咫尺了，暝色中，车上的几个小青年突然对一位村妇发难，讹诈她的钱财，司机和其他乘客声援村妇，几个小青年开始打砸车窗玻璃，我和战友挺身而出……

20多年前的一天，我骑摩托车回家乡参加同学的婚礼。途中，为闪避一个突然横穿马路的村民，我车翻人伤。在医院包扎时，正好遇上一个小学同学带女儿来看病。虽然都在广州工作，但我们已好多年没见没联系，这次他是休假回来探亲的。得知我受伤还要赶回广州，他说正好他今天也要回广州，一起走。他回家安顿好女儿，就载着我奔向风雨中。回到广州，他才突然想起似的说忘了东西没带，随即跳上了最后一班回家乡的长途客车……

10年前，接到父亲进了医院的电话时已近凌晨，我正在值班。我根本没想到父亲会走得那么突然，那么匆忙，一点预兆都没有！第二天上午，我还在路上时就传来了噩耗！天下着雨，在往家乡赶的时候一路上都是雨。当我扑倒床边的时候，父亲已听不见我的呼喊了，他静静地躺在医院的床上，嘴微微地张开着，似乎还有什么事情没有和我们说完。

皎洁的月光下，我挥手目送着踏上归途的童年伙伴和中学同窗，他们特意赶了100多公里的路程来看望我的还未满月的小儿，为我庆祝第一个父亲节。那个星光闪烁的夏夜，穿越山岭田野间，透过车窗，我看见一颗流星划着美丽的弧线飞坠，刚要许愿，流星却已消失无踪。那个瓢泼雨夜，我赶回广州的途中，一位慌乱的女司机从后面"吻"上了我的车……

归去来兮，或平坦或曲折，或上坡或下坡，或转弯或迂回，路上的色彩和风景随季节不断变换，不变的是绵绵的思恋。人生道路不正如此？在路途不也是我人生的组成部分？相聚的欢欣温馨，离别的不舍惆怅，春秋如轮，我一遍遍在这条路上书写着爱的心声和人生的轨迹，一遍遍在这条路上演绎着与家乡与父母亲友的聚散离合。哲人说："地上本没有路，走的人多了，也便成了路。"这条路不是走出来的，而是千千万万劳动人民用血汗修筑而成的，它牵扯着许多遥望的眼睛，许多牵挂的心。岁月沧桑，这条路绵亘在岁月的河流中。每天，车水马龙，川流不息，然而，还有多少修路人、护路人和行路人的梦里有它的影子？

走出龙牙寺，我专程绕道儿时的故园。拔地而起的楼房、无尽的高速路和桥梁、干枯的小河、陌生的人群，这是儿时的故园吗？田地越来越少，村庄在解构，一切都已经变得这样陌生！而我生活的广州，人口从我踏入这片土地时的300多万增长到超过了1500万，城市管辖从原来的四区八县变成了十区两市。城市的发展变化、日新月异连我们这些天天生活在其中的人，都好像跟不上也不适应。几天不见，道路变了，环境变了，要不是有熟悉的人和生活气息，真要以为又到了一个新的陌生的地方。社会的多元，人、财、物频繁的流动迁徙，越来越多的游子远离家乡，与父母亲人山重水隔，膝前尽孝成为奢望。而这当中，又有多少中学没毕业才十几岁就远离家乡出门打工的乡村青年，还有那些生活在城市边缘的乡村儿童，他们没有城市户口，没有社会保障，在城市没有自己的家，但他们又已习惯了城市的生活，不愿再回到偏远的乡村，他们的精神落在何方？他们的心中会有这条蜿蜒的心路吗？新的户籍改革带来的福祉能拂去他们心中的千般滋味吗？

　　汽车汇入了滚滚的车流，广州的夜色流光溢彩，这条路瞬间又成为蜿蜒的心路，我在这头，母亲在那头。距离阻隔不了遥望的眼睛，节日只不过是一个形式。儿时，母亲牵着我的小手，教我蹒跚学步，爱如涓涓细流绵绵悠长，现在，该我牵着母亲的手，把爱融入到生活的每一天中了。

我在天安门看升旗

战友拿了几份参加国庆板报比赛的样稿来征询意见,天安门城楼、五星红旗、缤纷的气球、璀璨的礼花、飞翔的鸽子……看着一幅幅精美的图片,读着一句句动人的词句,去年国庆节在天安门广场观看升旗仪式的一幕幕又浮现在我眼前。

去年9月,沐浴着初秋温煦的阳光,我走进了文学殿堂鲁迅文学院的怀抱,孜孜不倦地接收着大美大爱的熏陶。转眼之间,就迎来了国庆节。国庆前夜,我一直为是否到天安门广场看升国旗仪式而纠结。

小时候,在地上、在纸上,画得最多的就是天安门城楼和五星红旗。上学后,每逢国庆节,班级总要出墙报。那时的墙报不像现在,可以在电脑里设计、绘图和排版,而是用尺子作辅助在墙上画线,用粉笔一笔一画地抄写、绘图,画得最多的仍然是天安门城楼、五星红旗,另外还有大红灯笼。最初使用的只有白色粉笔,后来才有了彩色粉笔。上中学时,学校逢星期一早晨举行全校性的升旗仪式。升旗采取轮值制,轮到值日的班级派出三名代表,一人负责喊口令指挥集队,两人负责在唱国歌时升旗。每逢我们班值日,都是我站在主席台上,面对台下黑压压1000多名学生喊口令集队,主持升旗仪式……

说不清从何时开始,我就萌生了到天安门看升旗的想法。

天安门广场每天日出时间升旗,日落降旗,象征着五星红旗与太阳同升同落。升旗降旗时间随日出日落变化,从7时36分到4时46

分或由4时46分到7时36分，每天逐渐提前或推迟，遇有阴天、雨天和雪天，升旗和降旗的时间还是与前一天相同。每月1日、11日、21日升旗时有军乐队奏国歌，整个升旗持续时间为2分零7秒。

那天的升旗时间是6时10分。如果要看升旗，就得牺牲酣眠的好时光，但机会难得，不看肯定会后悔。于是，我邀约邓君与孙君，然后调好凌晨4时的闹铃，但我一直睡不安稳，没到点就醒来，打电话唤醒邓君与孙君。孙君说："我凌晨2点才睡，太困了，不去了。"正要出门，孙君又来电话："等我一下，马上就好。"

天气寒凉，邓君与孙君都穿了外套，我却只穿了一件衬衣。走出文学院南门，扬手坐上出租车，司机说："天安门封路，只能到离那儿最近的地方。"

不用多久，小车就驶入了灯火通明、亮如白昼的长安街，像百川汇海，车流瞬间变得浩浩荡荡。远远地，前后都是闪亮的长龙，每隔一段距离就有警灯闪烁。"离天安门还有三公里路程呢，这么快就堵住了！"司机说。

没办法，我们只得下车徒步。其他汽车上的乘客也都下车在路上疾走。我们汇入人群。寒风阵阵，虽然紧走慢跑着，但寒气还是袭遍全身，特别是后腰两侧更是沁凉。

路上的行人越来越多，开始还分得清三五一群，一拨一拨的，走着走着，人头涌动，都汇聚一起，朝着一个方向汇拢、奔涌，人潮如海。

到了南池子路口，我们这一股人潮被执勤的民警用"铁马"截停了，前面的人群已汇流涌向天安门广场，后面的还在等待检查。不久，拦着我们的"铁马"拉开。这时，孙君走散了，我和邓君随着摩肩接踵的人潮蠕动。执勤的民警高声呼喊维持着秩序，高喊着准备好身份证检查，我俩都拿出身份证紧紧地握在手心里。但人实在太多，缺口一打开，几名警察哪挡得住？开始还查看身份证，但人流如潮涌，民警也只好放弃检查。

大街的中间被执勤的民警与武警用"铁马"和"水马"分割围出一片空地，一排武警战士背向旗杆笔挺地站立在"铁马"后，左右两边的"铁马"边上又各自站着一排武警官兵。

前面是密密麻麻的人群,目光所及全是黑乎乎的人头。我们站立的地方距离旗杆 300 多米,络绎不绝的人群把我们包围。旁边几位矮小的白发老人用方言嘟囔着:"除了人,什么都看不见!"带小孩的家长都把小孩举到头上,架在肩膀上。鹤立鸡群的小孩拿着手机相机像模像样地东拍西拍,有些则脸上贴着国旗,挥舞着手中的小红旗。

我踮起脚尖,看到辉煌壮观的天安门城楼、大花篮、汹涌的人潮,大家都在翘首企盼着。风似乎小了,天气也不那么寒凉了,天安门城楼上璀璨的灯光突然熄灭了,天空显露出苍青的颜色,天色渐渐明亮。

突然,前方的人群中一阵骚动,"出来了,出来了。"我赶紧踮起脚尖,但除了黑压压的人群外,什么也看不见。过了好一会儿,才听见仪仗队的军乐声,是在出旗了。但我们根本看不见仪仗队、鼓乐手、护旗手、升旗手和其他的仪式。过了好一会儿,才看见鲜艳的五星红旗从旗杆下方冉冉上升,人们挥舞着手中的小红旗,前面骑在父亲肩膀上的小女孩把右手举到头上向国旗行少先队礼,各种各样的照相机、手机的闪光在头顶上方闪耀。红旗冉冉升上旗杆顶端,迎风飘扬。人们松了口气,放下有点酸软的手臂。猛然,人群中又是一阵欢呼,万千只鸽子展翅飞翔,在天空中盘旋飞舞,遮天蔽日,鸽群表演似的盘旋变幻着形状,良久才振翅消失在远空。有些人开始往回走。突然,人群中欢呼声再起,天空中多了一层缤纷色彩,是万千个气球。彩色的气球由大而小,由密集而分散,在天空中变换着各种图案,直至融入蓝天……

回去的路上听到新闻报道,说那天参观升旗的游客有 12 万人,制造了 300 吨的垃圾……

春暖花开

"哇，好漂亮的花！""这是什么花？真美啊！""快来给我照张相"……每次，从白云山山顶广场往下的大回旋转弯处经过时，总会听见踏青的游人发自内心的惊艳和赞叹，山坡上面和下方的路边满是或俯瞰、或仰望的眼睛，远焦近距地拍着人和花的特写。

盘山公路到了这里像横着的"S"线蜿蜒盘旋，直通山顶广场，公路边是一丛丛的红樱花和杜鹃花、一棵棵的美丽异木棉和朴树。木棉花的叶子已在寒冬中羽化，只剩一根根光秃秃的树枝顽强地指向苍穹；朴树密集的枝条上满是点点的嫩芽和嫩绿的小叶子，叶子嫩绿中还带点微红，晶莹、透明而纯净，叶片上的脉络清晰而分明，勃发着生机和活力；而红红的像绒球的红樱花和红色的杜鹃花已经一片片灿烂地盛放着。正对着转弯处的杜鹃花丛掩映的山坡上，屹立着一块岩石，岩石上凿刻着"白云胜景"四个大字。岩石下就是公路，公路的一边又是山坡。山坡上先是一棵棵的台湾相思树和柏树，一簇簇攀附在树上的金黄色圆柱形鞭炮大小的"炮仗花"；近转弯处这边，就是让人惊叹和流连的银叶金合欢、黄花风铃木和红檵花。这几种花树经过人工的裁剪，呈球形，叶子银灰色。满树金黄色的银叶金合欢的盛花期已过，明黄的花朵开始慢慢枯萎。黄花风铃却正当时，稀疏而光秃的枝条上，一簇簇茶杯口或碗口般硕大的黄灿灿的花朵悬挂枝头，花冠呈漏斗形，花缘皱曲，像一个个黄色的风铃，在风中传递着串串春天的音符，简单、明快。黄花风铃的树丛中是一株枝繁叶茂修剪蟠扎成伞状的红檵花，淡红色或淡紫红色的四枚花瓣像用粉色的彩纸精心裁剪成带状线形，一朵朵地簇生在花梗上，在风中颤动，远远看去，红红的一片，如殷红的晚霞美不胜收。

这只是迎面看到的一幅画，风景是流动的，换一个方位和角度，看到的又是另一幅图画，另一番景色！西面，台湾相思树的万千绿叶成了黄花的背景，夕阳西下的时候，余晖和霞光晕染着绿叶和黄花，让人不自觉地融入画中。而雨天或是雾天，雨雾迷蒙中，雨水滋润和洗涤过的叶子愈加青翠，花儿愈加鲜艳，置身其中，仿佛置身于一幅巨大的水墨画中。春暖花开，万紫千红。大自然的春天，处处生机勃勃，春色盎然。

春天，充满生命的力量，一年之计在于春。春天，是新的希望，新的开始。"增进人民的福祉""建设幸福广东"的高强音像春雨一样滋润着人们的心田，"十二五"规划在这个春天里迈开了稳健的步伐。更加注重民众幸福和尊严，"两会"的声音回荡在春风春雨里……敞开大门访民意，打开心扉听民声，我们也在春风春雨里开始了警察春天的故事。

春光无限，春色无边。明媚的春光本应充满喜悦与欢笑，充满幸福与和谐，但是，这几天接连发生在身边的事情却让我的心情变得沉重起来，这些事情都与生命相关联。一个选择了山崖，一个爬上了蹦极的横栏，都想结束自己的生命，万幸的是，经过努力，这两条生命最终都获救了。放下心中的块垒，我依然无法高兴。另外一条生命已经烟消云散，他选择的地方偏僻隐秘，半个多月后才被游客发现……我无法知道，他们遭遇了什么。有一点却是肯定的，这美好的春光春色在他们眼里却是一片空洞。无可否认，我们的日子越来越红火，生活越来越美好，湖光山色越来越美丽，但是，现代人也越来越功利、冷漠和脆弱，现代人的心迷失在对物质的无止境的追求里。每次面对这类情形，除了叹息，我总想说，再大的伤痛再大的不幸，一天之后都会成为过去。只要心中有春天，有希望，寒冬里也会温暖如春，盲人也能从心里看见春天的明媚。不是吗？司马迁受宫刑，却留下了不朽的《史记》；贝多芬失聪，却唱响了《命运的交响曲》；盲人阿炳，却创作了千古传诵的《二泉映月》……眼中的春天是四季更迭自然的春色，春天，应该是从心灵开始的。

春天，万物复苏，是耕耘和播种的季节。在街上，在桥下，在田野中，在清晨，在夜晚，在风雨中，我们看到的，都是忙碌奔波辛勤劳作的身影。然而，再怎么紧张忙碌，人也不能离开大自然，不能失去草木之气，不能忘记欣赏春暖花开，草长莺飞，百花争艳，春光明媚。让我们放飞心情，投入大自然的怀抱，呼吸花草的芬芳，焕发生命的力量，让花儿在心里绽放，让真情与微笑留下吧。

云山含笑

从白云山山庄旅舍走访出来，山庄刘经理突然指着路边山坡上的一棵树向我们介绍说："这棵含笑还有一个典故呢！1964 年，时任广东省委书记陶铸请著名建筑专家莫伯治设计修建山庄旅舍。在修葺美化周围的环境时，陶铸书记提出要种植一些广东特有的名花和草木，还专门点名含笑和米兰，这棵含笑就是当年陶铸书记亲手种植的，还有客房服务总台与会议厅门前的那棵铁冬青也是陶铸书记一手种植的！"

我看了看这棵枝繁叶茂的含笑，又看了看那棵巍峨的铁冬青树，一时思绪万千。在白云山工作了 20 多年，我熟悉了许多有关白云山的典故和传说，其中不少与陶铸书记有关。比如，为了解决山下农民的生产和生活用水困难问题，1956 年，在陶铸书记的提议下，修建了环山傍水的黄婆洞水库。陶铸书记上白云山喜欢到两个地方：一个是"何须钱塘观潮涌，且上云山听涛声"的"白云松涛"，听涛远眺，感悟人生；另一个是山湾。传说天虎逐犬，分别化为山湾东面的虎头岩和山下遥望的瘦狗岭。虎头岩势如猛虎下山，西面山坡下是一片松林，陶铸书记喜欢伫立虎头岩凝望松林。正是因为在这两个地方的思忖感悟，才有了那篇著名的《松树的风格》。后来，人们在这片山坡上，竖起一块花岗岩巨石，凿刻"松风"两个大字，巨石下安葬着陶铸书记的灵魂，巨石右上角拓刻的手印是他临死前不屈抗争的印记。每年清明前后，总有不少手捧鲜花的游客慕名前来拜祭。

这个山庄旅舍我来过了多少次？这条水泥路我走过了多少遍？这周围的花草树木，杜鹃花、紫色禾雀花、玉堂春、各色的玫瑰和茶花，我随意或细心地嗅过观赏过多少次？这棵含笑，这棵铁冬青，竟是陶铸书记亲手种植的花木！这两颗花木竟已经历了近半个世纪的风雨！今天我第一次听说这件事，对这棵含笑和铁冬青，心中突然涌起一份说不清的敬意。我静静地仰望着眼前这棵巨大的含笑，含笑一如它的名字，含笑无语回望着我。"你看这个树瘤，树瘤其实是树的一种病，但这个树瘤却是这棵树的一个特色。"刘经理在身旁解说着。离地半米高的树上，一个巨大的树瘤把仿似断开的树干包裹接驳起来，但这个树瘤的中心却是空空的一个树洞，洞中还伸出一枝兰叶，树瘤上方，树干分成三丫，枝叶如伞张开。"这棵含笑还有个特别之处，有阳光照射的时候，花朵特别芳香。"

其实，在升仙石下面的转弯位，在"白云松涛"，在桃花涧上面，很多地方都种植了含笑，就在我工作的派出所门前，左边挹云亭的山坡上也种植了十几棵含笑，还有能仁寺附近树干粗壮高大的"乐昌含笑"，我曾在不同的时段仔细地观察过它们的一颦一笑。

含笑的叶子是椭圆形的，茎脉分明，花苞青色，像一粒粒的开心果，外壳脱落时花为纯白色，像一朵朵含苞欲放的小莲花，慢慢地，厚厚的花瓣变成淡黄色，微微半张，像未启先笑的樱桃小口，花瓣内一抹嫣红，像少女脸上的羞红。含笑花从春天开到秋天，芳香馥郁。"花开不张口，含笑又低头；疑似玉人笑，深情暗自流"，是含笑淋漓的写照。

一年又一年，随着白云山风景区的建设改造，白云山上花草树木的品种越来越多：桃花、木棉、紫荆、荷树、刺桐、凤凰木、大叶紫薇、白兰、桂花、茶花、黄槐、梅花……还有不少的奇花异草名贵树木：黑仔树、龙血树、刺桫椤、降香紫檀……从春天到冬天，葱茏蓊郁、繁花似锦，百花争妍中，含笑依然故我地矜持、含蓄，把自己的姿容留给大地，把芳香留给人间。

看着这棵枝繁叶茂的含笑，我想起了一句话：前人栽树，后人乘凉。千年白云山，经过了多少代人的呕心沥血悉心改造，才换来了今天的湖光山色。从护卫白云山安宁和谐的卫士到管理建设白云山的职工，从美化环境的绿化保洁工人到服务游客的客服职员，一茬茬的白云山人忘我地奉献着，不管是以前的荒芜贫瘠也好，现在的热闹喜庆也好，勤劳智慧的白云山人依然本色不改，甘守清贫，甘于吃苦，甘愿奉献，默默地付出着，把自己的馨香留给了悠悠白云山。白云山在他们的心血的浇灌下，四季葱茏，花团锦簇，山水含情花含笑，从一般的风景区升格为全国5A风景区和全国文明风景旅游区，"云山叠翠"位列新羊城八景的三甲。白云山成为人们运动健身、休闲娱乐、怡情养性的一片乐土，风景区每年接待游客量都保持在2000万人次以上，每日，飘扬的歌声和欢声笑语响彻山谷。

　　走出山庄旅舍很远了，但我眼中仍然有一朵朵低头含笑的花儿，渐渐地，花朵幻化成一个个人：护卫白云山安宁和谐的卫士、管理建设白云山的干部职工、美化环境的绿化保洁工人和服务游客的客服职员……啊，他们，不就是这山中的一棵棵含笑，一朵朵含笑吗？

向日葵

  白云山风景区云台花园举办的"缤纷夏日葵花展"就要结束了。
  雨后初霁，我带着孩子到这里观赏葵花。一朵象征着太阳和一朵象征着生命的葵花在大门上空相拥着，笑意盈盈地迎接我们。
  进入花园，正对着大门的是宽大的台阶。台阶分为三部分，左右两边是对称的大理石，中间用特制玻璃铺砌而成，玻璃底下安装着各色彩灯。玻璃台阶上端是一个小湖泊，湖水沿着玻璃台阶往下飞泻，在阳光下，形成一条流动的银光闪闪的瀑布。台阶左右两边的山坡上，密密麻麻挨挨挤挤立着数不清的向日葵，金闪闪的，灿烂而迷人。
  我领着孩子往花园深处走去。走着走着，我仿佛走进了时光深处——也是孩子这样的年岁，我曾经在花盆中埋下葵花子，浇水，然后天天看着、盼着幼苗破土而出，总是缠着母亲问为什么还不见向日葵长出来。后来，母亲不知从哪里带回来一株半米高的向日葵，我兴奋地帮着母亲在花盆里栽种下这株向日葵。每天，艳阳高照的时候，我和伙伴们总是把它搬到水井旁边的水泥石桌上，围着它目不转睛地看，想看清楚它是怎样跟着太阳转的，但向日葵却总是像和我们较劲一样，偏不转动，等我们一低头、一回首，嬉笑后再看，它却已经移动了方向……再后来，伙伴家篱笆周围，或是菜畦田埂旁边，总点缀着几株向日葵。我在作业纸上一株一株地画着向日葵，一个花盘，一茎直立，茎顶一个太阳花盘，边缘画上管状或舌状的花瓣，再慢慢涂上明艳艳的黄色；或者将花盆改成一方土地，一株株向日葵便灿烂地生长在班级的板报墙上……

嗑着香脆可口的生晒葵花子、炒瓜子、五香葵花子，我慢慢地更加熟悉向日葵。向日葵向太阳是随着生长阶段变化的：从发芽到花盘盛开之前，白天，向日葵的叶子和花盘追随着太阳旋转，太阳下山后，花盘又慢慢往回摆，至凌晨3时左右，朝向东方等待旭日东升；向日葵的花盘盛开后，就固定朝向东方，朵朵葵花向太阳。始终迎着太阳转的向日葵其实并不喜欢阳光，研究证实，葵花的花盘后面有一种讨厌阳光的分泌素。为了保护这种分泌素不受阳光的辐射，不被阳光破坏，花盘的正面就得始终向着太阳，而且，成熟的向日葵像沉甸甸的稻穗，总是谦逊地低垂着头……生活就是学问，入眼的、错过的，都是风景，我也从中懂得了低头的智慧，学会了逆向思维，学会了从正反两面看问题。

向日葵原产北美洲，既宜观赏，又可食用。围绕向日葵，有许多关于太阳、生命和爱情的美丽传说，激励着人们向往光明，追求光明和幸福。向日葵寓意着希望、光明、信念、忠诚和爱慕，代表着人们勇敢地去追求自己想要的幸福，象征着太阳，象征着沉默的爱。

这几年，白云山明珠湖畔常栽种一片向日葵。每次见到那些金灿灿的向日葵，我的眼前总会幻化出一幅幅的画面，燃烧的、肆意的、张狂的画面：风吹过的麦田，金色的向日葵，夜幕中的咖啡厅……他的行为越来越癫狂，是的，那是孤独内心深处的呐喊，那就是凡·高！那就是"除了向日葵，什么我都不要"的谜一样的荷兰画家凡·高！凡·高生前仅卖出一幅《红葡萄园》，生活穷困潦倒。他当过店员、商行职员，做过矿工，做过牧师，生活在最底层，他热爱朴实的人民，他用心观察生活，解释世界，他忠实自己的灵魂，决心把毕生的精力献给人民。他说："生活对我来说就是一次艰难的航行……但我将奋斗，我将生活得有价值，我将努力战胜，并赢得生活。"心中熊熊燃烧着的火焰、澎湃的激情驱使着他不倦地探索绘画手法，以生命喻死亡。他迁居法国南部，来到了阳光明媚的阿尔小镇，走进了风中的麦田和向日葵。凡·高的向日葵不是我们见到的一排黄色花瓣的向日葵，而是有两排花瓣，有的甚至没有花盘，只有蓬勃的舌状花。这些向日葵是不是凡·高亲眼所见的真实的向日葵，成为人们不断谈论的一个话题。

2005年，英国伦敦大学玛丽女王学院的拉尔斯·希图卡教授做了一个实验：让一群从来没有见过真花的蜜蜂在四幅色彩绚烂的名画复制品前飞舞，看看哪幅画能够以假乱真，迷倒蜜蜂飞去采蜜。结果，在同一时间内，蜂群飞向凡·高的《向日葵》146次，在上面停落15次，以大比分打败了保罗·高更的《一瓶花》、帕特里克·考尔菲尔德的《陶器》和费尔南·莱热的《宁静生活和啤酒杯》。凡·高的作品拍卖出许多的世界纪录，其作品成为亿万富翁们炫耀的资本。生活在低处，灵魂在高处——这就是凡·高。

"爸爸，走快点！"孩子的呼喊让我从恍惚中醒来。孩子站在山坡的拐弯处向我招手，夕阳映照在他的笑脸上，金灿灿的。我忽然想起了海伦·凯勒的话："当你面向太阳时，你就不会看见黑暗。"童真无邪，孩子眼中看到的都是新奇和快乐！生命之美，如同花香，生在枝头，散在四处。我们的孩子，不就是一朵朵灿烂的向日葵吗？

双面树遐思

白云山风景区里有两种与众不同的树木。

一种是在山坡上、道路边随处可见、漫山遍野的耐阴灌木红背桂，长圆形的叶子形似桂花，从上方和正面看，叶子油绿光亮，但从低矮的角度或稍远的距离看，叶子的背面却是深红血色的。阳光下，在不同的方位观看，就有不一样的美丽：或像一道道的绿色篱笆，随风掀翻着一朵朵红花；或像一群紫红色翅膀的蝴蝶在微风中飞舞；或像一群红色的金鱼在来回游弋……开始的时候，我并不知道它叫红背桂，但它独特的双面颜色吸引着我。风景区里漫山遍野的红背桂，除了美丽之外，其除尘作用也非常大。听说红背桂的花朵还含有桂花香，只是我至今没见到过红背桂的花儿。

另外一种是粗壮高大的翻白叶树。如它的名字一样，每到夏天，翻白叶树阔大的叶子迎着阳光的一面由绿色开始渐渐泛白、变白，在阳光下泛着白光。小的时候，我所在的公社大院里有几棵这种树，我和小伙伴们常用石子掷或用接驳的竹子敲打树上如鸡蛋大小的果实，用石头把果子砸开，吃核里的果仁，果仁味道鲜美，但吃多了却又会恶心、头晕。白云山风景区里的翻白叶树不多，只在云壑初探的峡谷里、能仁古寺的山门前和明珠湖旁耸立着。夏天，从索道缆车上俯瞰，一棵棵翻白叶树就像一群群绵羊蜿蜒排列在峡谷间，缓缓地向上爬坡。

红背桂和翻白叶树都是普通平凡的树木，奇特就在于这一大一小一高一矮两种树木的叶子都是正反面双色。每次看着这双面的叶子，我总在想：为什么同一片叶子会有阴阳两色？它与太极两仪阴阳五行有什么关联吗？答案是肯定的。天与地，太阳和月亮，白天和黑夜，南极和北极，雄性与雌性……宇宙中，处处体现着阴阳平衡，阴阳归一；生命里，阴阳互补、阴阳相克，处处充满着自然哲学和生命哲学。大自然里还有多少像这样的双色或多色的树木？我所知道的，鸡冠刺桐又是一种，不同的是，它不是同一片叶子有正反两面，而是满树的叶子中，一部分是绿色的，一部分是红色的，红绿相间，别有一番风采。还有尤加利树、黄牛木和荷树，幼嫩的叶子薄似纸，色如赤霞如胭脂，烈日下，使人目眩神迷，那是怎样的一种壮美！茁壮后，叶子由红变绿，葱茏蓊郁。还有枫香、紫薇、杜英、栌树等树木，叶子随着秋天的到来渐渐变黄变红，如彩霞变换，使山色五彩斑斓，使人不禁感叹大自然的神奇瑰丽！动物中的变色龙，身体随着环境的颜色而变化，那是为了躲避天敌，保护自己。那些阴阳色和变色的叶子呢？他们更多的是体现了四季更迭自然生长的规律，体现了事物正负相依阴阳相向的二重性。

　　人，也有"双色"性。人性善恶的争辩从未休止，人性的光辉和丑恶交织在人类历史的长河里。一个个反面典型中，总有光明与黑暗的两面人生。人可以改变和美化自然环境，而环境，包括社会环境和生活环境又反过来影响和左右着人。美与丑、好与坏、爱与恨全在于心态，境由心造，心静如清泉，心静有花香，只要心底澄明，哪里都有美景，内心富足人人可拥有。"贪如水，不遏则滔天；欲如火，不止则燎原。""畏法度者快活。"倘若，人人都能常常观照自己的内心，反思自己的言行，不让恶之花开放，不让恶之果膨胀，及时止息心魔，生活必定会更加和谐美好，社会必定会更加温馨和谐，世界必定会更加美好！

生死树

　　那是周六的傍晚，群众报警：在白云山风景区黄婆洞水库旁的山路上，一男一女相互纠缠拉扯了很长时间。派出所民警赶到现场，了解到当事人Z和Y曾是夫妻，因感情问题发生口角进而拉扯扭打。现场调解无效，民警将两人带回派出所。Z单位的领导闻讯赶来，苦口婆心地调解一个晚上，至凌晨，两人不欢而散。Z是公务员，Y开厂做生意，经济优裕。婚后不久，矛盾日渐显现，吵闹不断，三年时间，争吵打闹中Z打了十多次110报警。辖区派出所、街道和居委会多方做工作无果。去年，两人办理了离婚手续，不久又藕断丝连开始同居。考虑到双方曾是夫妻，矛盾是因多年感情积怨引发，也均存在殴打对方的行为，但情节较为轻微，Z事后也积极向Y承认过错，于是我们积极调解，想让双方达成和解，但Y不同意治安调解，寻死觅活，宁可与Z一起被拘留，一心想着要打破Z公务员的饭碗。

　　这本来不是多大的事情，双方所述的争吵原因也是家庭琐事，只是双方见识和理解不同而发展至摩擦纷争，双方没有好好去反思去感恩去珍惜，日渐累积的怨恨终于导致劳燕分飞。我难以理解的是双方的偏激和偏执。俗话说，一日夫妻百日恩，千年修得共枕眠。曾经恩爱的夫妻，一旦反目成仇竟固执得不可思议，难道真的是爱愈深，恨愈切吗？

　　问世间情为何物？我不禁想起了见过的"生死树"。

　　那是在梅县雁洋镇阴那山广东五大名寺之一的千年古刹灵光寺。

那天，我们到达时，已是暮色四合。到了寺门前，大伙鱼贯地跨进寺庙，我却被门前草坪上两棵高耸的相依相守的树吸引了。这两棵树一荣一枯，一生一死，生树高约30米，枝叶葳蕤；死树高度相当，干粗枝壮，不腐不朽，傲然挺立。我沿着树下鹅卵石铺成的甬道，绕着两棵树慢慢地走了一圈，树的周围还种植了不少1米多高经过人工修剪成球形的花树，映衬之下，更显出树的伟岸。花树旁边竖着一方树铭牌，我才知道这一荣一枯守望相依的柏树叫"生死树"，是唐朝高僧潘了拳来此结茅修道时，用从家乡福建带来的树苗亲手所植，至今已有1100多年的树龄，而这棵枯树不腐不朽，也在风雨中挺立了330多年！

月色照耀，在前往"雁南飞"的途中，我仍然沉浸在对自然的造化、对"生死树"的感动之中，回来后很长的一段时间里，这一生一死两柏树仍不时在我眼前浮现。问询客都（梅州）的朋友，果然，当地流传着许多"生死树"美丽动人的传说，其中之一是海枯石烂、至死不渝的爱情故事。两棵树一雄一雌，同生同长。一天，雄树不幸被天雷击中，枯萎，但它不忍心妻子一个人孤苦伶仃。真挚的爱和强烈的意念，使它形死而灵不死，始终不渝地陪伴在妻子的身边，几百年的风吹雨打都未能使它动摇，把它摧毁和腐朽！而那棵雌树，为了与夫君相守相望，从此拒绝向上生长，沐浴阳光雨露！珠江电影制片厂的《生死树》，就是以这两棵树为题材摄制的一段凄美的爱情故事。

谁说草木无情？兔死狐悲，虎毒不食子。有人说，不管是植物还是动物，同类之间都不会自相残杀，只有人与人之间才会这样！本来，人，受感情的影响和支配，血浓于水的亲情、与子偕老的爱情、互助互爱的友情……生老病死，一辈子都生活在情感里。自古至今，人们一直在追求和歌颂着至真至纯、至善至美的真情，可市场经济发展到今天，一些扭曲的人生观和价值观，利益至上的现实功利，使得社会变得越来越浮躁和功利，使得人与人之间变得越来越冷漠无情和冷血暴戾。于是，在我们身边，许多的事情都脱离了轨道，走进了怪圈，多了潜规则。于是，我们听到的、看到的拍案惊奇的故事越来越多，为自己的失责失德行为而羞愧以致良心不安的人越来越少！那些在尘俗烟雨中迷失的心灵，那些被金钱和利益蒙蔽的良知，如何才能唤醒？

　　冷雨袭来，看着窗前冷风中飘摇的枝叶，想起那两棵风雨相伴、生死相依的柏树，我的心中涌起一股暖流。

　　树木尚且如此，人何以堪！

树的情愫

作为白云山风景区的卫士，我常年在山林花草树木中间穿梭，晨昏昼夜，守护着这一片土地的祥和与安宁。寒来暑往，总在山中兜兜转转，含笑、朱樱花、红背桂、木棉、香樟、刺桐、落羽杉、杜英、玉堂春、紫荆树、凤凰木、无忧树、菩提树、相思树、铁冬青……我认识、熟悉了不少以前闻所未闻的花草树木。

树的世界与人的世界是如此相像。世界上没有完全相同的两片叶子，人呢？即使是孪生的兄弟姐妹也有差异，每一个人的指纹更像树叶一样是独一无二的。人，居住在一起，就有了村落，有了城市；树生长在一起，就有了树林，有了森林。森林的世界与人的世界一样，有岁月的见证者，有迎春绽放的新生命。人的世界中，有伟岸的丈夫，也有婀娜多姿的女子；在树的世界里，有挺立的松树，也有垂枝的弱柳。树木之间也有感情，它们用我们听不懂的语言交流着。

树，有的生长在雪域高原，有的耸立于高山之巅，有的傲视在悬崖峭壁，有的在茫茫沙漠与戈壁中抗争，有的在河海之滨摇曳，有的在道路一旁遮阴……五湖四海，树木都有自己的根源，都有自己的国度和地域，很多国家，都有自己的国树。有些树木漂洋过海，开枝散叶，泽被后世；有些树木只适应一地气候和土壤，移植到别的地方则水土不服。但不管它们生长在哪里，都努力地向上生长着，争取更多阳光的照耀，雨水的沐浴，展示着生命的坚强与活力，展现着生命的美丽与缤纷。生长于高山之巅的树木和那些高大的树种，充分地沐浴着阳光雨露；生长于幽谷、沟壑的树木，要吸收更多的阳光，就必须加倍地努力。就像有些人一出生就站在了高起点，享受着优质的资源；有些人则必须经过层层磨难，艰苦拼搏，方能有所作为。

树，是那样的神奇——树根一寸一寸地扎进大地，树干一寸一寸地耸向蓝天，树根扎得越深，树干耸得越高。每一棵树都刻着一寸一寸的光阴，每一棵树都埋藏着一段故事和历史。榕树、槐树、桂花树、子母树、紫荆树、相思树、连理树、生死树、无忧树、菩提树……人们以树寓意，把许多美好的情愫、向往和祝愿凝聚在树身上。钻燧取火使人类告别了茹毛饮血，告别了荒蛮，人类认识和使用树木的过程也是认识世界、改造世界的过程。在我国，有数据可查的树木就有7500多种，红豆杉、银杏、红树林……是当今研究历史存在树木的"活化石"，而沙漠中的胡杨，一千年不死，死了一千年不倒，倒了一千年不腐，更是一种风骨和传奇。

树，可以做药材，可以造纸、造船、铺路、建房子、造家具、做香料、做各种原材料；树林是很好的"吸尘器"和"消声器"；1万亩树林积蓄的水量相当于20万立方米的水库，可以很好地防风固沙，防止水土流失，保护农田，保护堤防，调节气候，防止污染……树木浑身是宝。很多时候，我总觉得，人应该好好地向树木学习，像树木一样，多奉献，少索取，多做一些对社会有益有意义的贡献。如果这样，我们的社会必将更和谐，如桃源；我们的生活必将更幸福，如天堂。

牵牛花

　　早班会后，我到白云山风景区与陈田村接壤的山麓检查巡防情况。进山围墙的山坡上，一片紫色的花朵让我眼前一亮——牵牛花！斜缓的山坡被芊芊莽莽的藤蔓枝叶覆盖着，艳丽的牵牛花如向着蓝天的喇叭，在灿烂的骄阳下尽情地歌唱，而一朵朵圆圆如硬币大小黄灿灿的小菊花，牵连着，挨挤着，与牵牛花争艳。

　　牵牛花形状如喇叭，小时候我们就叫它喇叭花。那时候，这花真多，院墙藤架，篱笆柴扉，菜畦田畴，小溪边，小河旁，山坡上，到处可见开着紫色的、蓝色的、白色的、粉红色花朵的牵牛花在伸展、蔓延、攀爬，迎风飘舞，缤纷艳丽。"牵牛花儿像喇叭，喇叭吹起嘀嘀嗒……"唱着歌谣，我和小伙伴曾摘下一朵朵喇叭花，含在嘴里用力地吹，看是不是真的能吹响；或将一朵朵喇叭花用线串成艳丽的风铃，悬挂在门扉或窗户上；在小河里嬉戏或垂钓时，小心翼翼地捕捉停驻在花朵上的蜻蜓和蝴蝶。夏夜，躺在凉席上，看着星光灿烂的银河，在母亲葵扇悠悠的凉风中听着牛郎织女的故事，我们不停地争辩着牛郎的眼泪怎么就会变成牵牛花？人的眼泪是不是真的能变成花？天上的牵牛星与牵牛花能不能相互感应？上学了，晨曦中，花瓣上露珠滑动或蛛丝横挂的喇叭花美丽和快乐着我们的路途。

　　日渐的成长中，我知道了，牵牛花在不同的地方有不同的传说。最简单的说法是过去满载这种花的牛车边走边卖，牵牛花因此得名。也有传说因牵牛花可入药，此花开时，田野中有人牵牛来换药，故此得名。更多的是神话故事。传说远古时候，玉皇大帝搬来伏牛山，将一百头为祸人间的青牛精压在山里。一对孪生姐妹在耕作时挖到一个银喇叭，按照神仙的指点，用银喇叭打开镇压青牛的山洞门，吹响喇叭将已变成金牛的青牛精牵出给乡亲们使用。两姐妹却被关在山腹里，银喇叭化作了花朵，就是牵牛花。这个寄托着人们对美好生活的憧憬、对真善美的向往的传说虽然美丽动人，但我还是更喜欢小时候熟悉的牛郎与织女的故事，牵牛花是由牛郎的眼泪变成的似乎也更深入人心，牵牛花的花语——爱情永结也印证着这个故事。

"秋赏菊，冬扶梅，春种海棠，夏养牵牛。""冬闻腊梅香，夏赏牵牛红。"牵牛花被人们钟情赋咏，在群芳谱中已经艳丽芬芳了千年时光。宋代诗人林逋《山牵牛》云："圆似流泉碧剪纱，墙头藤蔓自交加。天孙滴下相思泪，长向深秋结此花。"苏东坡更别出心裁："牵牛独何畏，诘曲自牙蘖。走寻荆与榛，如有宿昔约。"郁达夫有："说到了牵牛花，我以为以蓝色或白色为佳，紫黑色次之，淡红色最下。最好，还要在牵牛花底，教长着几根疏疏落落的尖细且长的秋草，使作陪衬。"齐白石除了画虾名闻遐迩，牵牛花也是他笔下的审美素材。齐白石的牵牛花题材作品甚得藏家喜爱。梅兰芳钟情牵牛花，在莳花赏花中揣摩，终使"卧鱼"身段更美妙传神。

人们欣赏牵牛花的缤纷艳丽，欣赏牵牛花如游侠一样不怕荆棘，不择环境而生，欣赏牵牛花善于借助一切支撑步步攀登，欣赏牵牛花的执着、拼搏和奋勇攀登的精神。但也有人认为牵牛花太柔弱，经不起风雨；也有人说牵牛花朝开午谢，花时太短，刹那风华；也有人指责牵牛花攀藤附葛，攀龙附凤，没有风骨。牵牛花则不理人们的褒贬，自歌自舞，怡然自得，每天鸡鸣头遍后准时露出鲜嫩艳丽的笑脸，迎着阳光雨露，灿烂、芬芳一个夏秋，因此赢得人们的喜爱和赞誉，被誉为"勤娘子"。

牵牛花除观赏外，还有很高的药用和食用价值。明朝吴宽诗赞："本草载药品，草部见牵牛。薰风篱落间，蔓出甚绸缪。"牵牛花性寒，味苦，有逐水消积功能，对水肿腹胀、痰饮积聚、气逆喘咳、虫积腹痛、脚气、大小便不利等病症有特别疗效。除了药用，古人或以盐渍，或以蜂蜜浸之，作为茶点，名曰"天茄"。宋人则将牵牛花染生姜，制成蜜饯，鲜艳可爱。

这些年，在上班或工作的途中，在出差或旅游的路途中，我都经常不经意地与牵牛花相会。我在海岛的沙滩上欣赏过牵牛花，在高山苗寨的门墙边拍摄过牵牛花，在大峡谷的悬崖边俯瞰和仰望过牵牛花，在索道缆车上远观过点缀在翠绿丛中的牵牛花……牵牛花是那样的平凡，无处不在。牵牛花又是那样的美丽，总让人驻足、惊叹、感动和遐想：不论生长在哪里，自然、简单，活出自我的风采，生活中只要用心，定有精彩。

每次，见到牵牛花，我总是不禁想到身边的一些人：像牵牛花准时开放一样，每天凌晨准时清洁街道的城市美容师；昼夜晨昏，风霜雨雪，默默护卫安宁，护卫千家万户万家灯火的守护神；昼夜晨昏，风霜雨雪，治病救人，救死扶伤的白衣天使……他们都像牵牛花一样平凡，却又是那样美丽！

"警官，巡山来了？"从山坡上下来的山客热情的问候把我从遐想中唤醒。

"是的，上面没有什么情况吧？"

"有你们在，我们就安全了！"

轻风中，牵牛花微微地颤动，似乎在吹奏着前进的号角，我整理了一下警服，向着山中迈开了脚步。

春天来了

山，湿漉漉的。

雾，从山麓间升起，蒸腾弥漫，山岚过处，带着雨丝的雾像一张张薄薄的丝巾飘过，天地间白茫茫一片。走近了，常绿树木的枝叶下雨滴细细密密，悄然屹立枝头的新芽和嫩叶更加水灵鲜活，一天一个模样。山坡上，一簇簇，一丛丛，一片片，白色、粉色、紫色、红色、黄色的花朵更加娇艳欲滴。

我工作的派出所位于白云山山顶广场上。此时绿树环绕，隐约在茫茫的雾海中，出门一抬脚就跨进了立体的水墨山水缥缈云雾中。十多天来，或徒步、或车行、或乘缆车，昼夜晨昏，我们领略了水墨白云山别样的景致和韵味。战友们笑言："我们住在'云雾山庄'，像仙人一样漫步天庭。"只是，渗满水珠、霉点斑驳的墙壁，水迹涟涟的玻璃门、窗户和仪容镜，潮湿黏糊的被铺和衣服，淌水湿滑的地面，却使人难受和抱怨。雨雾使得游人少了，警情也少了，我们可以静静地观赏和领略天空的变幻，静静地看山道上三五成群的人不疾不徐地行走。各色的雨伞像一朵朵流动的花，人们成群结队地在开阔的平台和广场上跳健身舞，练健身操……

南方的雨期仿佛特别长，冷空气一拨又一拨，寒冷的天气延迟了花期，春天的脚步仿佛也放缓了。"浓绿万枝红一点，动人春色不须多。"其实，不管天晴还是天阴，立春的节气不变，春天总会如期而至，不同的只是天气和自然景色。"忽如一夜春风来，千树万树梨花开。""小楼一夜听春雨，深巷明朝卖杏花。"不管是春风还是春雨，春天都应该从心开始，只要心中有春天，不管什么时候身处何地都会有春天。

春天总是在冬天的旁边。错落有致的树木里，大叶紫薇彤红的叶子零落枝头，串串蒴果似秋的收获，布渣叶和美丽异木棉光秃秃的枝丫还残留着冬天的景象，但春天的气息、春天的生机与活力是无法阻挡的，春天的绿，开始一点点、一片片、一层层地充盈大地。朴树、构树、荷木、刺桐、水杉、大叶榕树、盆架子树……光秃秃的枝头上钻出了点点新芽，水灵嫩绿的叶子一天一个样，一树一树、一片一片的嫩绿、青绿，给人希望，给人力量。桃李的芬芳未消，高贵艳丽的玉堂春让人驻足惊叹，像用彩纸精心裁剪成带状线形的红檵花在风中摇曳。漫山遍野的杜鹃花赏心悦目，黄花风铃黄灿灿的花朵像一个个黄色的风铃，在风中传递着串串春天的音符……每次，站在这些万紫千红生机盎然的花树旁边，看着这美丽的春光春色，我的心总会涌起许多感动，继而进入生命的冥想。我似乎听见细细的花开的声音，听见花朵和树木的私语，听见生命的呢喃。这时候，我又会被那些在雨雾中登山锻炼的老人感动，像这样的雨雾天其实是不适于登山的，是一种什么样的力量使他们风雨无阻？与其说是出于一种习惯，我更相信是出于他们对于自然、对于生命的热爱。

一年之计在于春。春风里，我们访民情、察民意、排民忧……春光中，"云山珠水"——广州市的这张名片将更加美丽缤纷！我们的使命更艰巨更光荣，我们的挑战更巨大更严峻。

时光匆匆又一春，梅花灿然笑春风。春天，生机蓬勃，万物欣然，是生命的起点，是希望的象征，更是努力的起点。

伴随着暮色中归家的脚步，耳畔响起了儿子朗朗的读书声：

小草从地下探出头来，那是春天的眉毛吧？
早开的野花一朵两朵，那是春天的眼睛吧？
树木吐出点点嫩芽，那是春天的音符吧？
解冻的小溪叮叮咚咚，那是春天的琴声吧？
啊，春天来了！

紫檀树的遐思

　　山林的夜空漆黑一片，风在呼啸，雨在斜飘。风雨中，一棵降香紫檀树被拦腰锯断，断掉的枝叶狼藉地横亘在小路上，树头往上近两米长的一段树干不见了。

　　来自粤东的Z和H，看到这片山林里的降香紫檀树，就燃起了发财梦，现在这种树的市价可是按斤称，贵比黄金啊！他们扮成游客上山踩点，选择路线，还特意选择了这个雨夜。但他们没想到，即使是这样的天气，即使在这偏僻的山林，竟然也栽了跟头。开始，他们见到警察只有两个人，比自己这方还少一半，就壮起胆子，拿出作案的长锯和镐头与警察对峙着，随即转身遁入山林，沿着事先选好的路线狂奔。只是，那些警察不知是从哪里冒出来的，一下子，各个出入口全是警察。他们好不容易钻草丛越荆棘，浑身泥水爬过一个个山头，翻出山脚的围墙，躲进马路对面的小巷，刚喘了口气，警察又从天而降……

　　Z和H很快就交代了作案的前前后后。慌张逃跑中，他们把砍伐的紫檀木、作案的锯子和镐头胡乱扔在山林里，但具体扔在哪里，他们也说不清楚。

　　雨停了，山林漆黑一片。为了寻找紫檀木和作案工具，我们高一脚低一脚，小心翼翼地在崎岖泥泞的山路上跋涉，一条条强光电筒射出的光柱在山林中晃动。沿着作案者曾经逃跑的路线，这条陡峭的小路我们已经来回搜寻了三遍。这是与Z交代扔锯子之地最吻合的地方——跑出水泥小道，转入山林泥土小路，泥土小路的右面是山坡，左边是山谷。难道是落在了山谷？虽然，Z交代是往山坡上扔的，但奔跑中随手一扔，难保不会滚到山谷。山风浩荡，濡湿的衣服紧贴着身子，一片沁凉。我们反复模拟试验，一致认定，锯子应该是掉到山谷了。借着远处城市上空反射的天光和手电筒的光柱，我们临崖俯瞰，只见摇曳的树影，飘浮着乳白的雾。看来，要到山谷搜寻也只能等到天亮了。

我们回到蜿蜒的水泥小道上，在路边的石板凳上歇息。这时，饥渴疲累、腰酸背疼的感觉在蔓延，双腿像灌了铅，身子越来越寒凉，眼皮开始不自觉地粘连，我们只好活动着舒展身体，驱赶困倦。

曙色一点一点地在山林中铺开。婉转的鸟鸣在林中回旋，间或有晨练的人从身边走过，见到我们，笑着打招呼："警官，这么早就巡山？辛苦了！"

审讯Z等人的战友押着Z与我们会合，我们又开始新一轮的搜寻。来来回回，依然不见紫檀木和锯子的踪影。下午，我们重新组织警力，扩大搜寻范围，终于在另外一个山头的藤蔓草丛中发现了赃物。

虽然，以前也办理过盗伐林木的案件，但真的没想过会像现在这样，深更半夜在雨后的山林里，只为了一棵紫檀树、一段被锯断的紫檀树干，一遍遍地攀爬，一片片地搜寻。这，让我想到了很多很多……

我是无神论者，但对于生命和命运，却常常困惑。我一直在想在问：是不是冥冥中真的有主宰有注定，有看不见的神秘力量在安排着一切？小时候，随母亲到广州探亲，到白云山风景区游玩时，怎会想到自己以后和白云山竟如此的息息相关？寒来暑往，我已经在白云山工作和生活了20多个春秋！当年，这一棵降香紫檀树只是林相改造植树造林时和许许多多的树苗一起栽种的，栽种的时候，又怎会想到这种树活到今天竟变得比黄金还贵？又怎会想到当年随意种下的一棵树，二三十年后竟会和相隔千里之外的几个人的命运相关联，和我的工作相关联？

生老病死，一个人从出生那一刻起，是不是就已经注定了福禄寿喜财，注定了归宿？天地广阔，一个人为什么会生活在这个地方而不是另一个地方？三十六行，一个人为什么做的是这一行而不是另一行？走过了一段又一段的人生旅程，经过了许多许多的风雨，蓦然回首，我常会感叹：如果当初不是这样选择，必定会是另一种人生，另一种风景！可为什么偏偏是这种选择呢？有多少人会有这种顿悟，生命应该就是这样吧！在每一个时刻里都会有一种埋伏，却要在等待几十年之后才能够得到答案，要在不经意的回顾里才会恍然大悟，恍然大悟于生命中种种曲折的路途，种种美丽的牵绊。生活告诉我们：不管怎么选择，不管是否有因果有注定，只有努力才能到达成功的彼岸，只有辛勤的汗水才会浇灌出美丽的花朵，丰硕的果实。

　　一棵树无论生长在哪里，总会给人一种活力，一种希望，一种精神；一棵树，总是要求于人的甚少而给予人的甚多。奉献也是一种幸福！一个人能够成为一棵贡献社会的"树"也是一种福分！生命来之不易，不要辜负了生命。圆满自己的一段生命，就把握好今天吧！

树之魂

桃李芬芳，玉堂争春，紫荆斗艳，杜鹃烂漫，金合欢与黄花风铃灿烂怒放……尽管极端天气和灾害频繁，月亮照样阴晴圆缺，花儿照样开谢荣枯。或盈或缺，月总在那里；或艳或雅，花总在那里。

已经是石榴火红的5月，白云山上，满目却依然是春季的景象。连绵的雨天，导致花儿比前期持续高温干旱时更热烈更痛快地盛放着，让人目不暇接，令人沉醉。

无论是远眺或是俯瞰，我总会为青绿丛中那一片片的洁白与黄白感动和遐思着。远远看去，片片白色随山势层层延伸，像片片白云降落树梢，像纷飞的雪花覆盖枝头。与皑皑雪山的巍然屹立不同的是，这片片"雪花"和着白云，随着浩荡的山风摇曳起伏，多了一份生机和动感。从缆车或山巅上俯瞰，却又像遍布山间的羊群，有的卧伏，有的翘首回望，有的成群结队爬坡，蔚为壮观。走近了，嗅着淡淡的花香，仰望着高大的树冠和洁白拥挤的花朵，心，也慢慢地开出一朵朵的花。

这树干粗壮、树冠高大、枝繁叶茂、花白如雪的是荷树。其花如硬币大小，五瓣雪白如卵形的花瓣环成齿轮状的花朵，花朵单生或簇生于枝顶叶腋，素雅芳香。小时候和伙伴们经常在山上捉蛰伏在荷树枝上的军绿色翅膀的蝗虫玩，用丝线绑着蝗虫的后腿，然后放飞。通常情况下，我们将蝗虫绑在自制的木船、纸船上，蝗虫不停地扇动着的翅膀，像远航的风帆。往往，爬完荷树，我们会觉得浑身发痒，后来才知道，荷树皮里的一层粉末，粘在肌肤上会使皮肤瘙痒。再后来，我们学会了用荷树褐色的扁圆形的蒴果，用荷树的树干做陀螺玩。

另一种树，树干坚实挺直、枝叶茂密，黄白色的小花密密地集生于花柱上，一条条黄白色的花柱集生于枝头，像燃烧的焰火在空中绽放，灿烂耀目。这是什么树？一次次的探寻，却没找到答案。有人说，这是珊瑚木。直到有一天，看到掉在树下的手指头大小圆锥形的果实，我才恍然，这就是我们小时候经常吃的"锥子"——板栗，所以这种树也叫板栗树。

还有一种树干坚实挺直、树冠如塔、花白如贝的树叫尖叶杜英。它的叶子比荷树的叶子大得多。秋冬至早春的时候，部分树叶转为绯红色，红绿相间，鲜艳悦目。清风徐来，叶片飘摇，像小鱼群在游动。尖叶杜英的花瓣洁白，呈倒披针形，先端开裂，有如悬挂了层层白色的流苏迎风摇曳，奶油味的香气很是诱人。认识尖叶杜英已有几年时间，因为尖叶杜英的叶子与琵琶树的叶子相像，开始见到尖叶杜英的时候，我还误以为是琵琶树，因而留意了。

荷树和板栗树都承载着我儿时快乐的记忆，只是年少时贪玩，眼中有花而心中无花，致使满树芬芳的花朵相逢却不相识。其实，生活中，只要心中有花，花便时时开放；心中有景，景便无处不在。

荷树、板栗树和杜英等花树遍植于白云山的山坡上或山路两侧，首先是用于固土、防风、防火，其次才是观赏。这三种树都是树冠高大，枝叶茂密，花白芳香，花朵都一样的娇小秀丽。就单独的花朵来看，三种树的花朵并不出众，群芳谱里也排不上号。但是，当这一朵朵普通的花相连着簇生枝头的时候，却又是如此的美丽和壮观，让周围娇艳的花仙子也黯然失色。

为了白云山的安宁，我们昼夜奔波跋涉于山林之中，在这些花树间穿行，呼吸着幽幽的花香。举目望去皆是连绵的群峰与茂密的山林，警力无疑是有限的。但，民力是无穷的，什么时候我们都不忘群众路线这个法宝。这也让我想到了个人与集体的辩证关系、个人力量与集体力量的相互关系。一只蚂蚁是微不足道的，但是，万千只蚂蚁群集的时候，其力量却是惊人的。没有绿叶的映衬与扶持，显不出红花的娇艳妖娆；没有无穷碧的绿叶，显不出花朵的别样鲜红。一滴水，滴落沙漠的瞬间就会消失，滴落手心却带来一片沁凉；连成串，可以水滴石穿；汇流大海，可以巨浪滔天。

　　团结就是力量，道理人人懂，但说总比做容易。"一个和尚挑水吃，两个和尚抬水吃，三个和尚没水吃。"有人的地方就有矛盾有纠纷，在利益和权力面前总是很容易看到人性的贪婪和丑陋。"本是同根生，相煎何太急。"很多时候很多方面，人应该向自然学习，向"零落成泥碾作尘，只有香如故"的花朵学习，向荷树、板栗树、杜英这些紧紧拥抱、相互依存、相互辉映的植物学习。

　　对于单位和行业而言，每一个人都是一朵花，只有融合一体无间绽放，才会显出花容、花色和魅力；对于社会而言，每一个单位和每一个行业都是一朵花，只有心手相牵百花齐放，才会花团锦簇，才会有万紫千红的美丽和芬芳，才会香飘四季，香满人间。

鸡蛋花树

每次见到鸡蛋花树,我总会驻足、注目,就像见到尊敬的人,总要停下来问候仰视一番。

几年前,斜阳伴晚的时刻,我总是带着孩子到附近的柯子岭花园玩。柯子岭花园是进入白云山风景区登山小道前的一个梯形状花园。园中遍植各种花草树木,花园右角与山坡相连接处有两块跃进式的平地,常常有人在这打羽毛球、踢毽子、骑自行车。平地紧邻着山坡处,呈三角形栽种着六棵鸡蛋花树,树下用水泥筑成一个圆形的花坛供游人休憩。孩子兴高采烈地骑着自行车、滑板车的时候,我常坐在树下,看着天光云影自由遐想,有时也会静静地看着鸡蛋花树,陷入冥想。

这几棵鸡蛋花树高约3米,树干横斜扭曲,奇形怪状、千姿百态,树形美丽,叶子呈纺锤形,枝头上开满白色的花朵,清香优雅。细看,花朵其实并不全是白色的,外面是乳白色,花心则是黄色,五片花瓣堆叠而生,就像我们小时候折叠的纸风车。"爸爸,过来一起玩!"我的冥想常被孩子的呼喊打断,他对鸡蛋花没兴趣,掉下来的花朵看过嗅过后就扔一边了。有一次,玩累的孩子跑过来喝水,我把他高举过头,举到鸡蛋花的树丫上,孩子紧紧地抱着树干,一脸惊恐和无助,哇哇地叫喊着。孩子并不像我儿时那样喜欢爬树、掏鸟窝。

鸡蛋花让我惊讶和另眼相看,缘自一次名花摄影展,在拍摄的十大名花中,鸡蛋花赫然在目!生长在道路旁、街巷中、庭院里,这不是很普通平凡的一种花吗？要说特别，也就是寒冬季节，鸡蛋花树叶子脱落后，光秃秃的树干横斜弯曲，小枝肥厚多肉，分杈有长有短，枝头上半圆形的叶痕，犹如鹿角上美丽的斑点，远远地，像寒风中奔跑的一群小鹿。

于是，我便时时去亲近鸡蛋花树。

鸡蛋花树原产自西印度群岛和美洲，落户我国已有几百年历史。它没有美丽动人的传说，简单平凡却年年芳香如故，年年孕育希望。鸡蛋花树的花朵和树皮均能入药，清热解毒、润肺止咳。鸡蛋花与菊花、槐花、金银花、木棉花一起，构成著名的五花凉茶。鸡蛋花还可以提取芳香油，调制化妆品和高级香皂；树液可以外敷，医治疥疮、红肿等症；木材可制乐器和家具。鸡蛋花树没有伟岸挺拔的身躯，没有国色天香雍容华贵的花朵，却摇曳和芳香在人们心中。在老挝，鸡蛋花被定为国花；在夏威夷，鸡蛋花被串成花环佩戴，象征节日；鸡蛋花是广东省肇庆市的市花，更是热情的西双版纳人招待贵宾时最好的特色菜。鸡蛋花树还是佛教寺院的"五树六花"之一，故又名"庙树"或"塔树"。

那一年，在汕尾市海丰县"全国爱国主义教育示范基地"红宫红场旧址，我的目光久久地注视着红色苏维埃政权和农民运动的遗址和遗物，思绪久久地沉浸在海陆丰农民革命的历史、彭湃烈士的生平、可歌可泣的英雄壮举和丰功伟绩、红宫红场在中国工农革命史上的地位上。平民医院遗址门前，两棵鸡蛋花树使我惊讶，使我回到现实，同伴进去缅怀时，我仍抚摸着古拙斑驳的树干。这是两棵合抱粗的树，树已高出医院两层的遗址，如同两个高大沧桑的老人守护在门前，向一茬茬从四面八方前来缅怀的人们诉说当年的战火纷飞、硝烟弥漫、壮怀激烈，诉说解放后的建设、改革开放举世瞩目的成就和世界的变迁……我咨询场馆的工作人员，询问当地的文友："这两棵鸡蛋花树的树龄大概是多少？"回答是一致的："已过百年，具体时间无法确定。"

不久前，我又偶遇了一棵古老的鸡蛋花树。火辣辣的太阳下，我在广州市万松园小学旁古旧的街巷里徜徉。这是一片古旧的市井，一排房子一条巷子，房子是破旧的砖瓦房，当中有几幢二层的楼房，显得残破而杂乱。我正感叹着历史的变迁，无意中看见在一条石板道上，一棵古拙粗壮的鸡蛋花树，在阳光下散发着幽幽的芳香。树干有合抱粗，往上有三个分支，枝干如水桶大小，横斜弯曲向上生长，开枝散叶，枝节处长满了一条条白色的胡子一样的根须，树冠覆盖着两边的房子和大半条巷子。树下，摆着一张方桌和几张方凳。我想：傍晚或是晚上，这里一定聚集着一群悠闲的街坊邻里，喝茶纳凉，谈天说地。从树身看，这棵鸡蛋花树像平民医院门前的那棵一样，经历过百年沧桑，或许是房子盖好后人们随手剪枝扦插的，或许是后来才栽种的。风里雨里，这棵鸡蛋花树陪伴过多少人？芳香过多少人？荫蔽过多少人？她见证着这一片土地的沧海桑田，见证着这一片区域的岁月变迁！只是，她不像平民医院门前的两棵鸡蛋花树那么幸运，随着20世纪60年代红宫红场被国务院颁布为全国第一批重点文物保护单位，那两棵鸡蛋花树也沾了光，生长无忧。而这一条小巷的这一棵老树，在只看重功利的城市化建设中，在不久的将来将荡然无存。当然，她间或会出现在曾经在这里生活过的人们的记忆中，但难免随时光而湮灭。

  鸡蛋花树，在阳光雨露中自然生长，在平凡中默默奉献，给大地留下姿容，给人间留下芳香，在平凡中活出了姿彩，活出了极致的生命！

  鸡蛋花树，平凡简单犹如人生。

朴树情怀

南方的树木大多四季常绿，朴树是少数的例外。仿佛只要经历一场春雨的滋润，朴树光秃密集的枝条上便会钻出星星点点的嫩芽，迎着春风茁壮生长，没几天就会长成嫩绿的小叶子。叶子嫩绿中带点微红、晶莹、透明而纯净，叶片上的脉络清晰而分明，勃发着生机和活力。

每每看到朴树，我总能依稀看见少年时的我，从朴树圆圆的果实中，我总能依稀听见快乐的欢笑声。

春天，桃红柳绿，竹林河畔成了我和伙伴们踏青的好去处，清澈的河水哗啦啦地奔腾着，嫩绿的竹叶、茵茵的小草铺展开一片绿色天地，散发着浓浓的春的气息。砍一根小竹子，沿竹节处截取一段，头端带竹节，尾端去掉竹节，距头端竹节约1/4处锯断两截，削一段适合这竹孔大小的竹棍或木棍，一头插进竹节端孔，固紧，另一头在竹节尾端约两三厘米处裁断，一支既可用果实做子弹，也可用废纸揉捏成圆球状做子弹的"竹筒枪"就完成了。竹筒枪最常用的子弹，就是朴树上青绿圆实的果子。朴树是春天里我和伙伴们经常攀爬的树，在我们的追逐打闹游戏中，朴树的枝叶一天天茂密起来，夏天就到了。于是，树冠宽广、树荫浓郁的朴树又成为我和伙伴们的一个乐园：象棋、军棋、飞行棋、车辚辚、马萧萧，天昏地暗；跳绳、踢毽子、乒乓球，你来我往，大汗淋漓；纸飞机、跳方格、抽陀螺，笑语喧天，乐而忘返……转眼间，朴树的叶子在阵阵的秋风中枯黄随北风脱落，只剩下光秃秃的枝丫指向苍穹，静静地等待着春天，等待着新的生命。当年，我还胡诌了一首小诗《生命》："叶已化蝶飞去/树丫密密/默默凝视远天/谁又能说它失去了生命/在苍青的冬日的天穹/在凛冽的风中/它静静地孕育/期待着春满枝头的时候/新的生命。"

知道这种给我带来无数快乐的树叫朴树，是到了白云山风景区以后。在白云山派出所工作，进出之间，有意无意，总能看到朴树，伸手就可以触摸到朴树。虽然已经没有了少年情怀，但心中却总会涌起一份亲切、一份愉快。

朴树生长快，适应性很强，耐水湿，耐烟尘，耐干旱瘠薄和轻度盐碱，抗风，抗污染，对二氧化硫、氯气等有毒气体抵抗性强。朴树坚硬，可供工业用材；茎皮可造纸，可做绳索、人造纤维；果实榨油作润滑油；根、皮、嫩叶入药可消肿止痛、解毒去热，可治腰痛、膝疮，外敷治水火烫伤；叶制土农药，可杀红蜘蛛。

一棵棵普通平凡的朴树，耸立在公路旁、街边、公园、村庄和河堤上，装点着四季。一棵棵普通平凡的朴树，一天天一年年，吸尘消声，防风固沙，保护堤防，调节气候，防止污染……默默地奉献着。在这些普通平凡的朴树里，有我童年的快乐时光，这些普通平凡的朴树使我看到春天，看到希望。

一棵棵普通平凡的朴树，却有别样的风景，平凡中孕育着伟大。

焦裕禄，一天天，一年年，凭一颗为民之心，顶着肝区的疼痛，在风沙、盐碱、内涝中抗争，在兰考1080平方公里的土地上绘宏图，"兰考人民多奇志，敢教日月换新天"。

孔繁森，一天天，一年年，一腔热血洒高原，为发展少数民族事业奔波操劳，茫茫雪域高原处处留下他深深的足印，留下他不朽的忠魂。人们在料理他的后事时看到两件遗物：一是他仅有的8元6角钱；一是他去世前4天写的关于发展阿里经济的12条建议。"一尘不染，两袖清风，视名利安危淡似狮泉河水；两离桑梓，独恋雪域，置民族团结重如冈底斯山。"

杨善洲，一天天，一年年，用一颗赤子之心，用退休后20年的日夜，把一个连野樱桃树和杞木树都不长的光秃秃的大亮山，变成一个森林郁郁葱葱，溪流四季不断，林下山珍遍地，枝头莺鸣燕歌的林场。

他们，不就像一棵棵普通平凡的朴树吗？他们爱憎分明，自觉地抵抗着"二氧化硫""氯气"等有毒气体的污染和毒害，屹立成一个大写的"人"字。

百姓口碑警察故事中，有一位独腿民警孙益海。18年前，26岁的孙益海在一次收缴非法枪支行动中失去了一条腿，但他没有被残疾击倒，靠拐杖和假肢重新站了起来。16年来，他拖着假肢和遗留有23颗绿豆般大小的完整霰弹丸及碎片的身体，走村入户，累计走了1800多公里，为1.2万人上门办理身份证，帮700多人办理入户，化解280多起矛盾纠纷。"我追小偷可能不行，但为大家办点实事还是可以的，这也叫'废物利用'。"孙益海这样说。

"也许，我会突然消失，就像水珠融入一片海洋。那时，我将化作一朵浪花，寻遍江河的大街小巷，找到那座我心中的小屋。"这就是当地"110"的人民好公仆好民警吴春宗。在危险时刻把危险留给自己的"肉垫所长"，在冰冷刺骨的河水中托举氧气瓶救人的民警"托举哥"，还有晨昏昼夜在城镇山谷护卫安宁无处不在的"藏蓝色"，都给人以平安、祥和和温暖……

有人说："有价值的眼睛看见了山，山就有了价值；有价值的眼睛看见了海，海就有了价值；有价值的眼睛看见了阳光，阳光就有了价值。"在这些平凡而伟大的人的眼中，只有人民，只有至高无上的人民利益。他们把自己根植在风沙、盐碱、内涝里，根植在雪域、高原、荒山上，无怨无悔，快乐无私地奉献着。乡村、田间、学校、厂矿、牧区、民居，他们无处不在，他们把自己融合在群众之中，人民看见了他们，就看见了党的光辉，他们在点点滴滴的平凡中铸就了一座座高尚的丰碑。

朴树，一棵棵普通平凡的朴树，在寒风中傲视着苍青的冬日的天穹，守候着春天。我分明听到了春天款款的脚步声，听见了枝叶发芽的声音和快乐的欢笑声。树下的我，多了一份对生命的感悟，多了一份对普通平凡的追求，保持本色，付出真心，即使平凡也能成为一道靓丽的风景，即使平凡也能给人阴凉的树荫。

禾雀花

"警官,到五雷岭怎么走?那里的禾雀花开了没有?"

这是十多年前我在白云山风景区小城花园后山的羊肠小路执行清明保卫时,一群游客的问询。平时,我和战友的脚步在五雷岭的山水间重重叠叠,或许是专注于寻找线索,专注于山林间的异况,我并没有留意也不认识禾雀花。

还没待我去印证,在前往山庄旅舍检查完毕正要离开时,山庄刘经理说:"我们这儿的禾雀花开了,看一看。"我有点诧异,诧异冥冥之中似乎真的有安排。

穿过回廊,横过鹅卵石铺底的鱼池,一棵粗壮葱茏蓊郁的玉堂春荫蔽着一隅回廊和鱼池。迈上"三叠泉"门前的台阶,在与"天然居"相连的廊架下,一簇簇一串串灿烂盛放的洁白花朵扑面而至。一棵如腿粗的虬曲老树曲折向上,在靠近窗架附近衍生出三条粗如臂膀的花藤,花藤如巨蟒盘绕,在平整的房顶上蔓延,翠绿的叶子层层覆盖着房顶,一簇簇一串串挨挨挤挤的美丽花朵就生长悬挂在树藤上。"看,这一朵朵的花儿像不像一只只振翅欲飞的禾雀?"没等我回答,刘经理又指着花托说,"这是禾雀头,两旁的小黑点是眼睛,中间弯弓似雀背,两侧花瓣是张开的翅膀,还有这后伸的底瓣,像禾雀的尾巴,花内还有一撮内脏——花蕊。"我连连点头:"简直是活灵活现,栩栩如生。这禾雀花一藤成景,确实壮观!""在很多地方,禾雀花是白色的。我们这里还有紫色的,繁花似锦,就在客房服务总台与会议厅门前的长廊上。""禾雀花是国家二类保护植物,白色花的叫白花油麻藤,紫色花的叫美叶油麻藤。禾雀花像禾雀一样能食用,美味可口,晒干的禾雀花还是清热降火的佳品。"刘经理娓娓地介绍着。

以后,每到春暖花开时,我和禾雀花都有个约会。山庄旅舍和五雷岭自不必说,周边的山峦幽谷间都有我寻觅的踪迹,飞霞山树龄超过700年的"禾雀花王"与树龄约500年的"禾雀花后",千藤闹春,花开万束,仿似万鸟栖枝,令人惊艳!

看到禾雀花,我不禁想起了禾雀。小时候在山村、田野、小溪和山林中,花草虫鱼走兽飞禽都是我和小伙伴们的快乐之源。那时禾雀真多,稻穗飘香时节更是数不胜数,总有禾雀飞临田间啄食稻谷。这时候,我们就拿着竹匾或簸箕来到晒谷场,在边上或中间用短棒支起竹匾或簸箕,在棒子上系好绳子,把绳子用稻谷覆盖,然后找个隐秘的地方隐伏。我们远远地攥紧绳子,目不转睛屏息静气地盯着禾雀的举动,等禾雀不觉走进竹匾或簸箕的覆盖范围,我们拉动绳子,禾雀就罩在竹匾或簸箕下了,成为我们的食材。

这些年,越来越难以见到禾雀了,禾雀都去了哪里?是不是都飞进了山林树丛变成了禾雀花?

新会棠下镇乐溪村的老人留给我们一个美丽的传说:

700多年前的一天,仙人铁拐李云游到小蓬莱山上公坑寺,看见一群群禾雀飞到稻田里偷吃稻谷。农夫拿着竹竿从这边赶,禾雀飞到那边吃;从那边赶,禾雀飞到这边吃。农夫看着大群禾雀啄食他辛辛苦苦种出来的粮食痛心疾首,而禾雀反而叽叽喳喳地嘲笑着农夫,欢闹雀跃。铁拐李见此情景,便随手从山边扯下一条山藤,用法术把禾雀全捆绑住,一串一串地挂在树下,只准它们在青黄不接的清明前后飞出来。从此,再没有禾雀偷吃稻谷,而公坑也多了禾雀花。

一朵朵的禾雀花如碧玉雕成的禾雀悬挂在枝上,一串串如百鸟栖枝。啊,禾雀与禾雀花、牛郎与牵牛花、梁祝化蝴蝶……我不知道山川河岳、花草树木是不是都能找到相对应的化身和精魂?从禾雀花想到禾雀,从禾雀又想到禾雀花,美的愉悦,美的享受,我们不由对大自然的丰富多彩、匠心独运、鬼斧神工肃然起敬!

荔枝情浓

我的故乡在从化,一个掩映在荔枝林里的村庄。

小时候,每到荔熟时节,母亲就会带着我们姐弟乘坐公共汽车到外公家。满头银发的外公总是在厅堂里用箩筐或筛子盛满荔枝,笑呵呵地看着我迫不及待地剥着荔枝往嘴里送的样子,外婆则总是忙着用荔枝干煲汤煮饭。有时,外公外婆不在家里,我就跑到荔枝林里,去摘伸手就能触及的一串串垂挂在枝头的荔枝。

村里一排排房子、一条条巷子相隔有序,错落有致。厅堂倾斜的瓦顶如鹤立鸡群般高耸出两边耳房,一只燕子窝牢牢地附在靠近房梁的墙上。日暮时分,总见燕子翻飞的情形。门,是厚重的木板门,门后上下两道横栓,开门锁门时旋转木齿轮带动横栓。钥匙是一根比手指还长的铁条,顶端扁平呈回字形。外婆总是把钥匙挂在裤腰上,走路时叮当叮当,悦耳动听。

外公家在村尾,南门外是一条小巷,往左出村口是荷塘,旁边是一口水井。往右是横向的一排房子,房子背后有一片沙梨树和荔枝树。北门外,左面是一畦菜地,种着鲜嫩翠绿的蔬菜,菜地对面是泥砖垒成的柴房和茅厕,柴房门前茁壮成长着一棵桃树和一棵李树。右方是一丛丛翠竹,旁边还有一棵棵黄皮树和木瓜树,再往外就是荔枝林了。

这片天地就是我的乐园。

20 世纪 70 年代中后期,我上学前一年,父母把我和弟弟托付给外公外婆。这一年，我学会了自立，学会了很多生活常识。外婆教我用狗尾巴草编织各种动物，用铁锅烧火做饭，劏"塘虱"时先撒上一些盐，"塘虱"就会乖乖地随你摆布。堂兄教我用纸折叠飞机、船和手枪等玩具。我在沙梨树林和荔枝林里捕蝉捉鸟，和伙伴们攀爬荔枝树，在树上玩追捕游戏，曾经掉进过鱼塘，学会了怎么摘荔枝才不影响来年的开花结果。晚上，皎洁的月光下，村人聚集在荷塘，或聊天讲故事讲家长里短，或打牌打天狗娱乐，我和伙伴们则斗蛐蛐、捉萤火虫、捉迷藏，追逐嬉闹……

每次从外公外婆家回来，外公外婆总要用麻包袋装满一袋荔枝给我们带着。那时，我生活的公社里荔枝不常见，母亲总要分给左邻右舍，剩下的剪去枝叶，放进一个大盆里，用水浸泡后再晾干，这样保鲜期能多一两天，不像现在可以存放在冰箱保鲜。我和伙伴们总是小心翼翼地将荔枝的外壳剥离，剩下一层白色的膜绡包裹着晶莹的果肉，边剥还边猜荔枝谜："红布包白布，白布包猪胶，猪胶包红枣。""红关公，白刘备，黑张飞，三结义。"裁剪荔枝时，母亲常给我们背诵唐诗宋词讲典故，于是，我记得了"一骑红尘妃子笑，无人知是荔枝来""日啖荔枝三百颗，不辞长作岭南人""红绡白瘦香犹在，想见当年十八娘"等诗词。荔枝性热，好吃却容易上火。身为医生的母亲不是让我们先用盐水浸泡过再吃，就是用荔枝壳煲水给我们喝。而每次吃荔枝，自然又会想起外公——

村里人都称呼外公为二叔或二叔公。外公曾跟随孙中山先生参加过革命，参加过抗日战争，当时总管从化县的粮仓，指挥运送粮食到前线。新中国成立后，政府曾要安排他到中山纪念堂工作，也曾有外国归侨回来寻找他，因为他是战时的救命恩人，但外公淡泊名利，悄然回到村里，过起了淡泊宁静的田园生活。外公朴实勤劳，日出而作，日落而息。虽是古稀之年还挑着自己种的蔬菜到市场上卖。荔枝成熟的时候，外公就睡在树下的茅棚里看护。直至80多岁，外公仍是一早就去挑水施肥。外公没念几年书，但勤奋好学，书写的字挥洒自如，遒劲有力，春节时的门联都是自己挥毫。外公省吃俭用，将我母亲培养成村里第一个大学生、县里第一个教授。外公关心我的学习，有一次我考试成绩不理想，外公知道后写信勉励我，信中说："心如平原跑马，易放难收；学如逆水行舟，非进则退。"

  暑假，我常回故乡重拾快乐。中学时迷上摄影，将绿白淡黄的花朵、串串荔枝、累累果实定格成美好。重温有关荔枝的唐诗宋词，字字句句品出香甜，读懂欢笑和血泪。参加工作后，三月红、妃子笑、黑叶、白蜡等不同品种的荔枝我都品尝过，也曾到过增城观赏挂绿古树，品尝挂绿的滋味，但至今依然没有见识过因人得名的"十八娘红"。也曾与战友一起回故乡摘荔枝，外公的荔枝除了一棵古拙的桂味傲视群芳外都是怀枝。很多年后，战友们还常笑说："你家的荔枝树像你阿公一样老。""雕栏玉砌应犹在，只是朱颜改。"现在，那棵古拙的桂味更加古朴苍苍了，育树的外公已离去多年。外公是在93岁生日前夕走的，没多久，外婆也紧随而去。如今，母亲已年近耄耋，表弟表妹早已搬进新家。外公家还是旧时的模样，只是更见破落了，屋檐下已没有了燕子的呢喃。

  我回故乡的时间也越来越少了。

  荔枝依然是我的钟爱，只是，一年年，再也吃不出儿时的甘滋风味了。慢慢地才明白，儿时的荔枝里有一种亲情的味道，有一种幸福的滋味。

香樟情缘

翠绿的枝叶在高架桥的上空摇曳，轻轻拂拭着桥栏，浓密的树荫如一把绿色巨伞遮盖着高架桥下的马路、人行道，掩盖着闹市的喧嚣。这是一棵香樟树，古拙、粗壮、雄伟，默默地耸立在广州市天平架沙和路的一隅。

我的目光久久地抚摩着被绿色铁栏环护着的这棵香樟树，多少年了，每次经过，你总是这样牢牢地牵扯着我的目光。

深褐色的树皮纵向龟裂，粗壮的树干在一人高处分叉成V字形，近马路的枝干被锯断，两截断口都封补上水泥阻挡枝干再生长，两个圆圆的疤痕刺目揪心。另一秆分叉往上又分成三枝如"山"字耸向蓝天。胸径1.4米，树龄370岁！这是30年前广州市公布第一批古树名木时的数据。春风秋雨、夏日冬雪，30年的风雨砥砺，你自然更加伟岸了。

知道樟树是从小时候母亲放在衣柜和箱子里用来驱虫防蛀的白白的圆圆的香香的樟脑丸开始的。真正见到樟树是从家乡到广州西关走亲戚。几个小时的长途颠簸，混沌昏沉中看到香樟树我猛然如醍醐灌顶，一棵伟岸、蓊郁、生机勃勃的香樟树在摇曳，不仅因为是第一次见识香樟树，还因为它旁边的"欢迎您来到广州"的牌子。母亲说："这是广州市区内最古老的樟树。"

寒窗苦读，告别家乡，走进警营。20世纪80年代末的广州市人民警察学校还很偏僻、荒凉。出了校门徒步20分钟才能走到双向两车道的旧广从公路，道路两边都是田野，只有一趟 32 路公共汽车到天平架汽车总站中转，每逢周六周日，我总会从你身边走过，默默相视，直至警营生活的最后半年，我转到了位于瘦狗岭的广州市公安干部管理学院。参加工作后的一个晚上，已近子时，在白云山南麓滴水岩附近发生一宗抢劫轮奸案。男事主几乎一丝不挂跑到山下的工厂求助，女事主还在山上……警笛划破宁静的夜空，勘查和堵截同时进行。登石级，穿密林，攀山崖……荆棘丛、山崖边、岩洞里，每一个可以藏匿的地方都逃不过我们的眼睛。山上，留下了我们密密匝匝的脚印，留下了我们的滴滴汗水……局里成立了专案组，一份份通缉令发了出去，电传随着电波发了出去。霏霏淫雨中，你见证了我们在天平架追踪守候"八大金刚"的征途，我们抓获嫌疑人时，你高兴地摇晃着身体……

云卷云舒，花开花落。你的身边早已旧貌换新颜，八车道的道路，地铁穿梭，高楼大厦鳞次栉比，商店酒肆林立。奔波中，我也见识了各种各样的古树名木。我工作的白云山风景区有不少的香樟树，就在我所在的派出所对面的小卖部门前就有一棵粗壮葱郁的香樟树，春夏间，满树黄绿色的小花。萝岗罗峰寺见证了广州下雪而不被冻死的 1013 年树龄的荔枝树；增城何仙姑家庙附近，何仙姑的五彩祥云丝带幻化的千年仙藤——盘龙仙藤；历经了石溪村从田园水乡到城中村变迁的 412 岁高龄的菩提榕；"未有海幢，先有鹰爪"，树龄 406 年依然每年开花结果的鹰爪兰；中山纪念堂 400 年树龄至今仍花繁叶茂、红染云天的市花寿星木棉……还有番禺石基镇凌边村一棵距今 700 多年浴火后重生的古樟树。萝岗火村小学内，两棵旁边附生着一株细叶榕树的孪生樟树，胸径达到 2.7 米，树龄 901 年，至今树干完整、生机盎然，是目前广州最大最老的香樟树。这些古树名木都吸引着我的目光，却始终不像你那样萦绕心间。

虽然香樟树深褐色的树皮龟裂，布满沟壑，木材却有一道道美丽细致的纹路，散发着淡淡幽香，是建筑、家具、雕刻等的良材。香樟树全株清香，沁人心脾。香樟树环绕的环境会使人避免患上很多疑难病症。

是谁种树给后人乘凉？在探寻中，我收获了许多。

天平架坐落在白云山东南麓，张姓人最早在此搭屋居住，因而又叫张屋，清代形成村落。传说此地当时有一石笔、石柱子。石柱子有两个开衩形如天平，传说仙人为了称白云山和瘦狗岭的重量，于两山之间建造了一座天平，后将天平架遗落于此。

位于天平架的沙东村，村庄多数建于清乾隆时期，时属番禺县，距今不到300年。按这棵香樟树的树龄推断，沙东开村之前，此树已经枝繁叶茂。是飞鸟衔来种子，或是野生土长？据考证，此树原本生长在可以通航几吨大船的甘溪河畔，如今这条河道已经消失无踪，这株香樟，成了沙河流域历史变迁的"活文物"，是研究沙河与天平架历史文化、环境变迁和植物分布等的"活化石""祖母绿"和"绿色古董"。就像桂花树是月宫里的一个神话和象征，这株香樟树也是一个传奇和象征。

透过香樟树卵形的薄而翠绿的叶子的缝隙漏下的阳光射在身上，我扶着铁栏，看着脚下被水泥覆盖的土壤，看着周边被建筑物侵占了的伸展空间，听着轰隆的机械声、喧嚣的市声，还有台风、雷击的破坏，白蚁等病虫的危害。这种种人为破坏和自然灾害的摧残，使我看到了你生存的危机。风雨苍茫，岁月沧桑，你会不会怀念从前透气透水性优良的沃土，蓝天白云自由自在伸展的空间？你是否还记得树下的一幅幅图画：穿针走线缝补刺绣的姑娘和老太，捡拾樟籽煲水治孩子拉肚子的母亲，把叶子揉烂涂抹在皮肤上驱蚊、追逐嬉戏的孩童……一幅幅温馨祥和的画卷镌刻在一圈圈的年轮的美丽的纹路里，馨香袅袅。如今，车水马龙，川流不息，多少脸孔茫然而过？匆匆的步履，谁曾为你停伫，谁曾为你留恋？

每次，或经过、或专程地来读你，看着你古拙、粗壮、雄伟的身躯，读岁月沧桑，历史风云变幻，人生跌宕起伏……

一粒种子落到土里就是力的萌芽，每一棵树都是力的素描和写生。每一棵树都闪烁着生命的光华、茁壮的异彩。扎根大地，顽强生长，裨益社会，活出自己的价值与风采，成为一道亮丽风景、一个地方象征，风雨洗礼中傲然耸立，那就是你的力。

但愿更多的人能爱护身边的一草一木，珍爱我们的家园，但愿更多的人能像一棵棵香樟树那样留下一身清香。

徜徉在春天里

春风、春雨、春水、春花、春色、春意……春天，像一个万花筒，展示着美丽和魅力，展示着生命的顽强和伟大。

童年时，快乐地在春天里徜徉。春雨绵绵，和小伙伴用废纸折叠出不同的纸船、飞机、灯笼、帽子和手枪。霏霏小雨中，船儿带着色彩起航。清澈的小河哗啦啦地奔流着，嫩绿的竹叶、茵茵的小草铺展开一片绿色天地，散发着浓浓的春的气息。每当油菜花开，我们总是在花丛中小心翼翼地捕蜂捉蝶。玩累了，便躺在柔软的花丛中，任微风轻吻脸庞，嗅着淡淡的花香，看着天上的云朵变幻思绪翩跹。更难忘的是春种，看着大人一手牵着牛绳，一手扶着铁犁，嘴里吆喝着，黑油油的泥土就像浪花一样一排排翻卷着，心里跃跃欲试，及至自己牵起牛绳扶着铁犁时，才知道不管是水牛还是铁犁都根本不听使唤，寸步难行，只能跟在驾驭着大水牛犁田、耙田的大人后头，踩着嗞嗞冒泡的烂泥捉土狗、捕田鸡。

青年时，沉醉于唐风宋韵的春天里，沉湎于春花秋月伤春悲秋的情怀里。是谁捎来春天的消息？是"独领一寒稍"的寒梅？是"雪云乍变春云簇"的云朵？是处处可闻的啼鸟？抑或是知时节的春雨？还是似剪刀的春风？随诗人流连在莺飞草长、鸟语花香、花团锦簇的无边春色里，随乐山居士迤逦在西子湖畔、古都洛阳、烟雨江南的春天里，随放翁"小楼一夜听春雨"，忆沈园忆唐婉的红酥手、忆两情的缠绵悱恻，刻骨铭心……

南国春早。"有一位老人，在中国的南海边画了一个圈……有一位老人在中国的南海边写下诗篇，天地间荡起滚滚春潮……"春水起，春花开，林花谢了春红，春来秋往，身上的警服从当年的红领章先是改为佩戴橄榄枝衬托红色盾牌的领花，后又换成三角星形警衔领花，到现在的银白色警徽、藏蓝色外套，不知不觉间，我已经为人民的幸福与安宁守护了26个春天。在白云山风景区工作，近水楼台，我得以饱览春色。朵朵桃花随着年节的余味凋谢了。连绵的阴雨，回南天的潮湿，黏糊浸染着人们的心情。仿佛一夜之间，硕大艳丽的玉堂春已灿烂绽放，红色的、粉色的、白色的杜鹃花满山遍野，一簇簇黄灿灿的黄花风铃木在风中摇曳，一树一树紫色或粉色的紫荆花翩翩起舞……羊城的春天，大街小巷鲜花绽放，木棉花、鸡蛋花、杜鹃花、蓝花楹花……

"年年岁岁花相似，岁岁年年人不同。"每年，春天伊始，工作千头万绪，围绕着春节安保、省市及全国"两会"安保、清明保卫开展的维稳处突、打击破案、巡逻防控、视频监控等工作一件未完，另一件又来。今年春节七天假期，共约51万游客进入白云山风景区。我们确保了景区的欢乐祥和，确保了三批诉求群体登山宣传造势活动的秩序；元宵节的清晨，蒙蒙细雨中，我们在葱茏青翠的花木掩映中警卫，这个最高规格全天候的警卫已经持续了近一个月；我们查处了两宗涉毒治安案件，核查了古墓被盗掘的情况，仅用8天时间就抓获了梅花谷持刀抢劫案的犯罪嫌疑人；我们为群众排忧解难91起，寻回了46名迷失在春色中的儿童和老人……

"清明时节雨纷纷，路上行人欲断魂。借问酒家何处有，牧童遥指杏花村。"清晨，我们就来到白云山上，在崎岖泥泞的山径上，在没膝的杂草丛中，从这一个山头到那一个山头来来回回地巡视。每年的清明及前后的几个周日，我们都要到山上保卫。开始是维护秩序、调解纠纷、护林保土，防止"山狗"（替人修葺坟茔以此挣钱的人）敲诈勒索、滋事闹事、抢劫。往后又多了一项禁止扫墓时燃放鞭炮。雨丝又开始纷纷扬扬飘洒，雾气在风中像轻纱飘舞，自己的那份绻绻思念和深切缅怀，那一瓣心香又只能由家人和懵懂的小儿代劳了！

"一对夫妻中有一个是警察就辛苦了爱人,一对夫妻都是警察就可怜了孩子。"工作与亲情,理智与情感,一次次的矛盾挣扎,一番番的春夏秋冬,心,早已磨出了一层厚厚的茧,沧桑、冷硬。习惯了节假日的繁忙,习惯了亲情的残缺,洗去征尘,绽开笑脸,我早已走出心的藩篱,融入了春天里。是的,春天是从心开始的。春暖花开,春光明媚,春天的美好,不仅因为它的生机,它的灿烂,还因为它可以让人的心情绽放。让我们放飞心情,投入大自然的怀抱,呼吸花草的芬芳,焕发生命的力量,让心住进春天,让生命自由地在春天里徜徉。

亭廊大天地

在白云山众多的亭廊中，我常去的是滴水岩景区的怀仙亭和登云亭。怀仙亭临崖而建，登云亭修筑在滴水岩的山巅之上，都是观光览胜、怡情养性的好地方。每天，总有不少的游人来俯瞰胜景。双双对对的恋人相依相偎，看着旖旎的山色，远眺着美丽的花城风光，陶醉在爱的温馨甜蜜中。

孖髻岭景区在"白云松涛"景点以东，由几座连绵起伏的小山峰组成。在西侧的山峰上，临崖而建一座可以远眺主峰摩星岭、俯瞰层峦叠嶂和黄婆洞水库湖光山色的云移亭。北面的山峰上修建了一座可以极目远眺南湖和广州城北片风光的临风亭。

20年前我被分配到广州市公安局白云山分局的时候，白云山还只是广州市北郊的一个默默无闻的风景区，亭廊只有云壑初探亭、登云亭、极目南天亭、挹翠廊、白云晚望廊等20多个，它们多数修建于20世纪60年代初。现在风景区里已有109个亭廊，大部分是随着风景区的建设和美化而修筑的，白云山成为人们运动健身、休闲娱乐、怡情养性的一片乐土，从一般的风景区升格为现在的全国5A级风景区，成为广州的一张靓丽的名片。

如今，我在白云山派出所工作，更少不了到各个景区各个亭廊走动。亭廊或是在湖中，或是在山巅，或是临崖屹立，都是筑在风光旖旎之处。观光的游客到这里，既可以了解社情民意，掌握各种治安情况，又可以慢慢地读懂白云山，读懂历史，世务之外，也多了一份诗情画意。身临其境,自己有时也仿佛成了诗人墨客:比如在摘斗亭,总会感到"危楼高百尺,手可摘星辰。不敢高声语,恐惊天上人"。而站在荡胸亭里,就有"荡胸生层云,决眦入归鸟。会当凌绝顶,一览众山小"的情怀……

　　亭子,古时用来计算路程,五里一短亭,十里一长亭。亭子,充满离愁别绪,留下了多少的千古绝唱。"寒蝉凄切,对长亭晚,骤雨初歇。都门帐饮无绪,留恋处,兰舟催发。执手相看泪眼,竟无语凝噎。""暝色入高楼,有人楼上愁。玉阶空伫立,宿鸟归飞急。何处是归程,长亭更短亭。""长亭外,古道边,芳草碧连天。晚风拂柳笛声残,夕阳山外山。天之涯,地之角,知交半零落。……一壶浊酒尽余欢,今宵别梦寒。""莫愁前路无知己,天下谁人不识君。"一句句叮咛和嘱咐,唱出了多少"长亭送别"的经典。

　　斗转星移,车轮滚滚,山脉相隔但不再绝望,水道遥远但不再忧伤,驿道上计程和饯别的亭廊已湮灭在岁月的风雨中,一些珍贵的亭台楼阁也因岁月沧桑风雨剥蚀而成为传说。那天,我和战友在通往梅花园的山麓间走访调查。在山腰一处树木葱茏之地,我们看着脚下有规则地排列成圆形的半遮半掩在泥土中的残砖碎石,议论着这里以前一定有一个建筑。登山的老人告诉我们,这里原来有一个亭子,毛主席当年在广州期间,经常到这个亭子里读书和思考问题。"南朝四百八十寺,多少楼台烟雨中。"白云山上,不知还有多少关于亭廊的故事湮灭在岁月的长河里。

　　白云山上亭廊的建筑越来越美轮美奂,有方形的、长方形的、圆形的、蘑菇形的,有单体的、连体的、亭廊相连的,有双层的、五层的,有小不足10平方米、大至600多平方米的。它们有的琉璃碧瓦、飞檐翘角,有的金碧辉煌、巧饰窗花。有的亭廊别出心裁,像摩星岭的摘斗亭,白色的圆穹顶,庄严纯洁,远远看去,像一片白色的云朵悬浮在树丛之上。竹溪幽谷、挺拔苍翠、空灵清雅的环翠亭,原以稻草为顶,现在换成了树皮,古朴简单,与自然融为一体。这些亭廊本身就是一道风景,游人在此观光览胜、小憩时,又可以怀想昨天,展望明天。如果有兴致,还可以品读亭柱上的楹联。"云路迂回闻胜景，壑崖深处有倦踪。""远眺高树始知倦鸟有余情，纵览长云真觉夕阳无限好。""山中信步随芳草，亭中闲来倚白云。""山花入画留芳芷，松浪浮诗挹翰芬。"……也可以欣赏篆书、行书、草书等或飘逸灵动、或雄浑峻拔的书法。如果再细味，还可以追溯这些亭廊兴建的缘由。如植谊亭是为了纪念我省与日本兵库共建友好省，共植友谊树而建；知青亭顾名思义，铭刻了那一代人那一段难忘的岁月；去年才修建还没有命名的松园宾馆后山的亭廊，却是为了我们每年风雨中的冬季警卫而建。

　　一朵白云可以映照天空的美丽和自由。一座亭廊的每一砖每一石，凝聚了多少人的努力和艰辛、智慧和心血、执着和信念，留下了多少的酸甜苦辣，爱恨情愁！历史的风云，凝注在每一砖每一石的静默里。壑崖深处，亭廊大天地。

岭南奇舍

"岭南奇舍"是2008年1月26日,江泽民同志到广州白云山风景区"山庄旅舍"视察时,即兴挥毫为山庄题写的。

山庄旅舍坐落于白云山风景区摩星岭景区的东南山谷中,三面环山,景色优美。山庄始建于1964年,为著名建筑设计大师、广州市第一家五星级宾馆白天鹅宾馆设计者莫伯治所设计。大门前,一棵榕树独树成林,浓荫覆盖,树下是一株株的茶树和玫瑰。进入大门,是一条依山而建的水泥路,直通客房服务总台与会议厅门前的台阶。山庄的建筑顺应山势,依山而建,亭台楼阁、廊池错落有致。宾客在登临游览陶醉于景色中时,浑然不知疲倦,从浓荫覆盖下的大门走来,到客房服务总台的台阶,谁也不觉海拔竟已经升高了200多米!台阶前,当年陶铸先生一手种植的铁冬青树高耸巍峨。总台门墙上镌刻着董必武老人亲题的"山庄旅舍"以及"绿树多生意,白云无尽时"的对联。

这里,是一幅活生生的春夏秋冬山水图画。榕树、樟树、白兰树和翠竹四季常青。春暖花开,红艳艳、热辣辣的杜鹃花像灼灼火焰,满山遍野,令人赏心悦目,心旷神怡。禾雀花花开时,一朵朵的花儿活像一只只振翅欲飞的禾雀。在很多地方,禾雀花是白色的,但这里的禾雀花却是紫色的。至于茶花,更是山庄的一绝。有纯白如雪的"白雪塔",有殷红如血的"莲城红",有一树开出红色、白色和粉色的"五彩",有雍容华贵的"黑牡丹",有硕大如海碗的"美国红"……简直就是一个茶花的王国。

钟灵毓秀的风光,幽雅舒适的环境,完善配套的设施,使山庄旅舍成为南国的"钓鱼台"。1965年,周恩来在此接见了印度尼西亚副总理,并在大会议室召开国事会议。1978年,改革开放总设计师邓小平曾到山庄小住,构思了"春天的故事"。贤达郭沫若及夫人于立群分别题写的"听泉之处"和"葱茏"二字,刻于溪侧水池岩石上。还有董必武、陈毅、杨尚昆、柬埔寨的西哈努克亲王等国内外领导人都曾到过山庄旅舍。

山庄旅舍保存着两副奇特而珍贵的对联,一副是悬挂在品茶室墙上的玻璃对联:"诗王本在陈芳国,群仙正草新宫铭。"上联出自李白的诗句,下联出自苏东坡的诗句。字体清劲潇洒,穿插挪让,是清朝"西泠八家"之一的书法、篆刻名家陈鸿寿的手笔。另一副瓷字对联挂在天然居书房墙壁上,"松葱试玉端溪涧,石鼎烹云顾渚香"。书法笔致柔软,貌丰骨劲,浑然太极,出自清代书法名家刘墉之手。此外,山庄旅舍还保存有六块紫檀木诗碑木刻,诗碑里共有九首《论诗》绝句。《论诗》是金朝文学家元好问的作品,这六块诗碑木刻是清朝嘉庆年间官至湖广总督、岭南书法四大名家之一的吴荣光的手迹。

在山庄旅舍,还可以观赏到两种传统工艺。一种是嵌瓷。嵌瓷是潮汕特有的工艺美术传统品种,采用各种光泽的陶瓷片,经剪取、敲制、镶嵌、粘接、堆砌而成,有人物、龙凤花鸟、虫鱼、博古、山水等造型,色彩浓艳,质感坚实,久历风雨而不褪色。另一种是满洲窗。山庄保存了不少漂亮的满洲窗,其艺术价值最集中的体现,就是蚀花玻璃。制作蚀花玻璃,先要在套色玻璃上涂一层防腐蚀剂,然后在表面画稿,再刻出图案,最后将玻璃放在氢氟酸和硝酸或者盐酸的混合液中。在酸的作用下,套色玻璃表层的彩色玻璃被蚀去,露出下层的透明玻璃,形成所制的图案。清末民初,蚀花玻璃在广州和珠三角一带盛行一时。当时西关以及河南的许多大屋中,蚀花玻璃成为建筑装饰的时尚。

在山庄旅舍,还有一道不得不看、不得不说的风景,那就是明清古董家具。这些古董家具摆放在天然居、三叠泉、品茶室、欣然厅、起居室等处，有 50 个品种，共 197 件，椅、凳、床、台、几、柜，一应俱全。原来，中华人民共和国成立初期，一位喜欢收藏的老华侨准备举家移居国外，想把毕生收藏的古董家具捐献给国家，就写信给时任广州市市长的朱光。由于这些古董家具一时没有适合的地方摆放，政府就把它们锁进了市政府办公厅的仓库。2002 年，山庄旅舍修葺后焕然一新，要找些家私相衬托，这些珍贵的古董家具就在这里焕发了光彩和魅力！天然居里面，有一套酸枝竹面菱形凳，四张一套，凳面成菱形，造型奇特，极为罕有，虽历经一百多年，做凳面的竹子竟没有虫蛀、破损，光滑如新，价值连城。三叠泉内摆放的一套紫檀云石面圆台，四凳一桌，用料讲究，工艺精湛，保存完好，价值非凡。这些古董家具，充分体现了明清家具线条简练、流畅、刚劲，造型简洁，装饰相宜的特色，体现了阴阳互依、虚实结合的手法，体现了传统文化的含蓄美。其结构、造型、用料、雕饰、镶嵌等各方面的工艺都在传承传统的基础上达到了巅峰水平。

  白云悠悠，云山叠翠，这一花一草，一树一木，经历了多少风雨，刻录了多少岁月！亭台楼阁，廊池溪桥，一砖一瓦，凝聚了多少人的智慧和心血，执着与信念！山含笑，水含情，自然人文，小山庄，大天地，山庄旅舍，令人不禁赞叹曰：岭南奇舍！

白云松涛

"要求于人的甚少，给予人的甚多，这就是松树的风格。鲁迅先生说的'吃的是草，挤出来的是牛奶、血'，也正是松树风格的写照。自然，松树的风格中还包含着乐观主义的精神。你看它无论在严寒霜雪中还是盛夏烈日中，总是精神奕奕，从来都不知道什么叫做忧郁和畏惧。"

读书的时候，陶铸先生的《松树的风格》是要求学生必须背诵的课文。那时，我家背后的山峦上有很多高耸的松树，上学路上的道路两旁也都是一排排的松树，松树的松针、松果、松香和树上的蝉蜕、树下面的蚁窝，都有我的快乐记忆。因为熟悉和喜爱，所以背诵课文并不困难，也是在这个时候，我才知道，这些不起眼的松树竟是这样的崇高！

当一个个美丽的文字随着日子的消逝渐渐模糊的时候，我来到了钟灵毓秀的白云山，来到了陶铸先生常常听涛远眺的地方。

陶铸先生时任广东省委第一书记、中共中央中南局书记，为了解决白云山下农民的生产和生活用水困难，1956年，他提议修建了环山傍水的黄婆洞水库。陶铸书记十分喜爱白云山，喜爱松树，每次上白云山总喜欢到两个地方，一个是"白云松涛"，听涛远眺，感悟人生，另一个是山湾，山湾西面山坡下是一片松林，陶铸书记喜欢伫立虎头岩凝望松林。"文革"初期，陶铸调任中共中央政治局常委、国务院副总理，但很快遭到"四人帮"的残酷迫害，罹患重病，被从中南海秘密转移到安徽合肥某处的特别病房。他忧国伤民，悲愤莫名，怒而撑开五指，拼尽最后力气猛击墙上，灰白色的墙壁被手掌沾去墙皮，留下一个清晰的手印。"四人帮"垮台后，陶铸的冤案平反，魂归白云山，安息在悠悠白云与苍翠松树下，有心人还专程跑到安徽合肥寻找当年囚禁陶铸的房子，寻觅墙上的手印，虽然历经十年风雨，墙上的手印宛然。后来，人们在虎头岩对面的山坡上，竖起一块花岗岩巨石，凿刻"松风"两个大字，巨石下安葬着陶铸书记的灵魂，巨石右上角拓刻的手印是他临死前不屈抗争的印记。每年清明前后，总有不少手捧鲜花的游客慕名前来拜祭。

《松树的风格》是陶铸先生在1959年1月写成的，虽然文中没有提及白云山，但我想，他在构思和酝酿的过程中应该少不了到白云山上听涛远眺，思忖感悟。我是在这篇文章问世30年后来到白云山风景区工作的，那时候，白云山上的松树随处可见，特别是"白云松涛"一片，更是四面松林，松声如涛。"白云松涛"是旧羊城八景之一，盘山公路直通观景平台，凭栏俯瞰，山色葱茏，层峦叠嶂，广州市东北片的城市景观尽收眼底。观景台旁边的山坡草坪上建有听涛亭和云跃亭两座凉亭，听涛亭的圆柱上挂着一副木刻楹联："山花入画留芳芷，松浪浮诗挹瀚芬。"云跃亭的则是："松影摇风鳞甲动，涛声化雨枕衾寒。"光是从这两副楹联，我们就可以想象当年松涛的韵味，那是多么让人神往，使人浮想联翩！一条羊肠小路从山坡的中间把两座凉亭分隔开，卧在路口的几块巨石中的一块黄白色石英岩上镌刻着老一辈无产阶级革命家董必武登临此处时的亲笔题词："白云松涛"。

沿着"白云松涛"的蜿蜒小路可以到达另一个景点孖髻岭，途中，相连着通往老虎洞、梅花园、圣地、麦地、松风轩和天河酒厂的几条羊肠小道，从孖髻岭的山巅往东，可以下达握山村、蟹山村、小城花园和白云山制药厂，往西翻过一座座山峦可以迂回梅花谷、黄婆洞水库、广东外语外贸大学后山和白云山西门，通达五雷岭、元下田和永泰村等地。山上群峰连绵，林木茂密。

开始的那几年，起伏的山峦上，高高低低参差不齐的都是松树，都是单一的马尾松,风景区的管理人员说,光是这一片松林就有五百亩。

"白云松涛"作为一个著名的景点,只要天气晴朗,很多人都会专程到此,但他们的目的不再是聆听涛声,而是体会大自然的韵味。白天,他们三五成群地跳舞,做健身操、踢毽子、打羽毛球、打扑克,听涛亭变成了一个唱歌台,亭柱上挂着歌友们自己抄写的歌谱,上百个歌友自发组成的方阵激情高歌,一首又一首,歌声在山谷中回荡。晚上,更多的是双双对对的情侣,在观景台上相依相偎,喁喁细语,观赏着羊城的美丽夜色。

梦萦水乡

纵横交错的河网，舟影波光，星罗棋布的城镇乡村，田埂、蕉园、蔗林、飘香的瓜果、欢跳的鱼儿……地理课本上一幅幅以"桑基鱼塘""蔗基鱼塘""果基鱼塘"为代表的独特的岭南水乡风光，如诗如画。

"……人家的后门外就是河，站在后门口，可以用吊桶打水，午夜梦回，可以听得橹声欸乃，飘然而过……""人在屋中居，屋在水中游"的"水阁台榭"，青石板铺设的深弄曲巷，一个挨着一个的沿河石阶，小桥、流水、人家，"家家面水，户户枕河"，桨声灯影，柔情缱绻，大师笔下的水墨江南，如梦如幻。

那时，我常和伙伴们登上家背后的山峦，向着水乡的方向遥望和遐想。其实，从家乡到岭南水乡只有一百多公里的路程，只是，春天的音符刚奏响，春天的故事刚拉开序幕，闭塞和落后的交通使水乡可望而不可即，水乡，成了心底的一个梦！

告别校园，我投身警营，先是做刑警后在派出所，不知不觉护卫着英雄羊城的一方晴空已经20多年了。做刑警的日子，走南闯北奔波跋涉，不经意间，我一次又一次地走进岭南水乡和江南水乡的画卷，走进梦里。梦想成真的激动和喜悦已经风轻云淡，一年年，一次次，在汽车上、在轻轨里、在空中，看着交织河网上的舟影波光和"风沐蔗林千亩绿，雨打芭蕉一径幽"的景色，看着沙田里崛起的一幢幢厂房，村镇里毗邻的楼房，穿梭的车辆，看着水乡的繁闹和日新月异的变化，心旷神怡中又总觉缺失了一种韵味。水乡的情韵是要慢慢品读，细细品味的，自己是不是真的走进过水乡？有哪一次，在水乡里，不是走马观花，浮光掠影？

一个薄雾蒙蒙的诗情画意的日子，我应邀随"岭南水乡文化，绿色沙田生态"采风团走进番禺东涌，走进水乡东涌的历史沿革、社会变迁、人文习俗和故事传说中，又一次走进图画中。

穿过一条掩映在香蕉树、甘蔗林、石榴、木瓜和青橄榄丛中的蜿蜒的绿道，我伫立在海堤路中一棵枝繁叶茂如伞屹立的大榕树下。榕树独木成林，树身分成四枝，向着东、南、西、北伸展、蔓延。堤下，一条清澈的小河缓缓流淌着，两艘满载河沙的机帆船一前一后逆流渐行渐远。河岸边，一棵棵荔枝树、龙眼树、石榴树、枇杷树、芒果树和木瓜树像身穿绿色衣裳、笑意盈盈的迎宾使者笑迎着八方来客，泅在水中的一丛丛水草随波起伏，芦苇、水芋、桐花、梭鱼草、水生美人蕉等水生植物随风摇曳，似在述说着水乡的悠然和韵味。一个洗衣的女子，手挽木盆，一步一步地走下沿河石阶，在荡漾的河水中轻扬，飞溅的浪花细数着女子背后一排排鳞次栉比的楼房。

谁能想到，100多年前，这里还是由一片泥沙冲积而成的沙丘，人们拍围耕种，堆起一个高高的土墩。当河水暴涨，百姓便上去避难，有心人就在土墩上种下了这棵百年老榕树。更让人难以置信的是，800多年前，这里还是水深6至7米的浅海，一片茫茫。唐末五代和北宋末年，北方战火连天，中原人士大量移民南下，他们将一根根竹子剖开，用一把把长约一米的草扎紧，串起来拼成一个草棚，再以稻草或甘蔗壳为上盖，以稻草敷上泥浆做墙，建起自己的家园——茅寮。在这前后，来自西江、北江的大量泥沙由于潮水的顶托作用在这里沉积，逐渐形成沙洲或沙滩。由于人口的增加，土地需求不断增大，人们开始围垦造田，向江河海洋要田。"云霾浪打人迹绝，时有沙户祈春蚕。"从南宋开始，历经元朝、明朝、清朝、民国到现在，人们一直在修筑堤围，向水夺田，几百年间，这里便由泽国变成万亩良田。这些良田既是大自然的恩赐，更是一代一代水乡人家智慧和汗水的结晶。

走着,看着,听着,想不到,一个是山村,一个是水乡,但儿时,我们唱的是一样的童谣:"鸡公仔、月光光、落雨大、氹氹转、排排坐"……玩的是一样的游戏:抽陀螺、捉迷藏、跳大海、跳飞机、打波子……山水相连,水乡,在心中又多了一份亲切。想不到,就在几十年前,水乡也曾硝烟弥漫,战火纷飞,也曾受到日寇的蹂躏,也有汉奸助纣为虐,更有抗日的英雄视死如归!想不到,水乡还获得周恩来总理签发的国务院奖状:"奖给农业社会主义建设先进单位"。在那段难忘的岁月里,水乡也曾接纳过一批又一批的知青。想不到,水乡东涌的一个大稳村,去年的工农业总产值竟达四个多亿,大稳村先后被评为"广东省卫生村""广州市观光农业休闲示范村""广州市创建文明示范村工作达标村"……

东涌人民传承着水乡人的勤劳和智慧,传承着生生不息的精神。今日的水乡东涌,早已旧貌换新颜,连接番禺中心区和南沙区的市南公路,番禺大道纵贯全镇。近年,新建经过东涌的南沙港快速路及其黄榄支线、京珠澳高速公路、广州地铁四号线、珠三角环城高速公路南环段、广深港客运专线等,使东涌成为珠三角的交通枢纽。水乡人的家园也一步一步从茅寮到砖屋,从平房到洋房,从洋房到别墅。我在地理课本上读着岭南水乡如诗如画的风光之时,水乡已经开始"筑巢引凤",引进"三来一补企业",引进了广东省首家音像企业,通过集资和捐资建成自来水厂,成为省里首个水乡水改的试点,将从以农业为主的经济发展模式转变为工、农、商业的全面发展。几年前,这个总面积近92平方公里的水乡城镇就有了近450家工业企业,其中外资企业260多家,汇集了日本、韩国、美国、英国、德国、加拿大和俄罗斯等10多个国家和地区的客商以买地、租赁厂房等各种形式投资设厂,形成了水乡东涌独树一帜的外向型经济。

堤围、水闸、茅寮、古树、炮楼、蝴蝶楼、文武庙、天后庙……水乡的每一处,都弥漫着旧日生活的气息,岁月的古朴,每一处都凝聚着水乡人的智慧和心血,希望和汗水。一草一木,一山一石,一村一围,目光落定处,都是历史,双脚行走处,都是汗水和岁月的沉淀。

"木棉花开新雨晴,绿树枝上黄鹂鸣。"总长26公里像一条绿色丝带的绿道,两岸花开四季、水中鱼翔浅底的水上绿道,集观光、科普、农具体验于一体的瓜果藤条架成的绿色长廊,感受和体验岭南传统农耕文化的湿地公园,平湖秋月、陌头柳色、赛龙夺锦、渔舟晚唱……已经建设和正在打造的生态环境使这颗水乡明珠越发显得光彩照人,一路走来,一步一景,让人陶醉,使人流连忘返。

《似水年华》里有一句话:"我知道你会来"。

水乡,正张开怀抱等着你的到来。

来吧,亲近自然,远离尘嚣,给疲惫的心灵放放假,找个栖息地。

来吧,饱览田园风光、水乡风情,找一份闲适,感受一份幸福温馨!

水乡,如诗如画的水乡,梦里的水乡!

走进水乡,读懂水乡,做一回地地道道的水乡梦中人!

水乡,我会再来!

烟雨罗浮山

　　罗浮山与韶关丹霞山、南海西樵山、肇庆鼎湖山被并称为广东四大名山。四大名山中我最早知悉的是罗浮山,这源于小时候被蚊叮虫咬后常用小玻璃瓶葫芦状的罗浮山百草油消肿止痒。后来又看了图书里的罗浮山民间故事和传说,罗浮山的美丽、神奇就深印心中。后来,读了苏东坡的诗:"罗浮山下四时春,卢橘杨梅次第新。日啖荔枝三百颗,不辞长作岭南人。"就更向往这个蓬莱仙境了。

　　这次前往罗浮山,不想遇上了热带风暴来袭,一路上乌云翻滚、大雨瓢泼。抵达后也只能在山脚下的酒店歇息,隔着窗玻璃远眺群峰。雨雾中,罗浮山更显山势险峻,穿云破雾。直至下午3时多,雨止云收,我们急忙赶往索道,车直接停在进山的牌楼前。两只雄壮威武的石狮守在大门的两边,门额上苍劲雄浑的"罗浮山"乃著名书法家秦咢生手书。楹联"罗山万仞云中起,浮岛一峰天外来",形象地概括了罗浮山的气势和浮山嫁罗山的神话故事。相传古时这里只有罗山,浮山从东海浮来,倚于罗山东北,由铁桥峰相连,故名罗浮山。

　　进入大门,一排高耸森然的柏树把路一分为二。右边的小坡上是摇曳的翠竹,竹丛边竖着一块醒目的"朱明七洞天游览图"。指示图对面是洞天福地、石壑松风等景点。我们边走边快速扫视着,走过天降财神、龟寿石,沿着白莲湖,到了东江纵队纪念馆的门前,直接乘车在蜿蜒的山道上盘旋赶往索道。

这是那种最早期的开放式的索道,黄色的铁架,蓝色的供两人坐的板椅,顶上一块遮阳板。雨后的山巅烟雾弥漫,索道那边笼罩在云雾中,从山脚远远看去,缆车似乎穿入云中直通天庭。坐上缆车之后,才知道距离比起目测要遥远得多,沿途只见层峦叠嶂,秀丽壮美,姿态万千,植被繁茂常绿,树木高大森然,藤萝密布,林荫蔽日。有时候,枝叶就在身边,就在脚下擦过,触手可及;有时候经过溪涧,流水淙淙;有时候下临深渊,千峰万壑,峰势峥嵘。缆车跨越一座座山峰,波浪般起伏直插云霄。

走出索道站,视野突然开阔。站在广场平台上,仰望,是云雾缭绕时隐时现的主峰鹰嘴岩———一块巨石横亘空中,像一只昂首挺立的雄鹰,栩栩如生。俯瞰,烟雾腾空,气势雄伟。云开雾散,连绵的群峰、稻田、村庄、湖泊、河涌、四通八达的公路,依稀可见,远远的东江河像一条玉带环绕,依山傍水的城市高楼林立,广厦万千。

来不及细细欣赏,顾不上路滑坡陡,我们一鼓作气攀上了山巅。说是山巅,其实就是一块光秃秃的巨石,巨石的边缘围有一道铁栏。岁月风雨的侵蚀和千百年千万人的攀登踩踏,导致巨石上凹凸的棱角变得很平滑。山风浩荡,烟雾在眼前蒸腾、翻卷、飘散,人在烟雾中,头发飘飘,衣袂飘飘。此情此景,要是让曾经在这里赋文和咏诗的文人墨客、名仙名人看到的话,必定又会诗兴勃发,文采飞扬。而我,除了感叹大自然的鬼斧神工和变幻莫测,只能应和着同伴高声呼喊……余兴未尽,向导已催促着下山,领着我们游览冲虚道观、葛洪的炼丹灶和洗药池。

走着,听着,我神思游离,祖国锦绣山河,风光旖旎,我们追随着前人的足迹,真的要感谢先人的发现和建设。像罗浮山,雄峙于岭南中南部,毗邻惠州西湖。汉代司马迁曰:"罗浮汉佐命南岳,天下十山之一。"被道教尊称为天下第七大洞天,三十四福地。1096年,苏东坡被贬谪惠州到罗浮时,我想,除了原始生态,其人文环境、人居环境和生活条件与现在都是无法相比的,有着天壤之别。但先贤却在思想和精神上给我们留下了典范。苏东坡在惠州两年七个月,深深地为这里的四时春色所打动,深深地爱上了这里的山水和人民,于是以诗言志,"不辞长作岭南人",并带领民众努力建设,与夫人王朝云把受奖赏的黄金和金饰献出改造西湖,造福民众,惠泽后世。

山色迷蒙,下山的时候,天又下起了大雨。罗浮山方圆200多平方公里,大小山峰400多座,飞瀑名泉近千处,洞天奇景18处,石室幽岩72个。有"雄狮梦梅""东坡啖荔""安琪天饮""稚川炼丹""仙凡路别""花手游会"等传说。至2000年底,罗浮山开发的景区有:朱明洞景区、白鹤洞景区、九天观景区、黄龙洞景区、华首台景区、酥醪洞景区、飞云顶景区等。天公作美,我有幸领略了烟雨中的罗浮山;时间仓促,奇景传说唯有静待机缘。

向导有句话说得好:"惠州惠州,惠民之州。"于是我想:不论何时何地,只要是真心为民,处处都是生命的绿洲,处处都是美丽的天堂。

玫瑰梦

回故乡从化探亲，朋友邀我一同去新开放的宝趣玫瑰世界主题公园。

这是春天的一个午后。进入园中，我们很快就被眼前美丽的景色吸引住了。"好大的玫瑰！"很快，一朵朵火红硕大的玫瑰花将我们的目光定格了。红艳艳的玫瑰花在清风中摇曳，像一团团熊熊燃烧的火焰，缕缕芳香沁人心脾。"玫瑰见得多了，从没见过这么硕大的！"游人边拍照边惊叹着。一朵朵、一簇簇、一丛丛的玫瑰花在路边灿烂着馥郁着，一直延伸到前方的花仙子广场。广场上，红的、粉的、黄的、白的、红边黄底的、红白黄相间的，各色的玫瑰或含苞欲放含羞带娇，或艳丽娇俏风姿绰约，汉白玉雕刻的栩栩如生的花仙子在玫瑰花海中沐浴着芬芳。花仙子背对着玫瑰长廊，长廊里，一株粗壮的千年玫瑰痴痴地凝望着仙子的背影。广场边上小河对面，是一片更广阔的玫瑰天地，两颗用鲜花编织的巨大红心相拥着，寓意着真心相拥，爱情恒久。

这时，主题公园的总经理潘素玲女士闻讯来了。寒暄后，潘女士问："有没有看到'胜利神木'和'灵龟石'？那是我们的镇园之宝。"接着，潘女士领着我们兴致勃勃地参观了合抱粗的、从主题公园沼泽地深处挖出来的沉睡了600年的"胜利神木"以及从良口镇的流溪河畔迁来的13吨重、惟妙惟肖的"灵龟石"。

潘女士一边走一边不疾不徐地给我们讲述"胜利神木"和"灵

龟石"的故事。我不禁重新打量眼前的她：齐耳的短发、健康的肤色、丰腴的体态，穿着红色套装、黑色西裤，精神、干练。"走，到公园展厅喝杯玫瑰花茶吧！"潘素玲热情邀请。

展厅一排排的陈列柜上，摆放着各种玫瑰花蜜、用玫瑰花制成的果脯和蜜饯。我们围坐在玻璃茶几前，喝着芬芳馥郁的玫瑰花茶，品尝着果脯蜜饯，聆听着潘女士的传奇故事。潘女士喜欢花，20世纪80年代中学毕业后，就在自家的八分自留地上种植桃花、菊花等花卉，开始了创业之路。90年代初，她租种了50亩花卉，与友人一起开办了友生花店，卖鲜切花。不久，注册成立了广州从化友生园林有限公司，业务拓展到芳村花卉市场和中国香港。后来，她在这里租了300亩地，办了一个万花园，种植玫瑰、月桂、剑兰、百合等花卉，但生意就像鲜花枯萎一样凋零，苦恼沉闷了一些日子。后来她跑市场，到北京、昆明等地调研，还两次跑到欧洲考察。第一次考察回来，解决了种植的方向，决定专门种植代表爱情、亲情和友情的玫瑰花。第二次考察回来，引进了国外优质玫瑰切花品种和先进生产管理技术。至今，园里种植了150亩的玫瑰花，另有50亩正在开发，引进了300多个品种的玫瑰花，有大红色的超级红、白色的坦尼克、粉黄色的香槟、粉红色的伊甸园、桃红色的水蜜桃、红边黄底的阿班斯等。

"玫瑰园的运营和收入如何？"一位同行问。"开始两年生意不景气，入不敷出。这两年逐步走上轨道了，开始盈利。与旅行社合作，公园高峰时每天接待游客两万多人。当时的广东省委书记有一天微服到从化调研，看到这里路边长长的车龙，就进来参观，给予我们赞赏和鼓励，回去后还专门过问。除了玫瑰主题，我们还种植了油菜花、凤仙花、醉蝶花、红色白色两花同株的勒杜鹃、墨西哥大丽花、加拿大紫荆花等，还有草莓、圣女果等供游人采摘品尝，下一步准备在园中开设特色餐厅，建酒店。"潘女士言语中流露出自豪。

"玫瑰与月季就像孪生姐妹，很容易混淆。开始我们种植的玫瑰花很美，但枝条特别粗大，市场上不受欢迎。潘总追着客户刨根问底才知道枝条粗大会增加运费，增加成本，于是对品种进行改良。潘总还根据市场情况琢磨出控制玫瑰花生长的方法：给花苞套上网，花瓣就会长长、变多，还可以控制花朵的开放时间；玫瑰花喜甜，在插养玫瑰花的花瓶里放些糖，花儿会更艳丽持久；加些啤酒，玫瑰就叶翠花艳。潘总还钻研消费者的心理，生产一些特色玫瑰，通过长期多次的试验嫁接出'钻石玫瑰'，用人工染色技术培育出'蓝色妖姬'，还有紫色、绿色的，三个花蕊的……即使是凋谢的玫瑰，潘总也将其变废为宝，卖给温泉酒店做花瓣浴。"美丽的礼仪小姐一边给我们的茶杯续水，一边介绍。

  姑娘还在娓娓地述说着，我侧首看着微笑着的潘女士，仿佛看到一朵盛放的玫瑰。潘女士从一个喜爱花的种花姑娘，成为"玫瑰夫人""玫瑰皇后"，通过不懈的奋斗实现了自己的玫瑰梦，更用自己的努力诠释了玫瑰的真义：予人玫瑰，手有余香。现在，宝趣玫瑰世界主题公园拥有2000多亩花卉生产基地，员工近400人。她的公司辐射带动周边农民1000多户，种植花卉面积8万多亩。潘女士热心为花农免费传授技术，赠送种苗，招用当地村民，解决就业160多人，热心为公益事业捐款。宝趣玫瑰世界主题公园不但成为一个旅游热点，还全面带动了从化区的旅游业。为此，潘女士获得了"全国三八红旗手""全国劳动模范""全国十大杰出青年农民""全国星火科技致富能人"等称号，代表从化区参加北京奥运会的火炬传递，光荣当选为广州市第十三届、第十四届人大代表。

  "共同享有人生出彩的机会，共同享有梦想成真的机会，共同享有同祖国和时代一起成长与进步的机会。"有梦想、有机会、有奋斗，潘女士用执着和汗水实现了心中的玫瑰梦。这是一个新风拂面的春天，这是一个放飞梦想的时代。我相信：只要脚踏实地不懈努力，任何人都可以实现梦想，我们一定会实现国家富强、民族振兴、人民幸福的中国梦！

洛洞行

像晋代武陵捕鱼人误入桃源一样，我无意中走进了洛洞村的山水和历史。

那是一个周六，蓝天丽日，全家人想一起出去走走。去哪呢？家乡山清水秀的地方基本都走过了，洛洞村是极少数我们还没有涉足的乡村，听说那里有当年"学大寨"时的大寨楼。于是，我们决定去看看。

汽车沿着106国道驰行，经过聚龙湾度假温泉，就看见一座公路桥的铁架上悬挂着"南国大寨世外桃源"几个红漆大字。车子进入一条穿行在田野和山间的平坦的水泥马路。清风中，一排排金色的稻浪涌来，一串串金黄饱满的稻穗在向我们点头招手，好一幅田园牧歌的图画！车子拐了两个弯后，入眼的又是另外一幅山水画：草木葱茏的山峦，青翠摇曳的竹丛、竹林，蜿蜒的溪流。

汽车经过九曲湾休闲生态园后停下。我们站在一棵挂满红灯笼似的果实的柿子树旁。隔着小溪和稻田望去，对面是一幢院子连着稻田、围墙隔开满山翠竹的崭新小洋楼，而半环着一方鱼塘的，却是空荡破败的一幢楼房。放眼四顾，村里都是这样的新楼宇与古旧村落相互映衬。这时，一个老妇人指着鱼塘边的那幢二层楼房说："那就是当年的大寨楼招待所，一次可容纳200人吃饭呢。那些知青住的房子还在前面几十米。"知青宿舍建在矮坡上，门楼像阁楼，一排低矮的灰瓦白墙的破旧平房正对着门楼，左边是另一排房子的砖墙，两排平房间有一条小石头铺就的小巷，屋檐下挂着晾晒衣服的竹竿和已残破褪色的灯笼。这些房子残旧破落，默默地守望着一段沧桑岁月。

石阶一边连着山坡，一边翠竹掩映。走下石阶是一个下临幽谷的水泥平台，平台边上是一棵棵枝繁叶茂的水葡萄树。一条山涧流水淙淙，一块块奇异突兀的巨石横卧在峡谷间。平台往里与一道近十米的山塘水坝相连，水坝中有一个小闸口，清凌凌的山水哗哗地从闸口奔腾而出，撞击在山涧的石头上，飞扬起一片白茫茫的水花。山塘浅滩里植有几株水生树木。山塘水清澈见底，水草随波荡漾，小鱼悠游。长廊拐角处一棵素未谋面的红孩儿树牵扯着我的脚步。树旁往上又是一道小闸口，是如一面镜子的山塘游泳池的出水口，流泻的山水与山涧溪流交汇。闸口前方有一个分岔口，往左上山坡通往环山公路，往右过一个拱门进入了另一片天地。一片平缓的山谷，水泥小道沿着山边蜿蜒，水葡萄树、香樟树、红孩儿树等各种树木参差错落，浓荫蔽日。淙淙流淌的山涧环绕着另一面山边，大大小小、形态各异的岩石像精心摆设又似散乱随意地躺卧在山涧树丛中。踏着透过叶缝洒下的斑驳光影，我们一步步走近了一片小沙滩和一泓碧绿的潭水。山涧中的巨石更显突兀、嶙峋，两泓潭水之间横跨一座石桥。桥头，一棵壮硕的香樟树如绿色巨伞遮盖着登山梯道口和旁边的一座凉亭，一条小路一头连着凉亭，一头连着水潭上方的一座只剩下断壁残垣，杂草丛生的小水电站。梯道蜿蜒，伴着溪水一路欢歌，或平缓，或陡峭，或狭长，或临渊，隐没在翁郁的竹丛树林里。峰回路转，一匹银光闪闪的白练呼啸着从天而降，飞花溅玉。是瀑布！是阶梯式的瀑布群，真美！山环水绕，青翠的竹林、千姿百态的奇石、幽暗神秘的岩洞、阶梯层叠的瀑布、肥大的竹笋、一叶如伞的野山芋、旋回的燕子、攀藤附葛的过山峰藤蔓……据说，每逢旅行社的大巴车进来，村民们就会手提肩挑着走地鸡、蜂蜜、番薯等土特产叫卖。游人不但可以享受亲山近水的乐趣，还能感受热情淳朴的民风，涤荡心灵。

归途中，我想：我从小在家乡待了近20年，这么美丽的地方先前怎么没听说过？

晚上，与故友相聚，才知道白天行驶的那条穿行在田野和山间的平坦的水泥马路原来叫"番薯公路",是洛洞人用勤劳书写山村富裕和秀美的见证。与桃源人"不知有汉,无论魏晋"不同,洛洞人战天斗地改造山河红旗飘飘。以前十分艰苦,"出门三步靠肩挑",村民购买肥料、运送粮食都要翻越几座山头。1960 年,洛洞人用钢钎凿、锄头挖,肩挑背扛开山挖路,饿了以番薯充饥,月圆月缺,六年寒暑,终于告别了无公路的历史。山上的粮食、山货和林副产品等随着滚滚的车轮源源不断地运往各地,大量化肥、农具等生产资料运进山村。

1965 年开始,洛洞人带上干粮,扛起工具,担沙、抬水泥,翻山越岭,用汗水先后筑起了七座全部并入国家电网的小水电站。艰苦卓绝环境下的壮举引起了强烈反响,1971 年 7 月 19 日,洛洞大队被评为"广东省农业学大寨先进集体",声名鹊起。多位党和国家领导人曾先后前来参观视察。洛洞被冠以"南国红旗""广东大寨""人间天堂""乐洞"等种种美誉。

真想不到,这块土地在改革开放之前,就曾经有过这么辉煌的历史!游历洛洞村,我领略到的不仅仅是一幅美景,更有一种精神、一种传统、一种美德。

故乡的古围屋

芭江河水日夜不息地流淌，滋润浇灌着故乡的田野。在故乡生活了近20年，观音山、羊角山、马口寨、黄花湖……自以为足迹已踏遍故乡美丽的山水。

转眼间，离开故乡已经20多年了。忽然有一天，在京珠高速公路一个出口的广告牌上，看到了"广东最美古村落——上岳古民居"的字样，我心里先是诧然，然后是惭愧——上岳村就在我家乡的附近，但我却从未听闻过有这么一个古民居。问母亲，母亲说："听你外公讲过，'天上雷公凿，地上古上岳。'"上岳村古民居原来早有口碑！于是我萌发了到那里走一走的心愿。

一天午后，阳光灿烂。我们一行驾着车，追逐着开始西斜的日影，在群山环绕田野纵横的道路上奔驰着。大半个小时以后，汽车驶进一条仅一车宽的水泥道，在阡陌纵横的田野和俨然的村巷中兜兜转转，然后驶出一片村舍。突然间，隔着一片稻田一方鱼塘，一排排错落有致、青砖黛瓦的锅耳楼出现在眼帘！

太阳变成一个红红的火球停在朴山朱公祠堂左上端的飞檐上，从相机的镜框里观望，我看到缕缕阳光带着七彩的光晕，洒向大地。夕阳下的祠堂显出一种恢弘、古旧和森严，像一个高逸的隐者，一颗遗世的珍珠。飞檐下雕梁画栋、彩塑浮雕，由于有些斑驳和残旧，给人以久远和沧桑的感觉。踏着门前的青石板，跨过凹陷光滑的门槛，灰暗、阴凉包围着我们。最里面的堂屋正中，摆放着一个塔形的牌位，一个牌位对应着一个名字，一排排一层层向上叠放着，每一个名字都浓缩着一段人生、一段历史，都有牵扯不断的前世今生、血脉相连，这塔形的牌位里记录了多少的爱恨情愁、岁月风云和历史变迁！是啊，一个祠堂本身就是一本书、一部历史，静静地记载着、诉说着一门姓氏的兴衰发展。

祠堂左右两边与俊美的锅耳楼形成两条村巷。这是广府建筑的梳式布局，以一条街巷为中轴线，巷子在街道的两侧，民宅在巷子的两侧，巷子连巷子，院子套院子。锅耳楼的山墙是清一色的青砖黛瓦。小巷铺设着花岗岩石板。石板缝隙间和墙壁边缘长满了幽幽的青苔，深远而幽静，远离人间烟火。每条巷子里，门户相对共14户人家，每户的檐缘梁枋均巧饰雕琢，砖雕、木雕、壁画异彩纷呈，各具特色。每条巷子里，总有几户人家门前筑有一长方形的花岗岩石板，巷道空寂，我仿佛看见了时间的面容，听到了时间的声音。我依稀看见：在冬日的暖阳下，一个个老人坐在青石板上懒洋洋地晒着太阳，在日影里冥想；或是茶余饭后，妯娌婆媳，在一起谈论家长里短。一面面高耸的锅耳山墙，一座座恢弘的锅耳楼，延续着村子的历史和传奇。

徜徉在夕阳下的古巷，鞋跟叩击着青石板，"笃——笃——笃——"，清脆而单调，古朴典雅的古巷越发寂静、悠长和深邃。重叠着先人的脚印，一串串历史的足音，一幅幅历史的画卷，一份份历史的眷恋从幽幽的青苔，从冷冷的青石板上传递过来。每一砖，每一石，每一根梁枋，每一幅图画，都经历了多少风雨的冲刷、岁月的剥蚀，见证了多少的故土家园，恩义情深，悲欢离合。这每一砖每一石里，凝聚了多少人的努力和艰辛，智慧和心血，执着和信念。抚摸着沁凉的青石砖，就像抚摸着历史，几百年的历史就在这每一砖每一石的静默里，就在脚步的来来去去重重叠叠之间，就在门前青石板上慵懒打盹的间隙中慢慢地凝固、消逝……

我们随意走进了一间老屋，老屋三个门楼相隔，各不相通，在空落落的破损的结满蜘蛛网的厢房里，却还摆放着舂米的器具。房子中间有天井，天井一隅装有抽水的水泵，显示着不久前的生活气息，也许原来的主人家现已响应政府保护古围村的号召搬离了吧？沿着天井边上的石梯，我们踏上了天台。眼前的图画让我们目不转睛：层层的黛瓦，飞檐翘角，走兽图腾，彩塑浮雕，锅耳墙和壁画都触手可及，那么近那么立体地呈现在眼前，由近及远，一座座锅耳楼是那么层次分明，错落有致，气派辉煌！在斑斓的云霞中，在青山依傍绿水环绕中，透视着别样的壮美和恬静。

在"归仁里"的巷口，从一个坐在青石板上观赏落霞的耄耋老人口中，我们聆听了巷陌深深的起源："南宋末年，上岳村始祖朱文换抗击元军，护送皇帝逃亡北江金鱼嘴时不幸殉职，其子落户上岳村，繁衍生息，至今已有32代近7000人。"老人接着讲述村里的风俗："祠堂旁边有一口方井，逢年过节，村民都要到井边拜祭井神；每逢正月十七有'抢花炮'；每隔六年在秋收后'唱神工戏'……"古屋的兴盛衰落老人没讲，但从古屋的建筑上我们知道，古屋的建筑风格是属于明清岭南派。在元明清时代，锅耳墙是拥有功名的人才有资格建造的，锅耳的高低取决于官位的大小。这里的锅耳墙，除了高大，有的还在额角上雕龙画凤，可见主人当年的显赫地位。由此推断，上岳村的鼎盛辉煌时期也应该是明清时期。

在另一个巷口的一面墙上，我们看到了县政府关于上岳古围屋管理的有关规定、保护与整治规划。政府已确定了对古围屋进行点、线、面的整体保护以及建设开发的整体格局。上岳古围屋在2006年被评为"广东最美乡村旅游"示范点，按"中国历史文化名村"标准规划。如何让上岳古围屋这颗璀璨的明珠更好地焕发光彩，每一个故乡后人都应尽心尽力地思考。

无尘净土

有一个画家,在河堤柳岸边画画,一个玩耍的小孩走到他旁边,静静地看了一会儿,说:"你家里很穷吗?"画家愕然,小孩说:"买部相机就不用画得这么辛苦了。"这自然是稚童的少不更事,但无忌的童言也真实地说明,对风景的光与影、形与色描述的快捷、真实与具体,再高明的画师,也不及相机和录像。稍微有些名气的景区,都有美轮美奂的风光片和介绍。

我没有古人寄情山水的超然、仁智和灵气,每次旅游,都是随团走马观花,赶人潮和热闹,所以去的地方不少,但过后往往只能在照片中重温记忆。然而,这次从三清山回来,总觉心绪难平,总有一种感动,这是心灵的一次洗涤和回归。

三清山是美丽的,《中国国家地理》杂志推选其为"中国最美的五大峰林"之一。美国国家公园基金会主席保罗先生惊赞:"三清山是世界上为数极少的精品之一,是全人类的瑰宝。""三清山是世界上第一流的罕见的精神世界——天国。"三清山因玉京、玉虚、玉华三座山峰高耸入云,宛如道教玉清、上清、太清三个最高境界而得名。三清山自然景观荟萃,有南清园、西海岸、阳光海岸等九大景区,千峰竞秀,万壑奔流。有司春女神、巨蟒出山、老道拜月、观音赏曲等十大绝景,个个惟妙惟肖,栩栩如生。三清山东险、西奇、北秀、南绝,四季景色绮丽秀美,兼具"泰山之雄伟,华山之峻峭,衡山之烟云,匡庐之飞瀑"。

但给我们印象最深的还是三清山的云雾，刚才还阳光灿烂，夺目耀眼，走着走着，在山间转两道弯，天色就慢慢黯淡，风起云涌，一阵阵的雾霭随风在溪涧山谷升腾、缠绕、覆盖、笼罩。一会儿，山峰、层林由远至近开始隐没。云雾就在身边流转，缠绕着你，天地间缥缥缈缈，曼妙无穷。云雾触手可及，看得见，却又抓不住，自己仿佛进入了神话中的仙境，在云雾中徜徉、徘徊。走上栈道中的悬空的玻璃观景台，脚下的玻璃台隐入雾中，人就像在云海中腾云驾雾，难怪秦牧先生晚年登三清山时赞誉这里是"云雾的家乡，松石的画廊"。

行走在悬崖峭壁间，从上午到下午，我们沿路不停地攀附着护栏围栏，但几个小时下来，走完了全程，我们的双手依然没有一点污秽，没有一点灰尘。这在我们生活的城市里是不可想象的，这又让我不得不惊叹三清山的无尘无污染。

不仅仅是自然的无尘无污染，三清山里的人也是无尘的，像没有经过雕琢的璞玉。一同伴因身体不适，午饭后由另外4个同伴陪同乘坐缆车下山，因他神志不清，从寄宿的山庄下到索道的山间云梯只能叫轿夫抬着。到了索道，把我的同伴扶进缆车箱后，两轿夫健步如飞地往山下飞奔。缆车上上下下40分钟，到达时，同伴却见轿夫已在门口等候。同伴惊奇，汗流浃背的轿夫憨憨地说："等着抢救生命啊，我们已等了一会儿了。"

连着输了六瓶液，同伴已无恙。此时已是夜色深沉，只能在当地住宿了。安顿同伴休息后，另外4个同伴出去吃大排档夜宵。席间，叫了些粥粉给宾馆的同伴，粥粉先上来了，他们的饭菜还没上，等他们吃完，粥粉怕也凉了。他们就想着找人先送回去。这时，刚好有几辆车夫在等生意，有人提出，不如让黄包车送回去，把车夫叫来，说明要求，谈妥价钱3元，同伴付了，车夫就踩着黄包车消失在夜色中。吃着吃着，外出吃夜宵的同伴又后悔了，为了3元钱跑这段夜路，这车夫会不会送过去？会不会把粥粉拿回家给小孩吃？

他们还在议论时，宾馆的同伴正在津津有味地吃着黄包车车夫送来的暖烫喷香的粥粉。

第二天中午，我们会合吃午饭时，他们讲述的语气、神情中还流溢着感动。

听着听着，我的心也慢慢融化了。

友爱互助，诚实守信，童叟无欺，是我们民族的传统美德。而这些美德却随着物质的极大丰富而逐渐缺失。假如，黄包车夫换成都市人，我们还会收获这种感动吗？每个人都曾经有过无尘无邪的时候，岁月迈过了生命的年轮，尘俗的烟雨把我们的雄心壮志磨蚀，把棱角磨平，我们接触的污染太多，我们的心灵蒙上的灰尘太厚，我们变得随波逐流，在名利中沉浮、挣扎，我们成熟了，却也世故了，心灵越来越荒芜、贫瘠，我们遗失了纯真、纯朴却又渴望这些天性，所以我们为这些平凡、纯朴的举止感动。播下一种行为，收获一种习惯和性格，从事一种工作的时间长了，总会留下行业的痕迹和特征：商人重利，教师诲人不倦，白衣天使都有些洁癖，而我们警察年年月月与犯罪打交道，长年累月接触社会阴暗面，看问题都带着疑问，不轻易相信人。所以，警察更应适时调节、洗涤自己的心灵，更应像荷花出淤泥而不染，更需要朴实的本质和阳光的心态。

三清山是一座具有 1600 余年历史的道教名山，作为景区被开发开放是最近几年的事。道教崇信的是道法自然，因而我们开发利用旅游资源时，要遵循自然法则。随着索道、栈道的开发开放，现在每年慕名到三清山的游客有 800 多万人次，而且，这个数字还在日益增加，正如风景名胜专家所言"看了三清和黄岳，三清将更胜黄岳"，但愿往来如鲫的人潮不会污染、腐蚀了这片无尘的净土，但愿我们的家园更洁净。

北京印象

或许是习惯了南国的水土气候和生活，或许是时空交错从恢弘凋敝寒冷萧瑟的画面回到苍翠葱郁温暖如春的景象，才离开北京一个星期，北京的生活气息竟已有些遥远、模糊，感觉已经过了很久很久。

只是，平静的海埋藏着波浪。一个信息、一句问候、一张照片、一个表情，就使心海泛起涟漪，在北京鲁迅文学院学习生活的日日夜夜点点滴滴就会浮现眼前。

我第一次到北京，是1989年的暑假。心愿驱使着两颗躁动的心，从广州到北京。在列车上晃荡了36个小时后双脚终于踏上了京城的土地。在一间每人每天8元房费的旅店住下后，我们到附近的街上买了一大袋水嫩鲜甜的水蜜桃大快朵颐。买一份地图，每天从早到晚按图索骥地疯游。天安门广场、王府井、什刹海、北海、颐和园、大观园、圆明园、故宫……北京的街道笔直、平坦、宽阔、整洁，让从小生活在开门见山的小山城的我大开眼界，天安门广场的宏伟壮观、颐和园的旖旎风光、长城的巍峨宏伟壮观、故宫的精美绝伦让我叹为观止！

10年后的初秋，我作为分局刑警队的领导到北京学习交流，对北京的博大壮美又有了更深一层的印象。

这次到北京，又相隔10多年，北京变得更大更美。宽阔的街道、人行道更加整洁，每到傍晚，街道两旁停满了各色小轿车；地坛公园大门对出的人行道上，常有老人在放风筝；某个路口拐弯处，不经意间总有一驾马车停靠着在叫卖梨和大枣等水果；匆忙的人群总是当红灯不存在，不时有摩托车、电动车在路口穿插，在人行道上逆行。鲁迅文学院新址位于北四环的朝阳区文学馆路，从这里到香山公园，乘公共汽车转地铁要一个多小时，到具有1700多年历史的潭柘寺约56公里，到门头沟区九座马蹄形的山峰则更遥远……群峰连绵逶迤的燕山山脉，蜿蜒万里的巍巍长城，像一条映照着秦时明月波光的河流，缓缓流淌。

　　北京的宏大，不仅仅因为它有地域的辽阔和博大，还有它从悠悠岁月中传承下来的大气、大度和大襟怀。故宫、颐和园、热河、天坛、月坛、地坛、雍和宫……不管是时光浸染的皇宫寝室和皇家园林，还是皇家祭祀的场地，抑或是佛教道家儒学寺庙庭院，直至现在的人民大会堂、国家博物馆、首都博物馆、"鸟巢""水立方"等等，无处不让人感受京城的神韵和魅力，感受炎黄子孙的勤劳与智慧。天圆地方、天人合一的传统文化精华在这些建筑这些场所里体现到了极致。普通民宅的四合院，常常在方形小院中建一个圆形水池，或者在两院之间修一个圆形的月亮门，就连进入四合院大门后的那道屏墙的形状和作用也是"曲则有情"的一种格局，也是天圆地方的一种特殊体现。

　　在秋光秋色中体味这些经典则更让人沉醉。傍晚，我常流连在鲁院校道两旁一排排叶子下缀满圆圆的黄色果实的银杏树下，一棵棵粗壮蓬勃的法国梧桐下，一排排高大挺拔的白杨树下，看夕阳给这些枝叶染色。潭柘寺的千年银杏"帝王树""配王树"、雍和宫、地坛、街道两旁、绿化带中，一片片的银杏树丛、树林，满树金黄，遍地金黄，阳光洒在一枚枚扇形的叶子上，瑰丽炫目。在香山，我又为另一种红艳艳的热烈和艳美所震颤，延庆的百里山水画廊，红的，黄的，红黄相间的，五彩斑斓，置身其间，身心皆醉！

　　在北京，适逢十八届四中全会、文艺座谈会、APEC会议召开，老百姓目睹风采、聆听声音、学习精神，就是乘坐出租车，司机也在滔滔不绝地讲国家大事。在北京，总会不知不觉受到一些氛围的感染。我的脚步会不由自主地在鲁迅故居、茅盾故居、北京大学、清华大学、南锣鼓巷、铁狮子胡同里逡巡徜徉，在广州时基本不看话剧和京剧的我，却在国家大剧院、人民艺术剧院、中央音乐学院等地流连，沉醉在话剧场景里，陶醉在梅兰芳大剧院的国粹表演中。

古都皇城，恢弘庄严、金碧辉煌、富丽堂皇、高端大气是必然的，然而它同时又是大众的、平实的、慈爱的、包容的。张策老师在《细碎的北京倒影》说："懂北京的，就会从那些恢弘中去捕捉细碎。了解北京，起码要在故宫外的筒子河边，面对着秀丽的角楼，静静地看上半天河水。这时候，会有老人在你身边抖空竹，会有北京小妞儿从你身后跑过，会有安心看书的眼镜哥，也会有用纯粹京腔唠叨着儿媳妇的大妈们。这时候，你会忘记你要做什么，你会被一种气氛包围而变得有些慵懒。这时候，宏大的北京城就在你面前有了新的生息，似乎有一双深邃的目光，慈爱地注视着我们。"

牛师傅是鲁院的门卫，50岁出头，中等个子。我几次与友人浅斟低酌夜归，还有那次国庆凌晨4时多出门赶往天安门广场观看升旗仪式，都见牛师傅穿着大衣坐在铁门后的一张小木桌边，看着大门内外的动静，同时木桌上摆着一个搪瓷水杯，一台微型的收音机。与他闲谈后我才得知，牛师傅的女儿在北京读研究生，牛师傅辞去家乡稳定的工作，在鲁院做了一名保安，一边打工，一边照顾女儿，看着萧瑟寒风中的牛师傅，我不由想起朱自清先生的《背影》。

我在五道营口徜徉，口干舌燥，走到路口一个士多店，要买一杯老酸奶。店主正在门前树头下忙碌，说："自己拿吧。"我在桌面上取了一瓶老酸奶，在旁边的小方凳上坐下，才看清树头下竖着一个修理自行车的牌子，店主蹲在树下修理一个大背囊的拉链。一个穿着白色圆领T恤、黑色健美裤和运动鞋的外国女孩焦急地在一旁看着，并用不太流利的普通话说："取不出钥匙我就没办法回家，实在不行就换一条拉链吧。"女孩是留学生，刚登长城回来，取放在背囊外层的钥匙时，发现拉链无法拉开。店主用胶钳使劲地钳夹拉扯，不行后换了尖嘴钳，又拿来剪刀，女孩见状说："不行就把它剪破把钥匙取出来。"店主只是埋头摆弄，又过了十多分钟，店主紧蹙的眉头舒展开来，拿着钥匙的外国女孩满脸笑容，连声说："太好了！Man, goodman！"

　　北京各行各业的工资没有我以前想象的那么高，但北京张开怀抱，欢迎四方来宾，一元的公交车，两元的地铁，方便快捷。大街小巷，既有时尚的美容美发店，也有改革开放前国营理发店的手艺模式，花几元钱到十几元就可以改头换脸，容光焕发。在雍和宫等寺院里，在怀柔、顺义、密云等乡郊的山坡上道路旁，一棵棵叶子飘零的柿子树上缀满了一个个小红灯笼似的红柿子。这些柿子静静地垂挂在枝条上，除了被树上跳跃的鸟儿啄食，就是摔落树下化作春泥。道路旁、旷野上，一棵棵光秃秃的只剩下树干和枝条默默指向天穹的白桦树上，总有一个大大的鸟窝，一只只鸟儿从这棵树上飞到另一棵树上，从这丫树枝跳到另一丫树枝，啁啾鸣唱，是在呼唤着"APEC蓝"的天空吗？

　　世界上没有十全十美的人，没有十全十美的城市。北京的拥堵、雾霾和沙尘暴常被人诟病，但这并不妨碍人们对北京的喜爱！"北漂"闯荡的一族，2300万的芸芸众生，生活在这里。喜欢不喜欢，祖先留下的瑰宝就在那里，京腔京韵锣鼓点就在那里，北京的底蕴，北京的大美、大气、大度和大襟怀就在那里，北京的风范和风向标就在那里，北京人举手投足间的雅致就在那里。

　　我知道，从此，我心底里有了一根专属于北京的弦！北京，我还会再来，走进你，亲近你，拥抱你！

做水一样的警察

"国旗在上,警察的一言一行,决不玷污金色的盾牌。

宪法在上,警察的一思一念,决不触犯法律的尊严。

人民在上,警察的一生一世,决不辜负人民的期望……"

国旗飘扬,言犹在耳,这是中国警察的廉政宣言。

宣言要付之行动,警察如何实现国旗在上、宪法在上、人民在上的宣言?

做水一样的警察,警察当如水。

有人不理解,水和女子相关相息,温婉、柔弱,而警察是阳光的、刚强、刚烈、刚毅,但凡事都有极致,否极泰来,至刚则易折。柔能克刚,刚柔相济是一种境界,所以,警察要有如水样的温柔,对待群众要温柔,要使群众感受到如春风般的温暖。高山流水,警察应做群众的知音。

"水滴石穿""抽刀断水水更流",警察要有像水一样百折不挠的韧性和恒心。

"黄河之水天上来,奔流到海不复回",水往低处流,水和时间一样"逝者如斯",警察要有水的一往无前和甘于平淡的低调。

"世界上最宽广的是天空,比天空更宽广的是海洋",警察当如大海般包容、理解、有胸襟。

"惊涛拍岸,卷起千堆雪",警察当如水,面对穷凶极恶的歹徒、罪犯,面对暗礁、巨岩,哪怕粉身碎骨,也要永无休止地一浪一浪拍打,直至流尽最后一滴血。

"问渠那得清如许,为有源头活水来",警察当如水,为社会主义建设保驾护航,做推动社会主义建设,构建和谐社会的"活水"。

万涓成水,汇流成河,黄河滚滚,长江滔滔,长江后浪推前浪,警察当如水,前赴后继,继往开来,青出于蓝。

水,无形无相,可方可圆,警察当如水,面对困难,面对坎坷,能屈能伸。

水,无色无味,清澈透明,晶莹剔透,警察当透明如水,一生光明磊落,弘扬正气,激浊扬清。警察每天在社会淤泥、沼泽潭里跌打滚爬,每天面对种种诱惑、危险,更须如出水芙蓉,出淤泥而不染。清澈如一泓清水,清香如朵朵荷花。因为,手脏了,衣服脏了,可以用水洗,但是水脏了呢?用什么洗?每个人在成长历程中总会接触种种的污染。心陷进去了,黑了,致使人性沉沦了,良知泯灭了,才有了那么多的是非曲直,你高我低,社会才会越来越复杂、混乱。警察是执法者,是洗涤社会污垢的水,若警察知法犯法,执法犯法,社会还能清净,社会风气还能纯净吗?

一花一世界,一沙一乾坤,一滴水折射阳光,一位警察就是一种形象,一道风景。"上善若水,水善利万物而不争,"警察就应有水一样的给万物带来益处而不求回报的品德。

人的身体,百分之九十是水,可以说人的生命,是由水的生命衍生出来的。只是在生活中,在竞争中,人的水的清澈本性被蒸发了,陷入了名利的樊篱、牢笼,有了无尽的欲望、奢望,就有了更多的心机和纷争。"长恨人心不如水,等闲平地起波澜。"什么时候,人回复了水的本性,则淡泊从容,宁静致远,闲看庭前花开花落,漫随天外云卷云舒。

做水一样的警察,把人民的事业看得重些,把个人的得失看得轻些。把自己融化成一滴水,用水的清澈、利万物去践行警察的宣告。

做水一样的警察,如水之柔,如水之韧,如水之静,如水之明,如水之善,如水之宽广和无畏,如水之方圆和活力。如是,警察的队伍自能清正廉明。

凛凛警威医者心

冬夜，寒风刺骨，四周一片静寂。

此时，正是酣眠的好时光。我裹紧了大衣，舒展了一下又僵又麻的双脚，静静地看着身边洁白的四壁、洁白的灯光、洁白的床铺和床上昏睡的人。

这是在医院的病房里。

母亲是个医生，因此小时候的我常出入医院，母亲一直想让我继承她的衣钵，但我最终却选择了做刑警。做了刑警，我依然常出入医院，但真正自己看病的时候少，送人、陪人看病，看护病人的时候多。有时候是一份责任一份关爱一份真情，有时候是身不由己无可奈何。就如今晚，病床上的人和我素不相识，而且是个作恶多端的歹徒。前段时间，在凌晨三四点，辖区道路常发生长途客货车被五名持刀歹徒洗劫的恶性案件。昨晚，这伙歹徒又在肆意抢掠，被守候多时的我们逮个正着，当场擒获四名歹徒。现在躺在床上的这名歹徒，负隅顽抗，拼命逃跑，我们鸣枪警告无效，只好一枪把他的腿"贯穿"了，后辗转把他送到了这所医院。

像这样因看押嫌疑人，送受伤事主、群众进医院而出入医院也不知有多少趟了。慢慢才悟出，警察和医院有着千丝万缕的联系，警察和医生有很多相像之处。俗语说，医者父母心。救死扶伤，治病救人，这是医者的风范。哪怕是濒临生死线的病人，但只要有一丝抢救的希望，医生都要全力以赴，与死神相争。其实，从某种意义上讲，警察又何尝不是医生？只不过我们医治的是社会的毒瘤，而法律就是我们的手术刀和治病良药。警察给人们的印象是冷漠、不近人情，但那只是职业习惯给我们的一层外壳，像医生戴的大口罩。我们同样有着医生的心肠，我们的热血在奔腾，必要时，警察也会毫不犹豫，殒身不恤。每年，全国有五六百名警察壮烈牺牲，这就是最好的明证。即使对暴徒，我们也是以人为本，宗旨都是挽救教育。就像这个作案累累的嫌疑人，为什么我们要辗转地把他送进医院，替其付医药费不算，还昼夜轮换看管着他？说实在的，就是家人朋友，我也没有试过像这样劳心劳力。每次，耳闻目睹我们的战友沥血通衢，痛惜之余，我总要问自己：警察的价值是什么？

自古以来，人们对犯罪如同对疾病一样深恶痛绝，人们一直在为疗治社会的沉疴努力，然而，直至科学昌明的今天，疾病仍像影子一样困扰着人们。治愈、消除了一种疾病，新的病毒又滋生，犯罪愈来愈向智能化暴力型发展，警察面临的形势、任务愈来愈严峻。是什么原因使得一些人不顾一切走向深渊走向毁灭？为什么几十年前我们还可以夜不闭户路不拾遗，还可以助人为乐见义勇为，而今天社会进步生活富裕了，人却变得更复杂更自我，罪案更多，社会风气更不如前？

常态下，一个人从睁眼看世界到闭眼离开世界都在医院，现代人大多数是因病告别的。所以，为了我们的生命，为了我们生活的家园，我们要建设一流的医院培养一流的医者。而精神文明建设的关键在于如何建立一套完善的社会规范、法律体系、道德体系、监督体系来防范各种社会疾病的繁殖和膨胀。

愿天下的病者少之又少，愿人们的生活安枕无忧。愿人们的心灵像医院里的颜色一样纯洁，愿世间多些洁白无瑕……

警察，以平安论英雄

梁伟发厅长在传达贯彻党的十七大精神大会上给全省民警出了一道思考题：如何以十七大精神为动力，切实提高保南粤平安的动力？并就如何衡量给出了明确的标准：以绩为准，以平安论英雄。

中华民族是一个有着英雄情结的民族，英雄的赞歌伴随着每一个朝代的更迭，闪耀在历史的长河中。细数风流，力拔山兮气盖世的楚霸王，留取丹心的文天祥，精忠报国的岳武穆，虎门销烟的林则徐，舍身炸暗堡为前进道路扫除障碍的董存瑞……

英雄的含义和标准因时代的不同而有差异，但有一点是相同的——真英雄必定是胸怀天下、忧国忧民、无私无畏、造福一方的。

某地区的一个兽药店遭入室抢劫，店里的员工被嫌疑人用现场取得的电线捆绑双手，封口胶封口，包装绳捆脚。嫌疑人抢走女装摩托车1辆、手机3台、电视机1台、电脑1台、现金人民币2000多元及价值人民币5万多元的兽药一批。抢劫后，犯罪嫌疑人驾车逃离现场。这是一家颇具规模的连锁店，案件的发生，使药店员工的心里蒙上一层阴霾。幸得刑警根据现场调查走访情况和案犯所抢药品分析，案犯所抢的兽药销赃到周边养殖场的可能性较大，于是对该地区及周边地区的所有养殖场展开排查，经过近10天的缜密侦查，刑警抓获了6名犯罪嫌疑人，起获价值5万元的药品、电视机、摩托车及电脑等赃物。连带破获了该团伙所犯下的另外两宗驾车抢劫药店财物案和2起盗窃摩托车案。该兽药连锁店代表专门驱车来到刑警大队赠送锦旗，感谢警方快速破案，并对办案刑警说："没想到你们这么快就破案了，真是太出乎我们意料了！"

在案件的重复处理中，在疲惫的奔波应付中，在反复的实践探索中，我们才知道，光靠打击并不治本。最好的灭火方法，不是方法手法上的问题，而是别让自己先烧着了。发了案才去破案打击，总是被动的，要堵源截流，防患于未然，就要在全社会营造一个"老鼠过街，人人喊打"的氛围，就要各个职能部门各尽其责，打、防、管、控、疏。对于警察而言，刑警要在"打"字上下功夫，巡警要在"防"字上做文章，治安、交通警察要在"管"字上琢磨，派出所在社区要在"控"字上落实，发现问题、苗头、矛盾要疏导，尤其是群体性事件，要在萌芽时及时发现、疏解。

一个间歇性精神病女患者，到一家大型超市购物，超市服务员善意提醒她将拎着的手提袋用超市封口胶封一下，女患者突然对营业员破口大骂，保安上去劝也被她推搡谩骂，她还大喊："保安耍流氓啊！"接着又唱又跳，把超市大门当成了她表演的舞台。看热闹的人群围得水泄不通，更有人怂恿闹事，超市没法营业……社区民警接到110指令迅速赶到超市门口。民警想把这个女子带离现场，她故伎重演，乱喊"耍流氓"。民警正想着如何找到她的家属，那女子突然指着民警叫："我认识你。"民警反问："你在什么地方认识我的？""我在居委会的告示栏里看到过你的相片。"民警马上给社区干部打电话，通知女子母亲过来。女子母亲一到现场，女子立即安静下来。围观的人群一哄而散，闹事苗头消弭于无形。

谁能说平息这个事件的意义比不上破案呢？没有刀光剑影，没有硝烟弥漫，但于无声处同样显英雄本色。众人拾柴火焰高，建设和谐社会，需要我们每个人都发光发热。事业无贵贱，行行出状元，只要我们尽职尽责，用心去做，哪个部门、哪个行业都可以出榜样、出英雄。维护天下稳定、严厉打击犯罪的神圣职责，使警队可以成为英雄的摇篮，使警察可以成为英雄。

警察，以平安论英雄。

维护一方平安切不可忽视"蝴蝶效应"

"蝴蝶效应"是气象学家洛伦兹1963年在求解仿真地球大气的13个方程式中发现并提出来的。其大意为：一只南美洲亚马孙河流域热带雨林中的蝴蝶，偶尔扇动几下翅膀，可能在两周后引起美国得克萨斯州的一场龙卷风。一首民谣对此作了很形象的说明：丢失一个钉子，坏了一只蹄铁；坏了一只蹄铁，折了一匹战马；折了一匹战马，伤了一位骑士；伤了一位骑士，输了一场战斗；输了一场战斗，亡了一个帝国。

类似的思想，我国先哲早在1300多年前就有阐述。"勿以善小而不为，勿以恶小而为之。""不积跬步，无以至千里；不积小流，无以成江海。"千里之堤，毁于蚁穴，防微杜渐，注重关联、控制全局，细节决定成败……古圣先贤用他们的智慧和心血，为我们留下了许多的生活智慧和"蝴蝶效应"的至理。

人民警察肩负着中国特色社会主义事业建设者、捍卫者的职责与使命。平安是人民幸福安康的基本要求，是改革发展的基本前提。深化平安建设，推进和完善"打、防、管、控、整治和服务"立体化治安防控体系，更需要注重"蝴蝶效应"，更需要注重细节，从小事做起。

网上有一篇报道：一个农民为了给孩子上户口，竟然骑着自行车，往返20余公里，跑了5趟派出所。第一次去派出所的时候，碰上管户籍的民警内勤休病假，办不了。第二次去的时候，派出所铁将军把门。第三次去时，管户籍的民警以马上就要开会为由，不予办理，并黑着脸说："你就是来8趟，也不关我的事。"第四次去派出所，碰巧停电，当他问及啥时候来电，民警说："你问我，我问谁去？我又不是电业所长！"没办法，就为了给孩子上一个户口，这名朴实的农民接连跑了5趟派出所才算办完。

  一滴墨水能污浊一杯清水，一粒老鼠屎会毁坏一锅粥，贪污腐败、慵懒散奢等一些负面新闻产生的负面影响的"蝴蝶效应"让人难以想象！当你伸手指责和批评别人的时候，别忘了有三个指头是指向自己的。我们在抱怨世风日下时，有没有想过自己的言行是否助长过这些风气？群众的不信任、不支持和不理解，我们都应该仔细想一想，一些小事，对我们来说，也许司空见惯，微不足道，但对于群众来说，可能就是一辈子的大事和难事。一枝一叶总关情，愈是鸡毛蒜皮的小事，愈是与群众的生活息息相关的事，愈要注意。一些小事情或小案件如果在初始环节处理不好，就会引发民转刑，引发暴力事件或群体性事件，矛盾就会指向党和政府。所以，我们必须学好应用好"蝴蝶效应"，大案快破，小案多破，从小事做起，夯实基础，破小案减大案，除小患防大乱，积小安为大安，撑起晴朗的天空。

  道理很简单，做起来也不难，难的是从我做起和每天坚持。面对错综复杂的关系、层出不穷的犯罪、严峻的治安形势，一个人的力量是单薄的、无助的，但是，横过深谷的吊桥，常从一根细线拴个小石头开始建起。一滴很小的水滴，如果从雪坡上向下滚动，会越滚越大。每个人都是一只蝴蝶，都可能会引起龙卷风，只要我们认认真真去做，多一点点用心，多一点点努力，这力量就会汇聚成无坚不摧的洪流。解决纠纷时，再耐心一点点，也许能避免可能酿成的大事；办案时，再细致一点点，也许能挖出更多的案子，多抓获一个罪犯，可能挽救一个灵魂，挽救一些家庭，打击及时，可以遏制犯罪的再发生，避免更多更大的伤害；面临危险时，再冲向前一点点，也许就能多挽救一条鲜活的生命；纠正一宗交通违法，可能避免惨剧的发生，生命的破碎；发现一个火灾隐患，可能避免断壁残垣、家破人亡的人间悲剧……警察是一种象征，一种形象。或许我们不经意的一个微笑，会给困难中的人一份鼓舞和力量；一句简单的问候和安慰，会给受害者带来一份安慰和温暖。多一份笑容，或许就会多一份温暖；多一份关心，也许就能帮助一个风雨飘摇的家庭……一分辛劳会换来一方平安，赢得感动和赞许。

从每天开始，从每个人开始，从每件事开始，脚踏实地。即使只有一点点成绩，也很宝贵，滴水终究会汇流成河。日日行，常常做，总是多付出一点点，终将有一天，你会收获无限多。

"破窗理论"道出"从我做起"是改善社会的起点

"破窗理论"就是说：一幢房子如果有一扇窗户破了，不及时修补，其他的窗户不用多久也会被人打破——任何一种不良现象的存在，都在传递着一种信息，会导致不良现象的无限扩展，特别是那些看起来偶然、个别和轻微的过错。如果熟视无睹，不闻不问，纠正不力，就会推波助澜，纵容更多的人去打烂更多的玻璃，就会出现"千里之堤，毁于蚁穴"的恶果。

这是一个我们工作和生活中常常应用的理论。在大型的群众性活动和群体性事件中，参与者往往具有从众心理，或坐或站，或行或走，只要有人牵头，总会引起一片唱和呼应。在群众性活动中，我们要及时修好"第一扇被打破玻璃的窗户"。在群体性事件中，我们要控制好"领头羊"，而更关键的是控制好源头。能不能及时摸查收集事件信息，及时将隐患排查化解于萌芽状态，这就得看日常的基础功夫。打、防、管、控、整治和服务等各项社会管理工作，社会建设和平安建设，必须从小事做起，必须注重细节。

20世纪七八十年代，美国纽约环境恶劣，犯罪猖獗，地铁更是"可以为所欲为、无法无天"的场所。新任警察局长布拉顿受"破窗理论"启发，全力打击地铁逃票，治理车厢，结果发现，每七名逃票者中，就有一名是通缉犯，每二十名逃票者中，就有一名携带凶器的疑犯。车厢干净了，站台跟着也变干净了；站台干净了，阶梯也随之整洁了。随后街道干净了，然后旁边的街道、整个社区干净了，整个纽约变得美丽整洁了。从抓逃票开始，纽约成为全美国治理犯罪最出色的都市之一。

"第一扇破窗"常常是事情恶化的起点，队伍建设更加必须注重"破窗理论"的应用。要准确、客观和深刻地评价一个人，不能仅停留在感觉和印象上，不能带有私心杂念。古人就有"外举不避仇，内举不避亲"的任人唯贤、大公无私的思想，有发现千里马的伯乐。新时期的队伍建设，任贤选能更是一个关键，品质情怀、境界格局、见识见解、能力水平，既要看一贯的表现，也要经受重大关头关键时刻的考验。历史证明，任人唯亲、结党营私，靠钻营靠潜规则上位者，必定会将潜规则更进一步发挥，看得见的只是一个位子的选拔，看不见的是对社会公平正义、道德诚信的冲击和危害！这是权力腐败和社会风气败坏的根源，关乎人心向背。一项好的制度，一套好的机制，只有大家都遵守才会有生命力，才能产生预期的效果，否则就形同虚设，就是一张废纸，一句空话。对队伍中偶然、个别和轻微的过错——"第一扇被打破的窗户"必须及时修补。为什么人与人之间越来越虚伪功利？思想越来越荒芜？人心越来越冷漠麻木？为什么社会矛盾交织叠加，不稳定因素越来越多？我们必须好好想一想。

一面墙，如果出现一些涂鸦而不及时清洗，很快就会满墙斑斓；一个整洁的地方，如果出现一些垃圾没有及时清除，不久后这个地方就会变得垃圾遍地，臭气熏天……看得见的是墙上的笔迹、地上的垃圾和各种的污染，看不见的是优雅、文明和公德渐行渐远，是法度和尊严被肆意践踏。或许，我们无法改变环境，也无法选择环境，但至少，我们可以努力，努力使自己不要成为一扇"破窗"和后面的推手。

让守法成为一种习惯

　　为了一宗案件，我们在城郊结合的街镇上奔走。汽车、摩托车、自行车在狭窄的道路上川流不息，喧喧嚷嚷。一个十字路口，我点踩刹车，尾随着前面几辆车等红灯。直行的，转弯的，调头的，路口上的车辆开始打架。突然，"砰"的一声，一辆公交车的驾驶位下方压着一辆摩托车，摩托车下压着一个男子，摩托车破碎的车灯和零件飞出几米外，压在车底下的男子呼天抢地地喊着。公共汽车上的乘客"呼"的一下全下车四散走开了，剩下司机在车上呆愣着，六神无主，手足无措。邻近车上的人、行人纷纷围了上去，有人喊叫着说让公共汽车司机倒车先把压着的人拖出来。路口瞬间被堵得水泄不通。我们正要下车，那男子已被人七手八脚地拖了出来，抬上出租车，一会儿，交警也来了。

　　那男子的腿不知能不能保住，这是一出本不应该发生的悲剧。这地方是禁摩区，男子违法在先。前面已堵车，交通灯由黄转红，如果公共汽车不争抢这灯色变换的瞬间，车速稍慢些，礼让一下，惨剧也不会发生。

　　这些年，城市的道路、高速路修建了一条又一条，立交桥、高架桥建了一座又一座，地铁通了，公共交通设施不断增加，但每天外出公干，我们都还要为拥挤的车流、堵塞的交通烦心、闹心。争抢穿插，随意变线，冲红灯，互不相让，斗气挤迫……交通堵塞很多时候都是自己堵自己，都是人为的。红灯停，绿灯行，各行其道，忍让三分，驾车不抢道……这个连幼儿园小朋友都知道的规定、常识，这些行为都透视着一座城市的整体形象和公民素质的规范，为什么却在受过各种教育和经过严格考证的人中形同虚设？如果人文素质不得到提高，再宽的道路，再多的立交都不够用！

　　这让我想起《列女传》中的典故：卫灵公与夫人在夜间闲谈，听见王宫外面的马路上有辆马车远远驰来，从车轮跟路面接触震动发出的声音，可以推断车上坐着一个人。马车一步一步来到王宫门外，车声停顿了一下又响起来，声音比先前轻快，车上的人显然已经下车。马车走过王宫大门后，重新又恢复了较为沉重的响声，马车的主人又回到了车上。卫灵公问夫人："知道这个人是谁吗？"夫人说："车上人一定是蘧伯玉。"卫灵公问夫人怎么知道的，夫人说："依照规定，坐车的人经过王宫门外要下车步行。这时深更半夜，路上连一个行人也没有，除了蘧伯玉这样的君子，谁还肯遵守这个规定？"卫灵公派人去看，果然是蘧伯玉。

　　守法必先严谨自律，这是一种行为操守、道德修养，是一种品德。品德要从小注重、长期养成，还要有严明的法律法规监督。先圣孔子说他最忧虑的事情是"德之不修，学之不讲，闻义不能徙，不善不能改"。他强调"修己以敬"，"修己以安百姓"，只有修好自己的品德，才能严肃认真地对待一切事物，也才能使百姓得到安定。

　　我们的党和军队历来重视道德修养。早在人民军队建立时期，毛主席就提出了"三大纪律八项注意"，用以规范部队的行为，塑造军人的高尚道德品质。社会在发展，人们的观念、理念在不断变化，价值取向和标准在不断更改，人们越来越不喜欢约束、束缚。法律法规出了一部又一部，但总有人钻法律法规的空子，在利益的驱动下，不惜以身试法。难怪有人说：现在这么多的法律、法规，还不如当年一首《三大纪律八项注意》歌曲。

　　实践和历史已经告诉我们：不遵守自然规律、生态平衡，滥砍滥伐，滥捕滥杀，过度开垦开挖，肆意破坏家园，我们就要受到大自然的惩罚；不遵守和平共处、平等互利等国际公约，国与国之间就会矛盾重重，战争不断，国无宁日；不遵守国家的法律法规，就会犯罪丛生,社会混乱,不得安宁。违法犯罪,贪污、腐败、腐化堕落……社会上种种的丑恶现象都是一部分人行事我行我素不守法的结果。政府报告中明确指出我们所构建的和谐社会应该是民主法治、公平正义、诚信友爱、充满活力、安定有序、人与自然和谐相处的社会。其中法治就是依法治国,有法可依,严格守法。我国公民基本道德规范的第一条就是爱国守法。诸如冲闯红灯等不守法的现象透露出的是一种民族文化心态,守法教育必须从小、从家庭教育开始,严格守法就必须注意培养人们学法、知法、守法的自觉性,强化他们的法制意识、法治意识。让守法成为一种习惯。孔子说:"其身正,不令而行;其身不正,虽令不从。"警察代表着国家的一种形象,身为执法者的公安民警,更应执法守法,带头遵章守法,严格自律,做守法的先锋、表率。

思考生命

生命是什么？我一直不间断地思索着这个问题，很多次我想写下自己对于生命的理解和感悟，但每次当我提起笔时，才发觉不知从何下笔！生命是如此宽泛又是如此沉重！而且生命总是随着环境和心态的不同各有不同。

刑警眼中的生命

每个人都有自己的生活，每个人都有自己对生命的理解与感悟，并且这些观点与经验随时间的变迁、生活的磨炼、生命的成长而变得更成熟更现实。还在念中学的时候，我就以为我已经领悟了生命的意义："把有限的生命投入到无限的为人民服务中去。"发挥自己的光和热，燃烧自己，无私奉献。我成长的环境、我所接受的教育都使我确切地认为生命就该如此，而生活也给我选择了一份最容易最直接的可以面对生命、感触生命的工作——刑警。

刑警的生活，常与血腥和死亡打交道，常直面蛆虫和腐臭。这些年，我到过各种各样的死亡现场，在现场、在医院、在殡仪馆里解剖过各种尸体。见过各种各样的死亡状态：有枪杀的，刀砍刀刺的，棍棒石头打砸的；有捆绑手脚，封口胶封口鼻窒息死亡的，有服毒死亡的，有沉尸抛尸水里的，有溺水死亡的，有上吊的，有行走或运动时猝死的，有车轮下的亡魂，有疾病缠身不治而亡的；有灵魂出窍，余温犹在的，有开始出现尸斑的，有腐烂满是蛆虫、臭气熏天的，有只剩一堆荒骨的……19年刑警生涯的风风雨雨酸甜苦辣，使我对生命有了更现实更深刻的理解，但同时也有了更多的困惑不解。每次面对已经魂归天国的皮囊时，我总不禁自问：生命到底是什么？为什么生命总是如此的脆弱，如此的不堪一击？有些刚才还生龙活虎的生命，为什么转眼间就可以阴阳两隔，灰飞烟灭？为什么人性会有如此丑陋和凶残的一面？

这是一个我至今仍无法理解无法接受的荒唐的动机。一个灰沉的早晨，我刚回到队里不久，就接到群众报警：在麓湖里有一具浮尸。现场勘查、现场搜索、现场走访，一切都有条不紊地进行着。死者为女性，年约30岁，衣着光鲜整洁。除了在死者的衣袋里有一张药费单外，现场一无所获。根据那张药费单，我们找到了死者家里，并找到了死者生前的一本日记。没有别的更复杂的原因，自从生了小孩之后，她体形变胖变得难看了，在家里的时候就曾几次自杀，幸被家人发现，但这次终于不能幸免！我始终不能理解：一个母亲，为了这个很正常的变化可以舍弃自己的孩子，舍弃自己的家庭而走上绝路！虽然这是绝无仅有的个案，但是还有许多人因一时病痛、一时挫折、一时受骗、一时生活没有着落而走上不归路。对着他们，除了可怜，我只能感叹生命的脆弱，我恨我不能在此前对他们说：不至于此！很多时候，我都会想起一首诗："假如生活欺骗了你，不要忧郁，也不要愤慨！不顺心的时候，暂且容忍，相信吧，快乐的日子就会来到。"

其实，磨难与不幸何尝不是一种财富，生活是多么美好，活着就是一种美丽！

这又是一个不可想象的理由。某年春天，一个下雨的午后，辖区的一个山麓发生一宗凶杀案，死者被一刀捅破肝脏，一刀致命……三个月后凶手在贵阳落网。凶手与死者原是好朋友，同在一个生活小区做保安，同睡一室。某一天，两人在值勤时与人发生争吵，凶手被围攻殴打，死者当时站在一边。事后，凶手因被殴打时死者不上前帮忙而怀恨在心，于是准备好尖刀，在那个下雨的午后约上死者并一刀致其毙命……仅仅因为"好友"的不上前帮忙就杀害他，在凶手眼里的他人生命竟是如此不值钱！

不知道从什么时候开始，一些人开始这样漠视生命！仅仅因几毛钱因几句口角、一些鸡毛蒜皮的小事，就可以致人死命，也同时葬送自己！尽管习惯了面对死亡，也经历了几次生死，习以为常，但我每次停歇时，思绪总会萦绕在生与死，人生和生命的冥想中。有时会陷入一种矛盾和混沌中，总会不由自主地想起一些不应过早凋谢的生命之花。是什么使得人们如此的漠视、糟践生命？凶杀、自杀、车祸、事故，生命的消失越来越普遍、随意。我们的物质生活越来越丰裕，享受越来越奢侈，但我们却越来越虚无，越来越不珍惜生命，厌倦生命，漠视生命！为什么会这样？我们缺失了什么？我们的法律规章、我们的约束越来越多，我们在尊重和保障人权的时候是不是应该更敬畏生命、尊重生命？人的生命不像花草树木，这个冬天凋谢枯萎了，只要一场春雨又可以生机勃勃欣欣向荣。生命于人只有一次，谁都没有权利践踏生命！请珍惜生命爱护生命！

伤病中的生命

伤痛总是让人思考、感悟，经历过重伤病的人，对人生会有进一步的理解，对人生的许多事情会看轻很多，看淡很多，超凡脱俗。这次的疑似癌症，使我在医院的苏打水气味和各种各样的病人身边做着各项检查，令我不由得又想到生与死，想到所走过的旅途，不由得思考生命。

从核磁共振室出来，已近凌晨，近四个小时固定一个姿势躺在共振仪中轰鸣，我肌肉僵硬，筋骨酸痛，浑身像散了架一样。一直在外陪伴、等候的同事过来关切地问候，告知有几个电话和信息。电话和信息都是朋友、同事的问候和祝福，让我温暖和感动。

其中一条信息引起我心的共鸣："人在世，随意最好。到中年，健康就好。弹指间,不惑已到。细琢磨,咱最重要。扶老又携幼,重担一肩挑。算算账,工资已微调,物价不算高,举家过日子,还能对付了。往前看,一亿大富豪,比咱过得好;往后看,十亿老百姓,刚才达温饱。常记得,一个生咱的,一个咱生的,责任须尽到。平安就是福,健康才是宝。要明白,钱财多不如经常笑,心情好胜过乌纱帽。依我看,祝福短信千千万,都是汤多实话少,只有这条最实在,送给大哥作菜肴。早日康复!"

元宵节前,单位应酬时多喝了几杯烈酒。翌日起来,发现左边脖子上冒起了一个比拇指头大的无名肿块,硬硬的。到医院看,医生简单询问和按摸后说不要紧,扁桃体发炎,开了三天的药就回去工作了。三天后,肿块不但没消反而更肿大了。挂教授号看,教授一看一问一查,神情严肃地问:"为什么现在才来?这么不珍惜自己。"马上开单验血,做内窥镜活检。化验单很快出来了,七项功能指标升得超高,几天后,结果出来:左侧颈外侧深淋巴结上群多发肿大,考虑炎症性与转移性病变所致鉴别。

心,一点一点地下沉,往下沉,难道真的是教授所怀疑的恶性肿瘤、癌症?真的就这么得了癌症,我还没到不惑之年,真的就要面对死神,与死神抗争了吗?真的就这么离开吗?我还有很多事没去做,还有很多没了的心愿,还有很多的牵挂和遗憾。虽然不是第一次住院,不是第一次直面死亡,但随着一天天的检查,心情如同一团乱麻,各种想法、意念纷至沓来,万一真的是最糟糕的结果怎么办?我开始不止一次地想起几年前读过的《死亡日记》,此时此刻,有了更深刻的体会,很佩服那个记者,在被确诊癌症晚期,回天乏术,生命倒计时的日子里,以超人的毅力、勇气和豁达,躺在病床上,忍受剧痛、折磨和煎熬,把每天治疗的情况和一天一天迎接死亡挥别尘世恩怨的心情、感受和感悟记录成书。

惊悸和恐惧早已在一次一次的经历与磨砺中被淡化。死亡是什么?呼吸停止,脉搏停止,腐烂风化,化为灰烬尘埃,死亡就是人体转化为其他物质。生命就是灵与肉的结合,有形的肉体让人辨别自己,无形的灵魂发现和发展自己。生命是一个情感的组合体,母亲的慈爱，父亲的严厉，爱人的柔情，儿女的孝顺，朋友的关切，温暖温馨，充满了色彩和芳香。生命就是我们不经意间收获的一缕浓情，一点心动，一丝满足，一份感恩。死亡就是这一切都消失了，没有了思想和灵魂，没有了喜怒哀乐，爱恨情愁，死去元知万事空，生命的最终结局都是一样的。死亡是生命的归宿，生命活的就是一个过程，一种状态，一种精神。生命因她的神秘和不可预知而显得美丽，充满魅力。

生命如诗，跌宕起伏，充满生机和希望；生命如歌，千回百转荡气回肠，余音绕梁；生命如花，美丽芬芳，"生若夏花之绚烂，死如秋叶之静美"。在岁月长河中，生命只是一朵浪花，只是一段距离，生命的意义就在完成使命的过程中。生命如画，波澜壮阔，即便是黄昏的最后一道残阳，也要发出奇灿无比的光芒，那是不甘心陨落与沉沦的最后一次拼搏，是对生命至高积极热爱的一种追求，它毫不在意自己终究要被青山遮住，也许这就是大自然要告诉给人们的生命的真谛。

灾难中的生命

灾难总是很容易触动人的感情，心总是相通的。

雪灾、骚乱、疫情、车祸、地震、洪涝、飓风……一次又一次，我们经历着揪心的伤痛，一次又一次，伤痛中又涌动着感动和震撼。一次又一次的打击和磨砺，使我们在灾难的学校里成熟。在为死难者祈祷，为幸存者祝福的烛光里，我们感悟生命，思考生命。

在不可预知的不可抗拒的大自然的威力下，生命是如此的脆弱、卑微和渺小。地震和泥石流，使无数的生命刹那间灰飞烟灭，无数的家庭瞬间支离破碎，家园成废墟，生死两茫茫。汶川、玉树和舟曲的国殇，震动了国人的心，震惊了世界。灾难中生命愈显珍贵。灾难唤醒了人们的心灵，爱心涌动，温暖覆盖。地震和泥石流造成灾难的同时，也给了人们一次心灵和生命的考验，一次灵魂的洗涤和升华。

灾难中，总理沙哑的声音振聋发聩，久久回荡在神州大地的上空，激荡在中华儿女的心中。只要有百分之一的希望，就要尽百倍的努力。一双双含泪的眼睛关注着灾区，一双双温暖的手伸向了废墟，一颗颗牵挂的心燃烧着生命。驰援的大军在余震不断的废墟，在塌方、滚石的泥石流中冒着生命的危险，昼夜不停地用锹用手刨掘、刨挖。被倒塌的楼房、泥石砸压和埋藏的幸存者，不管男女老幼，不管伤势轻重，想方设法，以坚忍的意志、毅力和本能欲望，延续着生命，创造出一个个生命的奇迹，谱写出一首首生命的赞歌。

生命不是属于一个人的，它是生命群体中的一个分子。生命就是捧在手里的水，无论我们十指怎么并拢，无论我们怎么小心翼翼，水还是一点一滴地渗漏；生命是每个人放在银行里的储蓄，储蓄有多少，在生前没有人知道，我们一天一天地支出消费，直到有一天出现赤字。人活着是为了使别人活得更好。一个女孩的墓碑上刻着这样一句话："因为奉献，所以我快乐。因为我的奉献使别人快乐，所以我更快乐。"人生的真正价值在于我们能够融入世界万物之中，将我们自身奉献其中，世界因我们而更加美好。

生命来之不易，生命是这样美好，不管有什么挫折和磨难，哪怕痛不欲生，也不要放弃生命。这伤痛是何等珍贵，因为它意味着生命的存在，活着真好！

但是，尊重和珍爱生命不能仅仅存在于灾难来临时，在灾难中体现，而应融入人们的意识中、言行里，体现在平常的一点一滴中，体现在生命和自然，生命和社会的和谐中。

生命无价！

活着，真好！

感恩的心

夕阳沉没在无边无际的大海中，斑斓的云霞仿佛被海水泼湿了一样，渐渐地晕染、散淡、灰蒙。天色也随着太阳由橙黄，而殷红，而橘红，而绛红的幻化中变换，灰蒙中有了一种水天一色的苍茫。海水也仿佛有了倦意，不再闪着银光欢唱、追逐，声音由高昂的交响曲转向了抒情的提琴曲，远远的，海面上飘来了点点帆影。风虽然比先前柔和了，但掠过沙滩上、海岸边成排成行的椰树林时，依然显示了它的威力，合着海浪吼吼地叫着，像弹奏着一排竖琴。不经意间，无尽的沙滩上忽然布满了散步、悠闲、观景的男女老少，洒满了欢声笑语。

这是在三亚湾海边的一个黄昏，我尽情地欣赏着大海落日，心境美丽。手机的短信提示铃响了，接二连三收到了几条短信。

"今天是感恩节，向所有帮助过我和我爱的朋友们说声感谢，感谢您走进我的生命，让它完整而有意义！我愿以我有生的时光带给你美好记忆。"

"借这个日子，送上我的问候和祝福，感谢您在过去的日子里给予我关心和帮助。祝安康快乐！"

我这才想起今天是感恩节。

这些问候和祝福，在这冬天的月份、初夏的气温、天之涯的沙滩上，像潮涌的海水一样拍打撞击着我的心房，让本已蔚蓝的心情又多了一份感动与温暖。

人，应该学会知足、感恩与欣赏。我们有幸降临在这个世界，我们要感恩生命，感恩父母亲赐予我们生命和对我们的哺育。此刻，我们能欣赏如诗如画的人间仙境，我们要感恩大自然的赋予，阳光、雨露、鲜花、清新空气……

悠悠岁月，泱泱华夏文明，感恩是一种品德，一种风貌，一种传统，一种公认的社会美德。我们有衔草结环的美丽传说，有"滴水泉"的感人故事，《史记·刺客列传》中传扬的曹沫、专诸、豫让、聂政、荆轲等等，都是为报恩而甘愿献身的豪杰。诸葛亮为刘皇叔的知遇之恩鞠躬尽瘁，死而后已。古代的英雄好汉，都是以义为重，有恩必报的义士！"滴水之恩，涌泉相报。"这是自古传承的处世信条。

一位教师要求她所教的一班小学生画下最让他们感激的东西。她心想能使这些穷人家的小孩心生感激的事物一定不多，她在踱步时，看到了女学生杜格拉斯的图画，那是以稚嫩的笔法画成的一只手，她感到很惊讶：为什么她不画食物或令她感兴趣的东西，而画一只手？"那是谁的手？"老师问。"老师，那是您的手。"孩子低声说。"那你为什么要画我的手呢？"老师问道。"因为下课后的休息时间，您用您的手牵着我散步，而且您也经常如此对待其他同学，经常把我们当作是自己的孩子，所以您的手对我来说有着特别的意义。"杜格拉斯说。

感恩是一份真情。历史上、生活中荡漾着许多让天地动容、山河震撼的真情。但随着社会的发展，社会的转型，受一些糟粕思想的影响，社会越来越功利，为名为利不择手段，事情都带着利益的影子，人越来越冷漠，心越来越麻木，感恩、真情越来越缺失，矛盾、罪恶不断凸显，秩序被打乱，假丑恶现象层出，社会文明退化。假如，马加爵懂得感恩，他会因仅仅被同学"冤枉"，因被看不起和嘲笑而锤杀同寝室的几个同学吗？假如他们懂得感恩，还会出现见义勇为者受伤住院，被救人不见踪影，独生子与母亲发生口角一言不合举刀将其刺死的悲剧吗？种种的现象引起了人们的共识，近几年的感恩节，传媒都连篇累牍地宣扬感恩真情，以唤起人们的良知，密切人与人之间的感情交流。让感恩的情结荡漾在人们的心头，飘扬在社会上空，使每个人感到友善，让生活洒满温馨、和谐的阳光吧！但我们不能仅仅作秀似的让小孩子打盆水帮母亲洗洗脚，补救、赎罪似的到了感恩节这天做些宣传。除了真情、真善美，我们要注重杜格拉斯式的从小培养，使孩子们养成感恩的心态。

我们要铭记，一生中，要感恩的太多。

父母的养育之恩，老师的教育之恩，社会的包容之恩，爱人的同偕，领导的知遇，同事的互助，朋友的关爱和记挂，就如这次朋友知道我到了三亚，翌日即从海口赶来会晤……我们今天所拥有所享受的美好一切，都应心存感激，都应感谢。

海风轻轻，海浪轻轻，似在唱着《感恩的心》。

"感恩的心，感谢有你，伴我一生，让我有勇气做我自己……感恩的心，感谢命运，花开花落，我一样会珍惜……"